Edgar Rice Burroughs

TARZAN
Der Affenmensch

Edgar Rice Burroughs
Tarzan, der Affenmensch

ISBN/EAN: 978-3-95870-679-8

1. Auflage

Englischer Originaltitel »Tarzan of the Apes« von 1914,
ins Deutsche übersetzt von Tony Kellen (1869-1948).

Wir haben für Sie die Originaltexte an die aktuelle Recht-
schreibung und heutigen Lesegewohnheiten angepasst.

Cover: Gestaltung und Motiv: www.buerosued.de,
Layout: nexx verlag, 2024

www.nexx-verlag.de

Hersteller
nexx verlag gmbh
Terra Wohnpark 7
78052 Villingen-Schwenningen

Kontakt
kontakt@nexx-verlag.de

Inhalt

Hinaus auf See

Diese Geschichte erzählte mir jemand, der eigentlich keinen besonderen Grund hatte, sie mir zu erzählen. Ich dachte zuerst, der Erzähler sei in einer angeheiterten Stimmung, und ich konnte die Geschichte auch in den folgenden Tagen nicht so recht glauben.

Als mein freundlicher Gastgeber merkte, dass ich an seiner Erzählung zweifelte, legte er mir ein vergriffenes Manuskript und einige amtlich-nüchterne Berichte des Britischen Kolonialamtes vor, um die Wahrhaftigkeit der merkwürdigen Geschichte zu belegen.

Ich behaupte nicht, dass die Geschichte wahr ist, denn ich war kein Zeuge der darin geschilderten Ereignisse. Aber ich denke, dass sie wahr sein kann, und deshalb habe ich den darin beteiligten Personen andere Namen gegeben.

Die gelben Blätter des Tagebuchs eines längst verstorbenen Mannes und die Berichte des Kolonialamtes stimmen genau mit der Erzählung meines Gastgebers überein, und so erzähle ich dem geneigten Leser die Geschichte so, wie ich sie mit Hilfe der angegebenen Dokumente mit großer Mühe ausgearbeitet habe. Sollte man sie für nicht glaubwürdig erachten, wird man doch mit mir darin übereinstimmen, dass es eine ganz einzigartige, bemerkenswerte und interessante Geschichte ist.

Aus den Berichten des Kolonialamtes und aus dem Tagebuch des Verstorbenen erfahren wir, dass ein junger vornehmer Engländer – den wir John Clayton, Lord Greystoke nennen wollen – beauftragt wurde, eine besonders vorsichtige Untersuchung über die Vorkommnisse anzustellen, unter denen in einer britischen Kolonie der Westküste Afrikas Eingeborene von einer anderen europäischen Macht als Soldaten für ihre Eingeborenen-Armee angeworben wurden, die zur zwangsweisen Besorgung von Gummi und Elfenbein bei den wilden Stämmen am Kongo und Aruwimi eingesetzt wurden.

Diese Eingeborenen der britischen Kolonie beklagten sich darüber, dass manche ihrer jüngeren Leute durch schöne Versprechungen weggelockt wurden, und nur wenige zu ihren Familien zurückkehrten.

Die Engländer in Afrika gingen noch weiter, indem sie behaupteten, diese armen Schwarzen würden gewissermaßen in Sklaverei gehalten, denn bei Ablauf ihrer Verpflichtungszeit würde ihre Unwissenheit von den weißen Offizieren ausgenützt und es würde ihnen gesagt, sie müssten noch einige Jahre länger dienen. Aus diesem Grund sandte das Kolonialamt John Clayton auf einen neuen Posten nach Britisch-West-Afrika. Es gab ihm den vertraulichen Auftrag, eine gründliche Untersuchung über die illoyale Behandlung schwarzer britischer Untertanen seitens der Offiziere dieser befreundeten europäischen Macht anzustellen. Der Anlass für seine Mission ist aber für die Erzählung von geringer Bedeutung, denn Clayton sollte niemals Untersuchungen anstellen und tatsächlich erreichte er nicht einmal seinen Bestimmungsort.

Clayton war der Prototyp eines tapferen Engländers, so wie wir ihn uns nach den Leistungen in vielen großen Schlachten vorstellen: ein tüchtiger Mann in geistiger, moralischer und körperlicher Hinsicht.

Er war von etwas mehr als mittlerer Größe. Seine Augen waren grau, seine Züge regelmäßig und energisch. Seine Haltung war die eines starken, gesunden Mannes, den der Militärdienst gestählt hatte.

Aus politischem Ehrgeiz hatte er einen Wechsel vom Heeresdienst zum Kolonialamt angestrebt, und so wurde er in noch jugendlichem Alter bereits mit einem wichtigen Auftrag im Dienste der Königin betraut.

Diese Berufung erfüllte ihn zwar mit Stolz, aber er war doch auch darüber erschrocken. Die Beförderung erschien ihm als ein wohlverdienter Lohn für seine ausdauernden, umsichtigen Dienste und als eine Etappe zu einem bedeutenderen und verantwortungsvolleren Posten, aber andererseits hatte er erst vor drei Monaten Alice Rutherford geheiratet, und er war entsetzt bei dem Gedanken, seine junge Frau den Gefahren und der Einsamkeit des tropischen Afrika auszusetzen. Ihr zuliebe wollte er den Auftrag ablehnen, aber sie wollte das nicht. Sie drängte ihn sogar dazu, ihn anzunehmen, und erklärte sich bereit, mit ihm zu gehen.

Da waren zwar die Mütter und die Brüder und Schwestern, die Tanten und Vettern, die ganz andere Ansichten dazu hatten, aber über diese verschiedenen Meinungen berichtet uns die Geschichte nichts.

Wir wissen nur, dass Lord Greystoke und seine Frau Alice an einem freundlichen Mai-Morgen des Jahres 1888 von Dover aus nach Afrika absegelten.

Einen Monat später kamen sie in Freetown an, wo sie ein kleines Segelschiff – die »Fuwalda« – mieteten, um zu ihrem Bestimmungsort zu gelangen.

Seither sind Lord John Greystoke und seine Gattin offiziell verschollen. Kein Mensch hat sie mehr gesehen oder etwas von ihnen gehört.

Zwei Monate, nachdem sie den Hafen von Freetown verlassen hatten, durchsuchten sechs englische Kriegsschiffe den südatlantischen Ozean, um eine Spur von ihnen oder ihrem kleinen Schiff zu finden, und bald darauf entdeckten sie die Trümmer des Seglers an der Felsenküste von St. Helena. So war die Welt überzeugt, dass die »Fuwalda« mit Mann und Maus untergegangen war, und die Nachforschungen nach den Vermissten wurden eingestellt, nachdem sie kaum begonnen hatten. In den sehnsüchtigen Herzen der Angehörigen lebte zwar noch einige Jahre die Hoffnung fort, dass sie doch überlebt hatten, aber auch sie erlosch allmählich.

Die »Fuwalda«, ein Fahrzeug von etwa hundert Tonnen, war ein Schiff von der Gattung, die man im Küstenhandel des fernen südatlantischen Ozeans oft sieht und deren Mannschaft aus dem Abschaum der See, ungehängten Mördern und Räubern aller Rassen und Nationen, besteht.

Die Offiziere der »Fuwalda« waren gebräunte, harte Burschen, die die Mannschaft hassten, genauso, wie sie von dieser gehasst wurden. Der Kapitän war zwar ein tüchtiger Seemann, aber brutal gegenüber seinen Leuten. In seinem Umgang mit ihnen kannte er nur zwei Argumente: den Knüppel und den Revolver, und es ist auch nicht sehr wahrscheinlich, dass der bunte Haufen, den er da angeworben hatte, irgendetwas anderes verstanden hätte.

So geschah es denn, dass schon am zweiten Tag nach der Abfahrt von Freetown John Clayton und seine junge Frau auf dem Deck der »Fuwalda« Zeugen von Szenen wurden, wie sie sie nur auf den bunten Titelbildern von Seegeschichten vermutet hätten.

Es war am Morgen des zweiten Tages, wo das erste Glied einer Kette entstand, die das Leben eines damals noch Ungeborenen so verstricken sollte, wie es vielleicht noch nie im Leben eines Menschen geschehen ist.

Zwei Matrosen waren beschäftigt, das Deck der »Fuwalda« zu schrubben. Der erste Steuermann war auf seinem Posten, und der Kapitän hatte sich eben mit John Clayton und Frau Alice unterhalten.

Die Matrosen waren hinter ihnen an der Arbeit. Sie kamen immer näher, bis der eine von ihnen direkt hinter dem Kapitän kniete. An einem normalen Tag wäre der Offizier an dem Matrosen einfach vorübergegangen, und dann wäre diese ganze außerordentliche Geschichte nicht passiert.

Aber als der Offizier sich umdrehte, um Lord und Lady Greystoke zu verlassen, stolperte er über den Matrosen und fiel in seiner ganzen Länge auf das Deck, wobei er den Eimer umstürzte und von dem schmutzigen Inhalt übergossen wurde.

Im ersten Augenblick erschien die Szene zum Lachen, aber auch nur für einen Augenblick. Mit einer Salve schrecklicher Flüche, das Gesicht rot vor Wut, stand der Kapitän wieder auf, und schlug den Matrosen mit einem fürchterlichen Hieb nieder.

Es war ein schmächtiger, schon älterer Mann, so dass die Brutalität noch mehr hervortrat. Der andere Seemann aber war bedeutend jünger und stärker, ein richtiger Bär, mit stolzem schwarzem Schnurrbart und einem Stiernacken.

Als er sah, dass sein Kamerad dalag, bückte er sich, sprang mit einem leisen Knurren auf den Kapitän los, und schlug ihn mit einem einzigen mächtigen Schlag nieder.

Das Gesicht des Offiziers, das bis dahin rot gewesen war, wurde jetzt weiß, denn das war offene Meuterei. Ohne zu warten, bis er wieder aufstehen konnte, zog er seinen Revolver aus der Tasche und richtete ihn auf den muskulösen Riesen. Aber im selben Augenblick, da Lord Greystoke die Waffe sah, drückte er sie zu Boden, so dass die Kugel, die seinem Herzen zugedacht war, den Matrosen nur ins Bein traf.

Es entstand ein Wortwechsel zwischen Clayton und dem Kapitän. Der Lord erklärte ihm, dass er über die Grausamkeit gegenüber der Mannschaft entrüstet sei und er nicht dulden werde, dass sich Derartiges wieder ereigne, solange er und seine Frau sich als Passagiere auf dem Schiff befänden.

Der Kapitän wollte ihm eigentlich heftig widersprechen, aber er fühlte wohl, dass es besser sei, das nicht zu tun, und so drehte er sich mit finsteren Blicken um und ging davon.

Er hielt es doch für klüger, einen englischen Beamten nicht zu verärgern, denn die mächtige Königin hatte ein Strafwerkzeug zur Verfügung, das er kannte und fürchtete: Englands weitreichende Flotte.

Die beiden Matrosen standen auf, wobei der alte Mann dem verwundeten Kameraden behilflich war. Der starke Kerl, der unter der Mannschaft als der Schwarze Michel bekannt war, prüfte vorsichtig sein Bein und als er fand, dass es sein Gewicht wohl noch tragen konnte, wandte er sich Clayton zu und dankte ihm mit kurzen Worten.

Auch wenn der Ton des Mannes mürrisch war, so waren seine Worte doch offenbar gutgemeint. Kaum hatte er seine Ansprache beendet, hatte er sich schon umgedreht und war im

Matrosenlogis verschwunden, in der offensichtlichen Absicht, jede weitere Unterhaltung zu vermeiden.

Der Lord und seine Frau sahen ihn einige Tage lang nicht mehr, und auch der Kapitän würdigte sie nur noch eines mürrischen Brummens, wenn er gezwungen war, mit ihnen zu sprechen. Sie speisten gemeinsam in seiner Kajüte, wie sie es vor dem unglücklichen Vorfall taten, aber der Kapitän sorgte dafür, dass seine Pflichten es ihm niemals ermöglichten, zur gleichen Zeit mit ihnen zu essen.

Die anderen Offiziere waren derbe ungebildete Kerle und nur froh, gesellschaftlichen Verkehr mit dem englischen Edelmann und seiner Gattin vermeiden zu können, so dass die Claytons sich meist selbst überlassen waren.

An und für sich entsprach dies durchaus ihren Wünschen, aber dadurch waren sie auch von dem Leben und Treiben auf dem kleinen Schiff isoliert und nicht imstande, mit den täglichen Vorkommnissen in Kontakt zu bleiben, die schon so bald in einer blutigen Tragödie enden sollten.

In der ganzen Atmosphäre des Schiffes lag ein unbestimmtes Etwas, das Unheil verkündete.

Äußerlich ging auf dem kleinen Fahrzeug alles – soweit die Claytons es sahen – seinen gewohnten Gang, aber dass sie einer unbekannten Gefahr entgegengingen, fühlten beide, obwohl sie nicht darüber sprachen.

Am zweiten Tag, nachdem der Schwarze Michel verwundet worden war, kam Clayton gerade rechtzeitig auf das Deck, um zu sehen, wie der schlaffe Körper eines Matrosen von vier Kameraden hinuntergebracht wurde, während der erste Steuermann, einen schweren Knüppel in der Hand haltend, der kleinen Gruppe Matrosen finster nachsah.

Clayton stellte keine Fragen – das brauchte er auch nicht – aber als am folgenden Tag der große Umriss eines englischen Schlachtschiffes am fernen Horizont auftauchte, war er halb entschlossen, zu verlangen, dass er und seine Gattin an dessen Bord übergesetzt würden, denn seine Befürchtung, dass ihnen bei ihrem Verbleiben auf der düsteren »Fuwalda« noch etwas Übles zustoßen könnte, wuchs ständig.

Gegen Mittag kamen sie dann in Sichtweite des britischen Schiffes, aber wenn Clayton sich eigentlich entschlossen hatte, den Kapitän zu bitten, sie übersetzen zu lassen, wurde ihm jetzt das offensichtlich Lächerliche einer solchen Bitte klar. Welchen Grund sollte er dem Befehl habenden Offizier von Ihrer Majestät Schiff angeben, um in die Richtung zurück zu fahren, aus der er soeben gekommen war?

Wenn er den Offizieren erzählt hätte, dass zwei widerspenstige Matrosen rau behandelt worden seien, hätten sie heimlich über ihn gelacht und ihn der Feigheit bezichtigt, wenn er das kleine Schiff nur aus diesem Grund verlassen hätte.

So verzichtete Lord Greystoke darauf, an Bord des britischen Kriegsschiffs gebracht zu werden; aber am späten Nachmittag, noch bevor die Mastspitzen des Kriegsschiffes am fernen Horizont verschwunden waren, fand er seine größten Befürchtungen bestätigt, und er verwünschte nun seinen falschen Stolz, der ihn einige Stunden vorher davon abgehalten hatte, seine junge Frau in Sicherheit zu bringen, als sich ihm diese Rettung bot – eine Rettung, die nun für immer vorbei war.

Kurz darauf schlich sich der kleine alte Mann, der vor einigen Tagen so unmenschlich von dem Kapitän niedergeschlagen worden war, an Clayton und seine Frau heran. Der Alte polierte Messingstangen, und als er näher an Clayton herankam, sagte er in flüsterndem Ton:

Er wird bezahlen, Herr! Das glauben Sie mir aufs Wort. Er wird bezahlen!

Was meinen Sie, mein Bester? fragte Clayton.

Wie? Haben Sie nicht gesehen, was hier vorgeht? Dieser Teufels-Kapitän! Gestern zwei zerschlagene Köpfe und heute drei. Der vom Schwarzen Michel ist wieder so gut wie neu, und er ist nicht der Kerl, der sich das gefallen lässt, er nicht, mein Wort darauf!

Sie meinen, lieber Mann, dass die Mannschaft meutern will?

Meutern? erwiderte der Alte, Meutern? Totschlagen wird man, Herr, mein Wort darauf!

Wann?

Es kommt, Herr, es kommt, aber ich darf nicht sagen, wann, und ich habe jetzt schon verflucht viel gesagt, aber Sie waren neulich so gut zu mir, und da dachte ich, es wäre nicht mehr als recht, Sie zu warnen. Aber halten Sie die Klappe und wenn Sie es schießen hören, gehen Sie hinunter und bleiben Sie dort! Das ist alles, aber schweigen Sie, oder man wird Ihnen eine Pille zwischen die Rippen jagen – verlassen Sie sich darauf, Herr!

Und der alte Mann polierte weiter und entfernte sich allmählich von der Stelle, wo die Claytons standen.

Das sind ja schöne Aussichten, Alice, sagte Clayton.

Du musst den Kapitän sofort warnen, John! sagte sie. Der Aufruhr kann dann vielleicht noch verhütet werden.

Eigentlich müsste ich es tun, aber in unserer Lage möchte ich lieber »die Klappe halten«. Was die Leute auch unternehmen mögen, uns werden sie schonen, aus Dank dafür, dass ich für den Schwarzen Michel Partei ergriffen habe, aber wenn sie herausfänden, dass ich sie verraten habe, würden wir keine Gnade vor ihnen finden, Alice!

Es ist aber Deine Pflicht! Wenn du den Kapitän nicht warnst, machst du dich der Mithilfe schuldig, genauso, als ob du am Anzetteln der Verschwörung mit beteiligt gewesen wärst.

Meine erste Pflicht ist es, an dich zu denken. Der Kapitän hat sich selbst in diese Lage gebracht. Warum soll ich es – in dem wahrscheinlich nutzlosen Versuch, ihn vor seinem eigenen brutalen Wahnsinn zu retten – riskieren, meine Frau unvorstellbaren Gefahren auszusetzen? Du hast keine Vorstellung, meine Liebe, von dem, was folgen würde, wenn dieses Pack von Halsabschneidern die »Fuwalda« in ihre Gewalt bekäme.

Aber Pflicht ist Pflicht, mein Lieber, und kein scheinbarer Grund kann etwas daran ändern. Das wäre eine armselige Frau für einen englischen Lord, wenn sie ihn daran hindern würde, seine Pflicht zu tun. Ich verstehe die Gefahr, die daraus entstehen kann, aber ich kann ihr mit dir vereint entgegentreten, und zwar tapferer als ich es im Bewusstsein der Schuld könnte, dass du eine Tragödie hättest vermeiden können, wenn du deine Pflicht nicht vernachlässigt hättest.

So geschehe denn dein Wille, Alice, antwortete er. Vielleicht machen wir uns auch unnötige Sorgen. Wenn mir auch die Vorgänge an Bord dieses Schiffes nicht gefallen, so sind sie doch vielleicht nicht so tragisch, denn es ist möglich, dass der alte Seemann mehr die Wünsche seines bösen alten Herzens geäußert als von wirklichen Tatsachen gesprochen hat. Meuterei auf hoher See mag vor hundert Jahren häufig gewesen sein, aber im Jahr 1888 ist es das Unwahrscheinlichste, das man sich denken kann. – Da geht der Kapitän in seine Kajüte! Wenn ich ihn warnen soll, möchte ich diese unangenehme Sache gleich hinter mich bringen, denn ich habe wenig Lust, mit diesem brutalen Menschen zu sprechen.

Während er so sprach, schlenderte er mit sorgloser Miene auf die Kajütentreppe zu, die der Kapitän eben hinuntergestiegen war, und klopfte einen Augenblick später an der Tür.

Herein! brummte der tiefe Bass des mürrischen Offiziers. Und als Clayton eingetreten war und die Tür hinter sich geschlossen hatte, fragte er:

Nun?

Ich komme, um Ihnen den Inhalt einer Unterredung mitzuteilen, die ich heute gehört habe, denn ich habe das Gefühl, dass, wenn auch nichts Wahres daran sein sollte, es auf alle Fälle gut wäre, wenn Sie bewaffnet wären. Die Mannschaft beabsichtigt in Kürze Meuterei und Totschlag!

Das ist gelogen! brüllte der Kapitän. Und wenn Sie sich noch einmal in die Vorgänge dieses Schiffes einmischen oder sich um Dinge kümmern, die Sie nichts angehen, werden Sie die

Folgen zu tragen haben! Es ist mir gleich, ob Sie ein englischer Lord sind oder nicht. Ich bin Kapitän dieses Schiffes, und von jetzt ab stecken Sie Ihre Nase nicht mehr in meine Angelegenheiten!

Während er sprach, redete er sich in eine solche Wut hinein, dass er im Gesicht puterrot wurde und die letzten Worte nur noch hinausschrie und dabei mit einer Faust auf den Tisch schlug und mit der anderen Clayton bedrohte.

Lord Greystoke verzog keine Miene, er sah nur mit Staunen auf den wütenden Mann.

Kapitän Billings, sagte er langsam, wenn Sie meine Offenheit verzeihen wollen, so möchte ich Ihnen sagen, dass Sie ein Esel sind.

Daraufhin drehte er sich um und verließ die Kajüte mit derselben Gemütsruhe, die ihm stets zu eigen war und die den Zorn eines Mannes wie Billings noch mehr steigerte.

Wenn Clayton versucht hätte, ihn zu beruhigen, hätte der Kapitän seine jähzornigen Worte vielleicht bedauert. So aber blieb er so wütend, wie Clayton ihn verlassen hatte, und damit war die letzte Aussicht auf ein Zusammenarbeiten für die Erhaltung ihres Lebens dahin.

Alice, sagte Clayton, als er zu seiner Frau zurückkehrte, wenn ich meinen Atem gespart hätte, hätte ich mir auch ein wenig Ärger erspart. Der Kerl war sehr undankbar. Er schrie mich an wie ein tollwütiger Hund. Er mag mit seinem alten Schiff zum Henker gehen! Was liegt mir daran? Bis wir glücklich hier wegkommen, werde ich nur noch auf unser eigenes Wohl bedacht sein. Und ich denke, dass der erste Schritt auf diesem Weg der sein wird, in unsere Kajüte zu gehen und nach meinem Revolver zu sehen. Ich bedaure jetzt, dass ich die größeren Gewehre und die Munition ganz unten in die Koffer gepackt habe.

Sie fanden ihre Kabine in einem üblen Zustand. Kleider aus ihren offenen Koffern lagen in dem kleinen Raum verstreut und selbst die Betten waren auseinandergerissen.

Da hat sich offenbar jemand mehr für unser Eigentum interessiert als wir selbst, sagte Clayton. Ich möchte aber wissen, was der Kerl gesucht hat. Lass uns doch einmal nachsehen, ob etwas fehlt.

Nach gründlichem Suchen stellte sich heraus, dass nichts weiter gestohlen worden war – außer den beiden Revolvern und etwas Munition, die dabei lag.

Das sind gerade die zwei Dinge, auf die ich am meisten Wert gelegt hätte, sagte Clayton. Und die Tatsache, dass sie nur diese mitgenommen haben, ist das Schlimmste, was bis jetzt auf diesem erbärmlichen Kasten passiert ist.

Was sollen wir nun tun, John? fragte seine Frau. Ich werde dich nicht mehr drängen, nochmals zum Kapitän zu gehen. Vielleicht liegt unsere beste Aussicht auf Rettung in einem neutralen Verhalten. Wenn die Offiziere imstande sind, eine Meuterei zu verhindern, haben wir nichts zu befürchten, während – wenn die Meuterer siegen – unsere einzige Rettung darin liegt, nicht versucht zu haben, ihre Pläne zu durchkreuzen.

Du hast Recht, Alice. Halten wir den goldenen Mittelweg ein.

Als sie begannen, ihre Kabine wieder in Ordnung zu bringen, bemerkten Clayton und seine Frau plötzlich, dass ein Stück Papier unter der Tür hereingeschoben wurde.

Schnell und lautlos näherte sich Clayton der Tür, aber als er sie aufreißen wollte, hielt ihn seine Frau zurück.

Nein, John, flüsterte sie, sie wollen nicht gesehen werden, und deshalb wollen wir sie auch nicht überraschen. Vergiss nicht, dass wir den goldenen Mittelweg gehen wollen.

Clayton zog seine Hand zurück. So standen sie da und beobachteten das kleine Stück Papier, bis es vollständig diesseits der Tür war.

Dann hob Clayton es auf. Es war ein schmutziges Blatt, das unordentlich zusammengefaltet war. Beim Öffnen lasen sie darauf einige Zeilen in einer Schrift, die offenbar von einer des Schreibens ungeübten Hand verfasst worden war.

Der Inhalt war eine Warnung an die Claytons, bei Androhung des Todes, eine Meldung über den Diebstahl der Revolver an den Kapitän zu unterlassen.

Wunderbar, sagte Clayton mit traurigem Lächeln. Alles, was wir tun können, ist uns ruhig zu verhalten und abzuwarten, was auch kommen mag.

Das Heim in der Wildnis

Lange brauchten Lord Greystoke und seine Gemahlin nicht zu warten, denn am nächsten Morgen, als er auf Deck gehen wollte, um seinen gewohnten Spaziergang vor dem Frühstück zu machen, fiel ein Schuss und dann ein zweiter und ein dritter.

Der Anblick, der sich ihm bot, bestätigte seine schlimmsten Befürchtungen. Der kleinen Gruppe von Offizieren stand die gesamte Schiffsmannschaft der »Fuwalda« gegenüber, der Schwarze Michel an der Spitze.

Nach der ersten Salve der Offiziere gingen die Matrosen schnell in Deckung und feuerten hinter Mastbäumen, Ruderhaus und Kombüse hervor auf die fünf Männer, die die verhasste Autorität des Schiffes verkörperten.

Zwei Matrosen waren schon unter den Kugeln des Kapitäns gefallen. Sie lagen noch, wo sie gefallen waren, zwischen den Kämpfenden.

Dann stürzte der erste Steuermann vornüber aufs Gesicht, und auf Befehl des Schwarzen Michels feuerten die wütenden Gesellen auf die vier Überlebenden. Die Mannschaft hatte nur sechs Feuerwaffen auftreiben können; deshalb war sie mit Boothaken, Äxten, Beilen und Brecheisen bewaffnet. Der Kapitän hatte seinen Revolver leergeschossen und war dabei, ihn wieder zu laden. Das Gewehr des zweiten Steuermanns hatte versagt, und so waren nur noch zwei Waffen schussbereit, als sich die Meuterer schnell den zurückweichenden Offizieren näherten. Auf beiden Seiten wurde fürchterlich geflucht; dazu kam das Knallen der Waffen und das Schreien und Stöhnen der Verwundeten.

Noch ehe die Offiziere ein Dutzend Schritte zurück gemacht hatten, fielen die Leute über sie her. Ein dicker Schwarzer spaltete dem Kapitän den Kopf, und einen Augenblick später waren auch die anderen niedergeschlagen, durch Dutzende Schläge und Schüsse verwundet.

Kurz und grausig war das Werk der Meuterer auf der »Fuwalda«, und bei all diesen Vorgängen stand John Clayton unbekümmert an die Schiffstreppe angelehnt, rauchte nachdenklich seine Pfeife, als ob er ein unwichtiges Cricket-Spiel anschaute.

Als der letzte Offizier gefallen war, dachte er daran, dass es Zeit sei, zu seiner Frau zurück zu gehen, da sie sonst einer der Mannschaft allein finden könnte.

Obwohl äußerlich ruhig und gleichgültig, war Clayton doch ängstlich und aufgeregt, denn er fürchtete um die Sicherheit seiner Frau in der Nähe dieser Unmenschen, in deren Hände sie das Schicksal gebracht hatte.

Als er sich umdrehte, um die Treppe hinunter zu steigen, sah er zu seiner Überraschung seine Frau auf den Stufen stehen.

Seit wann bist du hier, Alice?

Von Anfang an, antwortete sie. Wie schrecklich, John! Oh, wie schrecklich! Was können wir von solchen Menschen erwarten?

Ein Frühstück, hoffe ich, antwortete er, tapfer lächelnd, um ihre Furcht zu zerstreuen.

Ich werde sie fragen, fügte er hinzu. Komm mit mir, Alice. Wir dürfen sie nicht glauben lassen, dass wir etwas anderes als eine höfliche Behandlung von ihnen erwarten.

Unterdessen umringten die Matrosen die toten und verwundeten Offiziere, und ohne Unterschied und ohne Mitleid begannen sie, die Toten und Verwundeten über Bord zu werfen.

Plötzlich bemerkte einer von der Mannschaft die sich nähernden Claytons, und mit dem Ruf: Hier sind noch zwei für die Fische! stürzte er mit erhobener Axt auf sie zu.

Aber der Schwarze Michel war schneller, der Kamerad wurde, ehe er noch einige Schritte gemacht hatte, durch einen Schuss niedergestreckt.

Mit lautem Rufen zog er die Aufmerksamkeit der anderen auf sich, und, auf Lord und Lady Greystoke zeigend, rief er:

Sie sind meine Freunde, und sie werden in Ruhe gelassen, versteht ihr? Ich bin jetzt Kapitän dieses Schiffes, und was ich befehle, geschieht! Zu den Claytons sagte er: Bleiben Sie für sich allein, und kein Mensch wird Ihnen ein Leid zufügen! Dabei sah er drohend zu seinen Kameraden hinüber.

~~~

Die Claytons beachteten die Anweisungen des Schwarzen Michels sehr genau, so dass sie nur wenig von der Mannschaft sahen und nichts von den Plänen der Leute erfuhren.

Gelegentlich hörten sie Streit zwischen den Meuterern, und zwei Mal erschütterten Schüsse die Stille. Der Schwarze Michel eignete sich sehr gut als Führer dieses zusammengewürfelten Volkes, denn er verstand es, sie in seiner Gewalt zu behalten.

Am fünften Tag nach der Ermordung der Offiziere wurde vom Ausguck Land gemeldet. Ob es eine Insel oder Festland war, wusste der Schwarze Michel nicht, aber er kündete Clayton an, dass – wenn es sich herausstellte, dass die Gegend bewohnbar sei – er und Lady Greystoke mit ihrem Gepäck dort an Land gesetzt werden sollten.

Für ein paar Monate werden Sie dort gut aufgehoben sein, erklärte er ihnen, und unterdessen werden wir an irgendeiner unbewohnten Küste landen und uns trennen können. Dann will ich der britischen Regierung melden, wo Sie sind und sie wird bald ein Kriegsschiff senden, um Sie abzuholen. Es wäre eine schwierige Sache, Sie in der Zivilisation abzusetzen, ohne dass eine Menge Fragen gestellt würden, die keiner von uns beantworten möchte.

Clayton wehrte sich gegen die Unmenschlichkeit, sie an einer unbekannten Küste auszusetzen und so wilden Tieren und vielleicht noch wilderen Menschen auszuliefern.

Aber seine Worte waren vergeblich und verärgerten den Schwarzen Michel nur. Schließlich ließ er es dabei bewenden, und versuchte, ihrer üblen Lage eine gute Seite abzugewinnen.

Gegen drei Uhr nachmittags kamen sie in die Nähe einer wundervollen bewaldeten Küste, an der eine Landungsstelle zu sein schien.

Der Schwarze Michel sandte ein kleines, mit einigen Mann besetztes Boot aus, um zu untersuchen, ob die »Fuwalda« dort einfahren könnte.

Nach etwa einer Stunde kehrten sie zurück und meldeten, das Wasser sei tief genug, sowohl in der Einfahrt, als auch im Inneren der Bucht.

Ehe es dunkel wurde, lag das Schiff friedlich vor Anker auf der stillen, spiegelglatten Fläche der Bucht.

Die Umgebung des Strandes war von prächtigem, halbtropischem Grün bewachsen, während in der Ferne die Gegend, die sich als Hügelland vom Ozean abhob, fast lückenlos mit Urwald bedeckt war.

Kein Zeichen einer menschlichen Wohnung war sichtbar, aber dass Menschen sehr wohl dort leben konnten, bewies die Fülle der Vögel und anderen Tiere, die man vom Deck der »Fuwalda« sah, wie auch der Schimmer eines kleinen Flusses, der in die Bucht mündete und frisches Wasser in Fülle spendete.

Als sich die Nacht auf die Erde senkte, standen Clayton und seine Frau noch an der Reling, in stilles Nachdenken über ihr künftiges Schicksal versunken. Aus dem finsteren Schatten des mächtigen Waldes kamen die Rufe der wilden Tiere, das dumpfe Brüllen des Löwen und gelegentlich der schrille Schrei eines Panters.

Alice drückte sich fester an ihren Mann, von ahnungsvollem Schauder ergriffen über das Grausige, das in dem schrecklichen Dunkel der kommenden Nächte vor ihnen lag, wenn sie beide ganz allein auf dieser wilden einsamen Küste sein würden.

Spät am Abend kam der Schwarze Michel zu ihnen und wies sie an, Vorbereitungen zu ihrer für den nächsten Tag angesetzten Landung zu treffen. Sie versuchten, ihn dazu zu bewegen, sie an einer wohnlicheren Küste abzusetzen, so dass sie hoffen könnten, in freundliche Hände zu gelangen, aber kein Bitten, keine Drohungen und keine Versprechungen konnten ihn dazu bewegen.

Er antwortete ihnen: Ich bin der einzige Mann an Bord, der Sie beide nicht lieber tot sähe, und wenn ich auch weiß, dass dies der einzig vernünftige Weg wäre, unsere Köpfe zu retten, so ist der Schwarze Michel doch nicht der Mann, der einen Gefallen vergisst. Sie haben mir einmal das Leben gerettet – jetzt rette ich das Ihrige, aber das ist auch alles, was ich für Sie tun kann. Die Leute wollen sich nicht länger hier aufhalten, und wenn wir Sie nicht schnellstens absetzen, könnten sie es sich schnell anders überlegen. Ich will alles, was Ihnen gehört, an Land bringen, ebenso Küchengeräte und einige alte Segeltücher für Zelte und genug Essen, bis sie Früchte und Wild finden werden. Da Sie auch ihre Gewehre zum Schutz haben, können Sie hier gut leben, bis Hilfe kommt. Wenn ich glücklich von hier fort bin, will ich sehen, dass die britische Regierung erfährt, wo Sie sind. Wo ich in Zukunft leben werde, kann ich Ihnen nicht sagen, denn ich weiß es selbst noch nicht. Aber man wird Sie schon finden.

Als der Schwarze Michel fort war, ging das junge Paar schweigend hinunter; beide waren in düstere Ahnungen versunken.

Clayton glaubte nicht, dass der Schwarze Michel auch nur im geringsten die Absicht hatte, die britische Regierung von ihrem Aufenthalt zu unterrichten. Auch war er nicht sicher, dass für den nächsten Tag nicht irgendein Verrat beabsichtigt war, wenn sie mit den Seeleuten an Land gingen, die sie mit ihrem Gepäck begleiten sollten. Sobald sie außerhalb der Sicht des Schwarzen Michels waren, konnten einige der Leute sie töten, so dass das Gewissen des Schwarzen Michels rein blieb.

Und selbst wenn sie diesem Schicksal entgingen, sahen sie dann nicht noch schwereren Gefahren entgegen? Wäre er alleine gewesen, hätte er hoffen können, noch viele Jahre zu leben, denn er war ein kräftiger, athletisch gebauter Mann.

Aber was würde aus Alice und dem kleinen Leben werden, das schon so früh den Mühseligkeiten und schweren Gefahren einer Wildnis ausgesetzt würde?

Der Mann erschauerte, als er über den schrecklichen Ernst und die fürchterliche Hilflosigkeit ihrer Lage nachdachte.

~~~

Am nächsten Morgen wurden in aller Frühe ihre zahlreichen Koffer und Kisten aufs Deck befördert und in bereitliegende Boote heruntergelassen, die sie an Land bringen sollten.

Es war eine große Menge der verschiedenartigsten Sachen, denn da die Claytons mit der Möglichkeit gerechnet hatten, fünf bis acht Jahre in ihrem neuen Aufenthaltsort zu bleiben, hatten sie neben dem Notwendigen auch viele Luxussachen mitgenommen.

Der Schwarze Michel sorgte dafür, dass nichts von Claytons Eigentum an Bord blieb. Ob aus Mitleid oder in seinem eigenen Interesse, war schwer zu sagen. Das Vorhandensein von Eigentum eines vermissten britischen Beamten auf einem verdächtigen Schiff wäre in jedem zivilisierten Hafen schwer zu erklären gewesen. Der Schwarze Michel war dann auch so eifrig bemüht, über die Ausführung seiner Anordnung zu wachen, dass er sogar darauf bestand, Clayton seine Revolver zurück zu geben.

In die Boote wurden auch verladen: Gepökeltes Fleisch, Schiffszwieback, Kartoffeln und Bohnen, Streichhölzer und Kochgeschirr, ein Werkzeugkasten und die alten Segel, die ihnen der Schwarze Michel versprochen hatte.

Als ob der Schwarze Michel dieselben Befürchtungen hatte wie Clayton, begleitete er die beiden an Land, und verließ sie als letzter, nachdem die Seeleute die mitgenommenen Schiffstonnen mit frischem Trinkwasser aufgefüllt hatten.

Als die Boote sich wieder langsam über das glatte Wasser der Bucht bewegten, sahen Clayton und seine Frau, mit einem Gefühl von drohendem Unglück und äußerster Hilflosigkeit, schweigend zu.

Als die »Fuwalda« durch die enge Ausfahrt der Bucht fuhr und hinter einer Landspitze verschwand, schlang Lady Alice ihre Arme um Claytons Hals und brach in heftiges Weinen aus.

Tapfer hatte sie die Gefahren der Meuterei über sich ergehen lassen und mit heldenhafter Stärke der schrecklichen Zukunft entgegengesehen, aber nun, da sie die Angst der völligen Einsamkeit überfiel, ließ sie ihrer Verzweiflung freien Lauf.

Ihr Mann versuchte nicht, ihre Tränen zu stoppen. Es war besser, der Natur ihren Lauf zu lassen, damit sich die lange zurückgehaltene Anspannung auflöste, und es verging manche Minute, ehe sich die junge Frau, die eigentlich noch ein Kind war, wieder beherrschen konnte.

Oh John, rief sie schließlich, wie entsetzlich! Was fangen wir an? Was sollen wir nur tun?

Wir können nur eins tun, Alice, und er sprach so ruhig, als ob sie in ihrem traulichen Heim säßen, und das ist arbeiten! Die Arbeit muss unser Heil sein. Wir dürfen uns keine Zeit zum Nachdenken lassen, denn sonst würden wir verrückt werden. Wir müssen arbeiten und hoffen. Ich bin sicher, dass Hilfe kommen wird und dass sie schnell kommt, sobald es bekannt wird, dass die »Fuwalda« verloren ist – selbst wenn der Schwarze Michel sein Wort nicht halten sollte.

Ja, John, wenn es nur um uns beide ginge, sagte sie seufzend, dann könnten wir es schon aushalten, das weiß ich, aber ...

Liebe Alice, antwortete er sanft, ich habe daran gedacht, aber wir müssen auch mit diesem Ereignis rechnen, wie mit allem, was noch kommen wird, tapfer und mit Vertrauen in unsere

Geschicklichkeit. Vor hunderttausend Jahren standen unsere Vorfahren vor denselben Schwierigkeiten wie wir jetzt, vielleicht sogar hier, in dem selben Urwald. Dass wir heute hier sind, ist ein Beweis ihres Sieges. Sollten wir es nicht auch tun können was sie taten? Und sogar besser, denn wir sind mit höherem Wissen ausgerüstet, und besitzen heute Schutz-, Verteidigungs- und Verpflegungsmittel, die die Wissenschaft uns gab, die ihnen noch völlig unbekannt waren. Was sie mit unvollkommenen Werkzeugen und Waffen aus Stein und Knochen vollbrachten, das können wir sicher auch.

Ach John, ich wünschte, ein Mann zu sein mit dem Denken eines Mannes, aber ich bin eine Frau, die mehr mit dem Herzen als mit dem Verstand sieht, und alles, was ich sehe, ist zu schrecklich, zu undenkbar, als dass ich es in Worte fassen könnte. Ich hoffe nur, dass du recht hast, John. Ich will mein Bestes tun, um eine wackere Urwald-Frau zu sein, die tapfere Kameradin eines Urwald-Mannes.

Claytons erster Gedanke war, eine Unterkunft für die Nacht zu bauen, worin sie vor den umherstreifenden Raubtieren geschützt wären.

Er öffnete den Koffer, der seine Gewehre und die Munition enthielt, damit sie wenigstens bewaffnet wären, wenn sie während der Arbeit angegriffen würden, und dann suchten sie einen Ort für ihre erste Nachtruhe.

Etwa hundert Meter vom Ufer war eine ziemlich lichte, ebene Stelle, und sie beschlossen, hier ein festes Haus zu bauen. Vorläufig hielten sie es aber für das Beste, eine kleine Plattform in den Bäumen zu errichten und zwar so hoch, dass sie außer der Reichweite von wilden Tieren wären.

Zu diesem Zweck wählte Clayton vier im Rechteck stehende Bäume aus, die etwa acht Fuß voneinander entfernt waren. Dann schlug er von anderen Bäumen lange Äste ab und band diese mit den Stricken, die ihm der Schwarze Michel überlassen hatte, etwa zehn Fuß über der Erde an den erwähnten vier Bäumen fest.

So hatte er ein Gerüst, über das er dann dünnere Äste eng zusammenlegte, um einen Fußboden herzustellen. Diesen Boden belegte er mit riesigen Wedeln von »Elefanten-Ohr«, das ringsum massenhaft wuchs, und zuletzt noch mit einem großen, mehrfach gefalteten Segeltuch.

Sieben Fuß höher legte er in ähnlicher Weise ein Dach an. Die Wände stellte er einfach dadurch her, dass er rings herum Segeltuch aufhing.

Als dies vollendet war, hatte er ein ziemlich gemütliches, kleines Nest, in das er Bettdecken und einiges von dem leichten Gepäck trug.

Es war inzwischen später Nachmittag geworden, und die Abendstunden wurden dazu benützt, eine kräftige Leiter herzustellen, auf der sie in ihr neues Heim steigen konnten.

Den ganzen Tag über war der Wald voll von lebhaften, prächtig gefiederten Vögeln und von springenden, schwatzenden Affen gewesen, die die Neuankömmlinge und ihren wundervollen Nestbau mit Interesse beobachteten.

Obwohl Clayton und seine Frau scharf aufpassten, sahen sie keine größeren Tiere, aber zwei Mal kamen ihre kleinen Affen-Nachbarn näher, sahen schreiend und schwatzend zu und zogen offenbar erschreckt über die geheimnisvollen Vorgänge, die sie hier beobachteten, wieder ab.

Als die Nacht hereingebrochen war, hatte Clayton die Leiter fertig, und als er einen großen Behälter mit Wasser aus dem nahen Fluss gefüllt hatte, stiegen die beiden in ihr verhältnismäßig sicheres, luftiges Gemach.

Da es warm war, hatte Clayton die Seitenvorhänge über das Dach zurückgeschlagen. Als sie nun auf ihren Bettdecken lagen, schrie Lady Alice, die angestrengt in die dunkeln Schatten des Waldes hinaussah, plötzlich auf und ergriff Claytons Arm.

John! flüsterte sie. Sieh doch! Was ist das? Ein Mann? Als Clayton in die angegebene Richtung schaute, sah er die Umrisse einer großen, aufrechtstehenden Gestalt. Einen Augenblick stand sie still, drehte sich langsam um und verschwand wieder im Schatten des Dickichts.

Was war das, John?

Ich weiß es nicht, Alice, antwortete er ernst, es ist zu dunkel, um so weit zu sehen, und es war vielleicht nur ein Schatten, den der aufgehende Mond geworfen hat.

Nein, John, es war kein Mann, es war eine riesige, groteske Karikatur eines Menschen. Oh, wie ich mich fürchte!

Er schloss sie, ihr liebe und ermutigende Worte ins Ohr flüsternd, in seine Arme, denn für ihn gab es nichts Schmerzlicheres, als die Angst seiner jungen Frau.

Er verstand diese Angst sehr wohl, obwohl er selbst recht tapfer und furchtlos war – eine seltene Gabe, wenn auch nur eine der vielen Eigenschaften, die ihn bei allen, die ihn kannten, beliebt gemacht hatten.

Bald darauf ließ er die Vorhänge herunter, befestigte sie an den Bäumen und ließ nur eine kleine Öffnung zum Ufer hin frei.

Als es nun in ihrem luftigen, kleinen Raum stockdunkel war, legten sie sich auf die Decken und versuchten im Schlaf ihre traurige Lage zu vergessen.

Clayton legte Büchse und Revolver neben sich und sah immer zur Öffnung hin.

Kaum hatten sie die Augen geschlossen, als der schreckenerregende Schrei eines Panters hinter ihnen aus dem Dschungel erscholl. Er kam näher und näher, bis sie das große Tier unmittelbar unter sich hörten.

Über eine Stunde lang hörten sie es schnuppernd und an den Bäumen unter ihnen kratzend, bis es sich schließlich zum

Strand weiterzog, wo Clayton es deutlich im hellen Mondschein erkannte – ein großes, schönes Tier, das größte, das er je gesehen hatte.

In den langen Nachtstunden fanden sie wenig Schlaf, denn die Nachtgeräusche des von Myriaden von Tieren wimmelnden Dschungels hielten ihre angespannten Nerven wach, so dass sie hundertmal durch die durchdringenden Schreie oder die heimlichen Bewegungen von Körpern unter ihnen aufgeschreckt wurden.

Leben und Tod

Der Morgen fand die beiden nur wenig erfrischt, wobei sie dem Sonnenaufgang mit einem Gefühl der Erleichterung entgegensahen.

Sobald sie ihr Frühstück, bestehend aus gesalzenem Schweinefleisch, Kaffee und Schiffszwieback, eingenommen hatten, begann Clayton mit dem Bau des Hauses, denn er sah ein, dass sie auf keine Sicherheit und keine Nachtruhe rechnen konnten, solange keine vier starken Wände den Dschungel von ihnen abhielt.

Die Aufgabe war schwierig und erforderte den größten Teil eines Monats, obwohl es sich nur um einen kleinen Raum handelte. Clayton baute die Hütte aus schmalen Baumstämmen von etwa sechs Zoll Durchmesser. Die Ritzen verschmierte er mit Lehm, den er einige Fuß tief in der Erde fand.

An einem Ende legte er eine Feuerstelle aus kleinen Steinen vom Strand an. Diese wurden ebenfalls mit Lehm verschmiert. Als das Haus fertig war, bewarf er die ganze Außenseite mit einer vier Zoll dicken Lehmschicht.

In die Fensteröffnung brachte er waagrechte und senkrechte Äste von etwa einem Zoll im Durchmesser an, die so verflochten waren, dass sie ein festes Gitter bildeten, das auch einem kräftigen Tier widerstehen konnte.

So erhielten sie die nötige Luft, ohne befürchten zu müssen, die Sicherheit ihrer Hütte zu verringern.

Das nach zwei Seiten steil abfallende Dach war aus schmalen, dicht aneinandergefügten Ästen gebildet, die mit langem Dschungelgras und Palmwedeln bedeckt waren, über die ebenfalls eine Lehmschicht kam.

Die Tür fertigte er aus Brettern der Kisten an; er nagelte ein Brett auf das andere und dann andere quer darüber, bis er eine so solide Tür zusammengenagelt hatte, dass sie beide darüber vergnügt waren, als sie das fertige Werk begutachteten.

Jetzt stand Clayton aber vor der größten Schwierigkeit, denn er hatte nichts, um die massive Tür einzuhängen. Nach zweitägiger Arbeit gelang es ihm aber, zwei Scharniere aus Hartholz anzufertigen, und mit diesen hängte er die Tür ein, so dass sie sich leicht öffnen und schließen ließ.

Das Verputzen und die übrigen letzten Arbeiten nahm er erst vor, als sie schon eingezogen waren. Solange die Tür sich nicht verschließen ließ, stellten sie ihre Koffer davor, und so hatten sie eine verhältnismäßig sichere und gemütliche Wohnung.

Die Herstellung des Bettes, der Stühle, eines Tisches und der Regale war verhältnismäßig leicht, so dass sie am Ende des zweiten Monats gut eingerichtet und, abgesehen von der steten Angst vor den wilden Tieren und der immer fühlbarer werdenden Einsamkeit, nicht gerade unglücklich waren.

Nachts knurrten und brüllten große Tiere um ihre Hütte herum, aber man gewöhnt sich allmählich an immer wiederkehrende Geräusche, und nach und nach beachteten sie sie immer weniger und schliefen fast die ganze Nacht durch.

Dreimal hatten sie flüchtig eine mannsgroße Gestalt gesehen, aber sie hatten nie erkennen können, ob es sich um die eines Menschen oder eines wilden Tieres handelte.

Die prächtigen Vögel und die kleinen Affen hatten sich bald an ihre neuen Bekannten gewöhnt und kamen, sobald sie die erste Furcht abgelegt hatten, immer näher, angetrieben durch die Neugier, die die wilden Geschöpfe des Waldes und des Dschungels beherrscht. Innerhalb eines Monats hatten mehrere Vögel ihre Scheu soweit abgelegt, dass sie Futter aus den Händen der Claytons entgegennahmen.

Eines Nachmittags, als Clayton an seiner Hütte arbeitete, er hatte die Absicht, mehrere Räume anzubauen, kam eine Anzahl der drolligen kleinen Freunde schreiend und keifend aus der Richtung des nahen Hügels. Auf ihrer Flucht warfen sie ängstliche Blicke nach hinten, um schließlich in Claytons

Nähe aufgeregt auf ihn einzuschnattern, als ob sie ihn vor einer herannahenden Gefahr warnen wollten. Schließlich erkannte er, was die kleinen Affen so fürchteten, es war das mannsgroße Tier, das er und seine Frau bereits bei früheren Gelegenheiten erblickt hatten.

Es näherte sich in einer halbaufgerichteten Stellung, wobei es zuweilen die geschlossenen Fäuste auf den Boden setzte – es war ein großer Menschenaffe! Beim Vorrücken gab er tiefe Kehllaute und gelegentlich bellende Töne von sich.

Clayton war etwas entfernt von der Hütte, da er dabei war, einen schönen Baum, der sich für seine Bauzwecke besonders eignete, zu fällen. Er war sorglos geworden, da er und seine Frau monatelang kein gefährliches Tier gesehen hatten. So hatte er auch seine Büchsen und Revolver in der Hütte gelassen, und als er nun den großen Affen durch das Unterholz direkt auf sich zukommen sah, fühlte er doch einen Schauer den Rücken hinunterfahren.

Da er nur mit einer Axt bewaffnet war, wusste er, dass seine Aussichten in einem Kampf mit dem wilden Tier sehr gering waren – und Alice! Oh Gott, sagte er sich, was wird aus Alice werden?

Es war kaum daran zu denken, die Hütte rechtzeitig zu erreichen. Er rannte trotzdem darauf los, wobei er seiner Frau laut zurief, in die Hütte zu laufen und die Tür zu schließen, falls der Affe ihm den Weg abschnitt.

Lady Greystoke saß in einiger Entfernung vor der Hütte, und als sie sein Schreien hörte, schaute sie auf und sah, wie der Affe mit einer für ein so schweres und ungelenkes Tier fast unglaublichen Schnelligkeit vorwärts sprang, um Clayton zu überholen.

Mit einem lauten Schrei stürzte sie zur Hütte, und während sie hineineilte, warf sie einen Blick nach hinten, der ihre Seele mit Schrecken erfüllte, denn das Tier hatte ihrem Gatten den

Weg abgeschnitten. Der stand nun – die Axt mit beiden Händen umfassend – bereit, mit ihr auf das wütende Tier einzuschlagen, sobald es angriff.

Schließ die Tür und verriegle sie, Alice! rief Clayton. Ich kann ihn mit meiner Axt erledigen!

Er wusste aber, dass ihm ein schrecklicher Tod drohte, und sie wusste es auch.

Der Affe war ein schweres Tier, das wohl drei Zentner wiegen mochte. Seine düsteren, nahe beieinanderstehenden Augen blitzten vor Hass und seine großen Fangzähne wurden während eines furchtbaren Knurrens sichtbar.

Clayton sah den Eingang seiner Hütte keine zwanzig Schritte entfernt, und ein furchtbarer Schrecken erfasste ihn, als er seine Frau darin auftauchen sah, bewaffnet mit einem Gewehr.

Sie hatte immer Angst vor Gewehren gehabt und hatte nie eines berühren wollen, aber jetzt stürzte sie auf den Affen los – mit dem Mut einer Löwin, die ihr Junges verteidigt.

Zurück, Alice! rief Clayton, um Himmelswillen, geh' zurück! Sie wollte aber nicht darauf hören, und da gerade im selben Augenblick der Affe zum Angriff überging, konnte Clayton nichts weiter sagen.

Mit gewaltiger Kraft schwang Clayton seine Axt, aber das mächtige Tier ergriff sie, riss sie ihm aus der Hand und schleuderte sie zur Seite.

Knurrend kam es näher an sein schutzloses Opfer heran, aber ehe es ihn ergreifen konnte, hatte Frau Clayton einen Schuss abgefeuert. Die Kugel traf den Affen zwischen die Schulterblätter.

Wütend warf das Ungetüm Clayton zu Boden und wandte sich nun gegen seinen neuen Feind. Vor ihm stand die angsterfüllte Frau. Sie versuchte, dem Tier noch eine Kugel in den

Leib zu jagen, aber sie kannte den Lademechanismus der Waffe nicht, und der Schuss versagte.

Schreiend vor Schmerz stürzte der Affe auf die Frau los, und vor Schrecken fiel sie ohnmächtig nieder.

Im selben Augenblick sprang Clayton wieder auf und eilte auf den Affen zu, ohne zu bedenken, dass er mit bloßen Händen nichts gegen ihn ausrichten konnte. Aber er wollte Alles versuchen, um seine geliebte Frau zu retten.

Kaum hatte er die Hand an das mächtige Tier gelegt, als es plötzlich umfiel und leblos vor ihm auf den Rasen rollte. Der Affe war tot! Die Kugel hatte ihn tödlich getroffen.

Als Clayton sah, dass die Gefahr beseitigt war, wandte er sich sofort seiner Frau zu. Zum Glück war sie nicht verletzt, aber sie war noch immer bewusstlos.

Vorsichtig hob er sie auf und trug sie in ihre Hütte, wo er sie sanft aufs Bett legte.

Es vergingen über zwei Stunden, bis sie die Besinnung wiedererlangte. Verwundert schaute sie in der Hütte umher, und dann sagte sie seufzend:

Oh John, es ist doch gut, dass wir zu Hause sind! Ich hatte einen fürchterlichen Traum. Es war mir, als ob wir nicht mehr in London, sondern an einem schrecklichen Ort wären, wo wir von wilden Tieren angefallen wurden.

Beruhige dich, Alice, sagte er, während er ihre Stirn streichelte, versuche wieder zu schlafen, und denke nicht mehr an den bösen Traum.

Noch in derselben Nacht wurde in der Hütte am Urwald ein Sohn geboren, während ein Leopard vor der Tür schrie und aus der Ferne das Brüllen eines Löwen erklang ...

~~~

Lady Greystoke erholte sich nie wieder von dem Schock, den sie bei dem Überfall durch den Affen erlitten hatte. Obwohl sie nach der Geburt ihres Sohnes noch ein Jahr lang lebte, verließ sie die Hütte nicht mehr, und sie begriff nie wieder, dass sie nicht in England war.

Manchmal fragte sie Clayton nach den merkwürdigen nächtlichen Geräuschen, nach der rohen und kunstlosen Einrichtung ihres Heimes, in dem sie ihre Bedienten und ihre Freunde vermisste. Und obwohl er keinen Versuch machte, sie zu täuschen, konnte sie doch den Zusammenhang des Ganzen nicht erfassen.

Ansonsten war sie ganz vernünftig. Sie war glücklich, einen kleinen Sohn zu haben, und sie freute sich, dass ihr Gatte ihr beständig so viel Aufmerksamkeit erwies.

So war diese Zeit für sie trotzdem eine glückliche, ja vielleicht die glücklichste ihres jungen Lebens.

Dass sie ohne diesen Schock nur von Angst und Sorgen erfüllt gewesen wäre, wusste Clayton sehr wohl. Obwohl er entsetzlich darunter litt, sie in diesem Zustand zu sehen, war es doch ein Trost für ihn, dass sie ihre Lage nicht mehr erkannte. Schon lange hatte er die Hoffnung auf Hilfe aufgegeben. Er wusste sehr wohl, dass sie ihnen nur noch durch einen günstigen Zufall zuteilwerden könnte.

Inzwischen hatte er mit unermüdlichem Eifer an der Verschönerung ihres Heims gearbeitet.

Löwen- und Panterfelle bedeckten den Boden. Schränke und Bücherregale standen an den Wänden. Merkwürdige Vasen, die er mit eigener Hand aus Lehm geformt hatte, waren mit prächtigen tropischen Blumen gefüllt, Vorhänge aus Gras und Bambus bedeckten die Fenster, und – was besonders schwierig gewesen war – er hatte mit seinen einfachen Werkzeugen Holzleisten angefertigt, um die Ritzen in den Wänden und der Decke zu verschließen, und er hatte sogar einen glatten Fußboden in der Hütte verlegt.

Er selbst wunderte sich selbst darüber, dass er imstande war, solche ungewohnten Arbeiten ausführen zu können.

Aber er liebte die Beschäftigung, weil sie dazu beitrug, sein Heim wohnlicher zu machen. Dabei dachte er nicht bloß an seine Frau, sondern auch an ihren kleinen Sohn, über den er sich so sehr freute, obwohl die Geburt dieses Weltbürgers seine Verantwortlichkeit und die Schrecken seiner Lage noch hundertfach vermehrt hatte.

Im Laufe des Jahres wurde Clayton mehrmals von großen Affen angefallen. Diese schienen jetzt wiederholt die Nähe der Hütte zu suchen. Da er sich aber nie wieder ohne Gewehr und Revolver hinauswagte, brauchte er sich vor den riesigen Tieren nicht mehr so zu fürchten.

Da er beständig für Nahrung sorgen musste, ging er häufig auf die Jagd und auf die Suche nach Früchten. Damit nun kein Tier in seine Hütte einbrechen konnte, brachte er an der Tür einen Holzverschluss an und verstärkte auch den Schutz an den Fenstern.

Anfangs konnte er viel Wild von seinem Fenster aus schießen, aber allmählich wurden die Tiere scheu und kamen nicht mehr so häufig in die Nähe seiner Hütte.

In seinen Mußestunden las Clayton seiner Frau oft aus den Büchern vor, die er mitgebracht hatte. Es waren darunter auch Bücher für kleine Kinder, Bilderbücher, ABC-Bücher und Lesebücher, denn, da er damit gerechnet hatte, dass er erst nach einer Reihe von Jahren nach England zurückkehren könne, hatte er diesbezüglich vorgesorgt.

Ab und zu schrieb Clayton in sein Tagebuch, das er auf Französisch führte und in das er alle wichtigen Einzelheiten eintrug. Dieses Buch bewahrte er sorgfältig in einem Metallkästchen auf.

Ein Jahr nach der Geburt ihres Sohnes starb Lady Alice. Sie schied so friedlich hinüber, dass Stunden vergingen, ehe Clayton es fassen konnte, dass seine Frau tot war.

Seine schreckliche Lage kam ihm erst langsam zu Bewusstsein, und es ist zweifelhaft, ob er die ganze Größe seiner Sorgen und die schreckliche Verantwortung, die ihm jetzt für den kleinen Sohn zufiel, voll erkannte.

Die letzte Eintragung in sein Tagebuch machte er am Morgen nach dem Tod seiner Frau. Er erzählt darin die traurigen Tatsachen so schlicht, dass deren Wirkung dadurch nur noch erhöht wird. Es liegt darüber eine müde Stumpfheit, erzeugt durch lange Sorge und Hoffnungslosigkeit.

Mein kleiner Sohn weint vor Hunger. – Oh Alice, Alice, was soll ich tun?

Als Clayton diese letzten Worte geschrieben hatte, sollte seine Hand nie wieder die Feder ergreifen.

Er legte sein müdes Haupt auf seine ausgestreckten Arme auf den Tisch, den er für sie angefertigt hatte – die Frau, die jetzt still und kalt im Bett neben ihm lag.

Im Dschungel herrschte eine Grabesstille, und sie wurde nur durch das Wimmern des kleinen Knaben unterbrochen ...

Die Affen

Im Wald des Tafellandes, eine Meile vom Ozean entfernt, tobte der alte Affe Kerschak voller Wut unter seinem Volk. Die jüngeren und kleineren Mitglieder seines Stammes kletterten auf die hohen Äste der großen Bäume hinauf, um seinem Zorn zu entfliehen. Sie trauten ihr Leben lieber den schwachen Ästen an, als dass sie im Zugriffsbereich des zornigen alten Kerschak geblieben wären. Die anderen liefen nach allen Richtungen auseinander.

Ein unglückliches junges Weibchen rutschte von einem hohen Ast herunter und fiel direkt vor Kerschaks Füße.

Mit einem wilden Schrei stürzte sich der Alte auf sie, riss ihr mit seinem gewaltigen Gebiss ein großes Stück aus der Seite und schlug das arme Wesen mit einem zerbrochenen Ast nieder.

Dann erspähte er Kala, die mit ihrem Säugling von der Futtersuche zurückkam. Sie wusste nichts von dem Wutausbruch des gewaltigen Männchens, bis sie durch die schrillen Rufe ihrer Kameraden gewarnt wurde und nun ihr Heil ebenfalls in der Flucht suchte.

Aber Kerschak war ihr so nahe auf den Fersen, dass er sie beinahe am Fuß erwischt hätte, wenn sie nicht auf einen anderen, weit entfernten Baum, gesprungen wäre.

Der Sprung gelang ihr, aber als sie den Ast des Baumes erfasste, lockerte sich durch die plötzliche Erschütterung der Halt des kleinen Säuglings, und sie sah, wie dieser dreißig Fuß tief hinunterfiel.

Mit lautem Brüllen kletterte Kala schleunigst hinunter, die Gefahr, die ihr von Kerschak drohte, nicht mehr beachtend. Aber als sie den winzigen, zerschlagenen Körper aufhob, war er schon tot.

Stöhnend legte sie den Leichnam neben sich. Kerschak belästigte sie nicht mehr.

Mit dem Tod des Kleinen war sein rasender Wutanfall so schnell vorbei, wie er über ihn gekommen war.

Kerschak war ein riesiger König unter den Affen; er wog wohl an die dreihundertfünfzig Pfund. Seine Stirn war außerordentlich niedrig und zurücktretend, seine Augen waren blutunterlaufen, schmal und nahe über seiner flachen Nase liegend; seine Ohren waren groß und dünn, aber schmäler als die anderer Menschenaffen.

Sein schrecklicher Zorn und seine gewaltigen Kräfte hatten ihm die Herrschaft über seinen Stamm verschafft, in den er vor etwa zwanzig Jahren hineingeboren wurde.

Da er jetzt im besten Alter war, hätte keiner in dem großen Wald es gewagt, ihm sein Herrscherrecht streitig zu machen. Er wurde nicht einmal von den anderen größeren Tieren belästigt.

Nur der alte Tantor, der Elefant, fürchtete ihn nicht, und vor ihm allein hatte Kerschak Respekt. Wenn Tantor trompetete, floh der große Affe mit seinen Kameraden auf die höchsten Bäume.

Der Stamm der Menschenaffen, über den Kerschak mit eiserner Faust herrschte, bestand aus sechs bis acht Familien, von denen jede aus einem erwachsenen Männchen mit seinen Weibchen und Jungen bestand. Es waren im ganzen sechzig bis siebzig Affen.

Kala war das jüngste Weibchen eines Männchens namens Tublat, d. h. »gebrochene Nase«, und das Kind, das durch den Absturz zerschmettert worden war, war ihr erstes, denn sie war erst neun oder zehn Jahre alt.

Trotz ihrer Jugend war sie groß und stark, ein prächtiges, wohlgebautes Tier mit einer runden, hohen Stirn, die auf mehr Intelligenz schließen ließ, als sie die meisten ihrer Art besaßen.

Aber sie war trotzdem ein Affe, ein riesiges, wildes, Tier, das den Gorillas nahe verwandt war, wenn auch klüger als diese.

Als die einzelnen Mitglieder des Stammes sahen, dass Kerschaks Raserei vorbei war, kamen sie langsam aus ihren Zufluchtsorten zurück und gingen wieder ihren Beschäftigungen nach.

Die Jungen spielten und scherzten zwischen den Bäumen und Sträuchern umher. Von den Erwachsenen lagen einige auf der weichen Matte abgestorbener Pflanzen, während andere über herabgefallene Äste und Erdschollen turnten, um nach kleinen Käfern und Reptilien zu suchen, die einen Teil ihrer Nahrung bildeten. Andere wieder suchten in der Umgebung die Bäume nach Obst, Nüssen, kleinen Vögeln und Eiern ab.

Nachdem sie auf diese Weise eine Stunde verbracht hatten, rief Kerschak sie alle zusammen und befahl ihnen, ihm zu folgen.

Auf zum Meer hinunter!

Sie gingen zumeist auf der Erde, und folgten dem Weg, den die großen Elefanten durch das Dickicht der Bäume, Sträucher und Schlingpflanzen gebahnt hatten. Ihr Gehen war eine rollende Bewegung, wobei sie die Knöchel ihrer geschlossenen Hände auf den Boden setzten und ihre plumpen Körper vorwärts schwangen. Wenn aber der Weg zwischen niederen Bäumen hindurchführte, bewegten sie sich schneller, indem sie sich von Ast zu Ast mit der Gewandtheit ihrer Vettern, der kleinen Kletteraffen, schwangen.

Auch Kala war bei der Gruppe, und sie trug den ganzen Weg ihr kleines, totes Kind fest an ihre Brust gedrückt.

Es war kurz nach Mittag, als sie eine Anhöhe erreichten, von wo sie den Strand übersehen konnten, an dem die Hütte lag.

Dorthin führte sie Kerschak!

Er wollte das Geheimnis ergründen, das diese Wohnung barg. Mehr als einmal hatte er gesehen, dass einer seines Stammes dort getötet wurde. Da drinnen war nämlich ein merkwürdiger weißer Affe; der hatte einen seltsamen schwarzen Stock, und wenn er diesen in die Hand nahm, gab es einen lauten Knall und dann blieb einer tot liegen.

Kerschak wollte sich dieses todbringende Werkzeug aneignen und das Innere dieses geheimnisvollen Baues erforschen.

Das musste ein merkwürdiges Tier sein, das da drinnen hauste. Er hasste es und hätte es gern in den Hals gebissen. Aber er fürchtete es auch, und deshalb kam er oft mit seinem Stamm dorthin auf Kundschaft. Er wollte eine Zeit abwarten, wo der Weiße nicht auf der Hut wäre.

Aber bisher hatte er Pech gehabt. Sobald er sich mit seinen Angehörigen zeigte, erschien auch der Weiße mit seinem Stock und tötete irgendeinen von ihnen.

Nun war er gespannt, wie es heute gehen würde.

Der Weiße war nirgends zu erblicken. Kerschak wanderte mit seinen Angehörigen um die Hütte.

Als sie sahen, dass die Tür offenstand, krochen sie langsam, vorsichtig und geräuschlos heran. Da gab es kein Knurren und keine Wutschreie, denn sie durften den schwarzen Stock nicht wecken.

Sie kamen näher und näher, bis Kerschak an der Tür war und heimlich hineinschaute. Hinter ihm waren zwei Männchen und dann Kala, die ihr totes Kleines noch immer fest an ihre Brust drückte.

In der Hütte sahen sie den seltsamen weißen Affen halb über dem Tisch liegen, die Arme um den Kopf gestreckt, und auf dem Bett lag eine mit einem Segeltuch bedeckte Gestalt, während von einer kleinen, einfachen Wiege das Wehklagen eines Säuglings herkam.

Kerschak war geräuschlos eingetreten und hielt sich zum Angriff bereit.

Da erhob sich John Clayton plötzlich und sah ihn an.

Er wurde starr vor Schrecken bei dem Anblick, der sich ihm bot: in der Tür standen drei große Affen, und hinter ihnen kamen noch mehr zum Vorschein – wie viele wusste er nicht.

Clayton sah, dass er verloren war, denn seine Revolver und seine Gewehre hingen weit hinten an der Wand, und Kerschak ging zum Angriff vor.

Der riesige Affe stürzte sich auf den Wehrlosen, umfasste ihn und erdrückte ihn. Es war das Werk eines Augenblicks.

Als er den schlaffen Körper des Leblosen losließ, wandte er seine Aufmerksamkeit der kleinen Wiege zu. Aber da kam ihm Kala zuvor. Das Wimmern des Säuglings hatte in ihrer Brust Muttergefühle geweckt, und da sie diese ihrem toten Kind vergeblich entgegenbrachte, ließ sie es in die Wiege fallen und nahm dafür den lebenden Säugling von Alice Clayton.

Als Kerschak das Kind ergreifen wollte, hatte sie es schon weggeschnappt, und ehe er dazwischen gehen konnte, war sie zur Tür hinausgerannt und auf einen hohen Baum geflüchtet.

Kala verstand, was das Weinen des Kindes bedeutete, sie legte das schreiende Kind an ihre Brust.

Der Hunger des Kindes hob allen Unterschied auf, und so wurde der Sohn eines englischen Lords und einer englischen Lady an der Brust von Kala, der großen Äffin, genährt.

Inzwischen untersuchten die Affen vorsichtig den Inhalt des Hauses, in das sie eingedrungen waren.

Als Kerschak sich von dem Tod Claytons überzeugt hatte, wandte er seine Aufmerksamkeit der Gestalt zu, die auf dem Bett lag und mit einem Stück Segeltuch bedeckt war.

Bedächtig hob er einen Zipfel des Leichentuches hoch, aber als er den Körper der Frau darunter sah, riss er das Tuch mit einem Ruck von ihr weg und packte den stillen weißen Hals mit seinen riesigen behaarten Händen.

Einen Augenblick drückte er seine Finger tief in ihr kaltes Fleisch, aber als er erkannte, dass sie schon tot war, ließ er von ihr ab, um den Inhalt des Zimmers zu untersuchen.

Das Gewehr an der Wand zog zuerst seine Aufmerksamkeit auf sich. Das war jener seltsame, todbringende Donnerstock, den er nun schon seit Monaten in der Hand des weißen Affen gesehen hatte und den er so gerne besessen hätte, aber nun, da er zum Greifen nahe war, hatte er nicht den Mut, ihn anzufassen.

Vorsichtig näherte er sich dem Ding, jeden Augenblick bereit, zu fliehen, sobald es losgehen würde. Er erinnerte sich noch sehr wohl, welch lauten Knall es von sich gab, wenn der seltsame weiße Affe es bediente und wie dann jedes Mal ein Mitglied seines Stammes tot zurückblieb.

Etwas sagte ihm allerdings, dass der Donnerstock nur gefährlich wurde, wenn einer ihn in die Hand nahm.

Er wagte noch immer nicht, ihn zu berühren, ging auf und ab, drehte dabei den Kopf, aber so, dass er den Gegenstand nicht aus den Augen verlor.

Der große König der Affen benutzte seine langen Arme, wie ein Mensch Krücken benutzt; bei jedem Schritt rollte er seinen schweren Rumpf weiter, knurrte oder stieß auch einen jener ohrenbetäubenden Schreie aus, die das Schreckenerregendste im ganzen Dschungel waren.

So ging er auf und ab.

Auf einmal machte er Halt vor dem Gewehr. Langsam streckte er die Hand danach aus, bis er den glänzenden Lauf beinahe berührte, zog sie abermals zurück und setzte sein Auf- und Abgehen im Zimmer fort.

Und doch schien es, als ob das große Tier zeigen wollte, dass es keine Furcht hatte und durch sein wildes Brüllen seinen Mut bis zu dem Punkt steigern wolle, an dem er wagte, das Gewehr in die Hand zu nehmen.

Abermals blieb Kerschak stehen, und dieses Mal gelang es ihm, seine zögernde Hand an den blanken Stahl zu führen – nur um sie augenblicklich wieder zurück zu ziehen.

Von Zeit zu Zeit wiederholte er das, aber jedes Mal mit wachsendem Vertrauen, bis er das Gewehr schließlich vom Nagel riss.

Da er sah, dass ihm kein Leid geschah, untersuchte er es genauer und befühlte es von einem Ende zum anderen, schaute in die schwarze Mündung hinein, betastete das Visier, den unteren Teil, den Schaft und schließlich den Hahn.

Während er so mit der Waffe hantierte, saßen die anderen Affen, die mit ihm hereingekommen waren, in der Nähe der Tür zusammengedrängt und beobachteten ihren Herrn, während die Affen draußen drückten und drängten, um wenigstens etwas von dem zu sehen, was da drin vorging. Plötzlich bewegte Kerschak den Hahn. Es gab einen fürchterlichen Knall in dem kleinen Raum, und die Affen, drinnen und draußen, stolperten einer über den anderen in wilder Angst davon.

Kerschak war so erschrocken, dass er ganz vergaß, dieses merkwürdige Ding, das den schrecklichen Knall von sich gegeben hatte, weg zu werfen, und, es fest in der Hand haltend, zur Tür hinauspolterte.

Beim Hinausstürmen stieß er mit dem Gewehr an die offene Tür, so dass sie hinter ihm zufiel.

Erst, als Kerschak in kurzer Entfernung von der Hütte anhielt, bemerkte er das Gewehr und ließ es fallen, als ob es ein Stück heißes Eisen wäre. Er versuchte auch nicht mehr, es aufzuheben. Der Knall war für die Nerven des wilden Tieres Zuviel gewesen.

Es verging eine Stunde, bis die Affen es wagten, sich wieder der Hütte zu nähern, um ihre Nachforschungen fortzusetzen, aber die Tür war jetzt verschlossen und sie waren nicht imstande, sie zu öffnen.

Die geschickt gearbeitete Klinke, die Clayton an der Tür angebracht hatte, war zugeklappt, als Kerschak hinausstürzte. Die
Affen wussten auch nicht, wie sie sich durch die stark vergit-
terten Fenster Zutritt verschaffen könnten.

Nachdem sie eine Weile um die Hütte herumgestreift waren,
zogen sie sich in das Dickicht zurück, um wieder dahin zurück
zu wandern, von wo sie hergekommen waren. Kala war die
ganze Zeit über mit ihrem angenommenen Kind auf dem
mächtigen Baum geblieben, aber Kerschak rief sie mit den anderen herunter, und da seine Stimme keinen Zorn verriet, ließ
sie sich von einem Ast auf den anderen herunter und gesellte
sich zu den anderen auf den Heimweg.

Wenn andere versuchten, Kalas merkwürdiges Kind zu betrachten, zeigte sie ihnen knurrend die Zähne und stieß sie
warnend zurück. Als sie aber versicherten, dass sie dem Kind
kein Leid antun wollten, erlaubte Kala ihnen, näher zu kommen, aber niemand durfte es berühren.

Kala schien zu wissen, dass ihr Säugling zart und zerbrechlich
ist, und sie fürchtete, dass die kräftigen Hände ihrer Kameraden das kleine Wesen verletzen könnten. Sie dachte an den
Tod ihres eigenen Jungen, und um nicht auch ihr neues Kind
zu verlieren, drückte sie dieses auf dem Marsch fest an sich,
so dass der Weg für sie sehr beschwerlich war.

Die anderen Jungen ritten auf den Rücken ihrer Mütter, wobei sie die kleinen Arme fest um den haarigen Hals legten,
während ihre Beine sich unter den Achselhöhlen der Mutter
festhielten.

Der kleine Lord Greystoke war an der Brust seiner neuen
Mutter gut geborgen, und seine Händchen spielten mit den
langen schwarzen Haaren ihres Fells.

Der weiße Affe

Kala pflegte ihren kleinen Findling zärtlich, wunderte sich im Geheimen, warum er nicht so kräftig und so gewandt wurde, wie die kleinen Affen der anderen Mütter.

Es war nun beinahe ein Jahr her, dass sie sich des kleinen Schelms annahm, und doch konnte er kaum alleine gehen, und was gar das Klettern betraf – oh du meine Güte! Wie unbeholfen war er dabei!

Manchmal unterhielt sich Kala mit den anderen Weibchen über ihr Kind, aber sie konnten nicht verstehen, dass ein Kind so langsam für sich selbst sorgen lernte. Es konnte noch nicht einmal alleine Futter suchen.

Und hätten sie gewusst, dass das Kind schon dreizehn Monate alt war, als Kala es annahm, hätten sie den Fall als völlig hoffnungslos angesehen, denn die kleinen Affen ihres Stammes waren in zwei bis drei Monaten so fortgeschritten, wie dieser Findling in fünfundzwanzig Monaten. Tublat, Kalas Ehemann, war sehr verärgert, und wenn das Weibchen nicht so wachsam und besorgt gewesen wäre, hätte er den Jungen beiseitegeschafft.

Er wird niemals ein großer Affe werden, sagte er. Immer wirst du ihn tragen und beschützen müssen. Was kann er dem Stamm nützen? Nichts! Er wird nur eine Last sein. Wir wollen ihn in das hohe Gras legen und ihn dort ruhig einschlafen lassen. Dann kannst du Mutter anderer, stärkerer junger Affen werden, die uns in unseren alten Tagen pflegen können.

Niemals, Tublat, antwortete Kala, ich behalte ihn, und wenn ich ihn mein ganzes Leben lang tragen müsste.

Dann ging Tublat zu Kerschak und drängte ihn, seine Autorität bei Kala geltend zu machen, dass sie Tarzan aufgeben sollte; so nannten sie den kleinen Lord Greystoke: Tarzan, d. h. Weißhaut.

Als Kerschak mit Kala darüber sprach, drohte sie, vom Stamm wegzulaufen, wenn man sie mit dem Kind nicht in Ruhe ließe. Da belästigte man Kala nicht mehr weiter damit, denn sie war ein gutgebautes, junges Weibchen und man wollte sie nicht verlieren.

Als Tarzan heranwuchs, machte er größere Fortschritte, so dass er mit zehn Jahren ein vorzüglicher Kletterer war, und auf der Erde konnte er wundervolle Dinge tun, die seine kleinen Brüder und Schwestern nicht fertigbekamen. In manchen Dingen unterschied er sich von ihnen, und sie staunten oft über seine überragende Geschicklichkeit, aber in Bezug auf Kraft und Wachstum war er sehr zurückgeblieben, denn mit zehn Jahren waren die großen Menschenaffen voll ausgewachsen; manche von ihnen waren über sechs Fuß hoch, während der kleine Tarzan erst ein halberwachsener Knabe war.

Und doch – was für ein Junge war er!

Von frühester Jugend an hatte er seine Hände darin geübt, sich nach dem Beispiel seiner Affenmutter von Ast zu Ast zu schwingen, und als er größer wurde, verbrachte er ganze Stunden damit, mit seinen Brüdern und Schwestern von einer Baumkrone zur anderen zu klettern.

Er konnte in schwindelnder Höhe in den Baumkronen zwanzig Fuß weit springen und mit unfehlbarer Genauigkeit einen vom Wind bewegten Ast ergreifen.

Er konnte sich zwanzig Fuß tief von Ast zu Ast herunterfallen lassen, und er konnte den höchsten Gipfel des stolzesten tropischen Riesen mit der Schnelligkeit eines Eichhörnchens erklettern. Obwohl er erst zehn Jahre alt war, war er kräftig wie ein durchschnittlicher Mensch mit dreißig Jahren und schneller, als die meisten geübten Athleten es je werden. Und seine Kraft wuchs von Tag zu Tag.

Sein Leben unter diesen wilden Affen war glücklich, denn in seiner Erinnerung gab es kein anderes; auch wusste er nicht, dass es außer diesem Wald und den Dschungeltieren, die er kannte, noch etwas Anderes gab.

Er war fast zehn Jahre alt, als er anfing, zu erkennen, dass es einen Unterschied zwischen ihm und seinen Kameraden gab. Sein kleiner, von der Sonne gebräunter Körper verursachte ihm plötzlich ein tiefes Schamgefühl, denn er erkannte, dass er völlig unbehaart war, wie eine Schnecke oder ein Reptil.

Er versuchte diesem Übel abzuhelfen, indem er sich vom Kopf bis zu den Füßen mit Lehm bestrich, aber dieser trocknete und fiel ab. Außerdem fühlte er sich so unbehaglich dabei, dass er sich lieber schämte, als diese Unbequemlichkeit weiter auf sich zu nehmen.

In dem Landstrich, in dem sich sein Stamm aufhielt, gab es einen kleinen See und in dessen klarem Wasser sah Tarzan eines Tages zum ersten Mal sein Spiegelbild.

An einem schwülen Tag der trockenen Jahreszeit ging er mit einem seiner Vettern an das Ufer, um zu trinken. Als sie sich über das Wasser beugten, spiegelte die ruhige Fläche beide Gesichter wieder: die wilden Gesichtszüge des Affen und daneben die des aristokratischen Sprösslings eines alten englischen Hauses.

Tarzan war entsetzt. Es war schon schlimm genug, unbehaart zu sein, aber wie konnte er nur eine solches Gesicht haben! Er wunderte sich, dass die anderen Affen ihn überhaupt noch ansahen.

Dieser kleine Schlitz von einem Mund und diese winzigen, kleinen Zähne! Wie kümmerlich sahen sie neben den mächtigen Lippen und den gewaltigen Zähnen seiner Brüder aus! Und diese kleine, schmale, verkümmerte Nase! Er errötete, als er sie mit den schönen, breiten Nüstern seines Gefährten verglich. Welch großartige Nase! Sie bedeckte das halbe Gesicht. Es muss doch gewiss schön sein, so stattlich auszusehen, dachte der arme Tarzan.

Aber als er in seine Augen sah, war er noch mehr entsetzt: ein brauner Fleck, ein grauer Kreis, und dann reines Weiß! Fürchterlich! Nicht einmal die Schlangen hatten so hässliche Augen wie er.

Er war so sehr in die Betrachtung seiner Gesichtszüge vertieft, dass er nicht hörte, wie sich das hohe Gras hinter ihm teilte und sich ein großer Körper verstohlen durch den Dschungel schlich. Auch sein Kamerad hörte nichts, denn er trank, und dessen Geräusche übertönten die leisen Schritte.

Keine dreißig Schritte hinter den beiden duckte sich Gabor, die Riesen-Löwin, wobei sie den Schwanz hin und her warf. Vorsichtig bewegte sie ihre große Tatze vorwärts, und sie setzte sie geräuschlos auf, ehe sie die andere hob. So schlich sie näher. Ihr Bauch berührte fast den Boden. Eine große Katze, die den Sprung auf ihre Beute vorbereitet.

Jetzt war sie bis auf etwa zehn Fuß an die zwei kleinen, ahnungslosen Spielkameraden herangekommen. Sorgfältig zog sie ihre Hinterfüße unter ihren Körper, während sich die starken Muskeln sichtbar unter dem herrlichen Fell bewegten.

Sie lag jetzt fast flach auf der Erde. Nur die obere Krümmung des glänzenden Rückens war sichtbar, als sie zum Sprung ansetzte.

Nun wedelte sie nicht mehr mit dem Schweif; ruhig und gerade lag er hinter ihr.

Einen Augenblick hielt sie inne, als ob sie in Stein verwandelt wäre, und dann sprang sie mit einem schrecklichen Schrei auf! Nun hätte man denken können, das wäre unklug von ihr, denn ohne diesen Schrei hätte sie sicherer über ihre Opfer herfallen können. Aber Sabor, die Löwin, war eine kluge Jägerin. Der wilde Schrei sollte keine Warnung sein, sondern die armen Opfer vor Schreck lähmen, wenn auch nur für eine Sekunde – die genügte ihr, um ihre gewaltigen Krallen in das weiche Fleisch ihrer Opfer zu schlagen und sie am Fliehen zu hindern.

Was den Affen betraf, war ihre Vorgehensweise erfolgreich. Der kleine Kerl duckte sich zitternd und dieser Augenblick war sein Verderben.

Anders war es bei Tarzan. Sein Leben inmitten der Gefahren des Dschungels hatte ihn gelehrt, unerwarteten Vorfällen mit

Selbstvertrauen zu begegnen, und die Folge seiner höheren Intelligenz war ein schnelles Denken, das weit über den Fähigkeiten der Affen stand.

So regte der Schrei der Löwin Hirn und Muskeln des kleinen Tarzan zum augenblicklichen Handeln an.

Vor ihm lag das tiefe Wasser des Sees, hinter ihm der sichere Tod, ein grausamer Tod in den Klauen und Zähnen der Löwin.

Tarzan hatte eine Abscheu gegen Wasser, wenn es nicht dazu diente, seinen Durst zu stillen. Seine wilde Mutter hatte ihn gelehrt, das tiefe Wasser des Sees zu meiden, und hatte er nicht erst vor einigen Wochen die kleine Neeta unter der glatten Fläche versinken sehen, so dass sie nie wieder zu ihrem Stamm zurückkehrte?

Aber von zwei Übeln wählte Tarzan rasch entschlossen das kleinere, und noch bevor das Tier seinen Sprung halb ausgeführt hatte, war Tarzan in das kalte Wasser gesprungen, das über seinem Kopf zusammenschlug. Er konnte nicht schwimmen, und das Wasser war sehr tief.

Bei dem Versuch, wieder an die Oberfläche zu gelangen, bewegte er schnell Hände und Beine, und wahrscheinlich mehr durch Zufall als durch Absicht, ahmte er die Stöße eines schwimmenden Hundes nach, so dass er nach ein paar Sekunden die Nase über dem Wasser hatte. So fand er heraus, dass, wenn er sich weiter so bewegte, er im Wasser vorwärtskam.

Er war freudig überrascht über diese neue Fähigkeit, die er sich so schnell angeeignet hatte, wenn er auch keine Zeit hatte, weiter darüber nachzudenken.

Jetzt schwamm er am Ufer entlang, und dort sah er das wilde Tier, das ihm nachstellte, über den leblosen Körper seines kleinen Spielgenossen geduckt.

Die Löwin beobachtete Tarzan gespannt; sie erwartete offenbar, dass er an Land zurückkehrte.

Aber der Knabe hütete sich davor. Er erhob seine Stimme zu dem Hilfe- und Warnruf, der bei den Affen üblich war.

Gleich darauf kam eine Antwort aus der Ferne, und in wenigen Minuten schwangen sich vierzig bis fünfzig große Affen schnell und majestätisch durch die Bäume, dem tragischen Schauplatz entgegen.

Allen voran Kala, denn sie hatte die Stimme ihres lieben Kindes erkannt, und bei ihr war die Mutter des kleinen Affen, der jetzt tot unter der schrecklichen Sabor lag.

Obwohl die Löwin mächtiger und besser zum Kampf ausgerüstet war als die Affen, hatte sie doch keine Lust, es mit einer ganzen Schar dieser wütenden großen Tiere aufzunehmen, und mit einem ärgerlichen Knurren sprang sie schnell in das Gebüsch und verschwand.

Tarzan schwamm jetzt ans Ufer und kletterte schnell an Land. Er fühlte sich so erfrischt und so behaglich, dass er seither keine Gelegenheit mehr versäumte, täglich im See, im Fluss oder im Meer zu baden.

Lange konnte Kala sich nicht an diesen Anblick gewöhnen, denn obwohl ihr Volk schwimmen konnte, wenn es dazu gezwungen war, so ging ein Affe doch nur sehr ungern und sicher nie freiwillig ins Wasser.

Das Erlebnis mit der Löwin hatte eine Abwechslung in Tarzans eintöniges Dasein gebracht, das nur in der stumpfsinnigen Wiederholung des Futtersuchens, Essens und Schlafens bestand.

Der Stamm, zu dem er gehörte, durchstreifte eine Strecke von annähernd fünfundzwanzig Meilen entlang der Küste und etwa fünfzig Meilen ins Hinterland hinein. In dieser Gegend zogen die Affen fast ohne größere Unterbrechung hin und her; doch blieben sie gelegentlich auch monatelang an einem Ort. Sobald sie sich aber die schnelle Wanderung von Baumkrone zu Baumkrone aufnahmen, durchquerten sie das ganze Gebiet in wenigen Tagen.

Viel hing von der Futterversorgung, der Witterung und der Bedrohung durch Raubtiere ab. Kerschak führte seinen Stamm oft auf weite Märsche, bloß, weil es ihn langweilte, an ein und derselben Stelle zu bleiben.

Nachts schliefen die Affen auf der Erde, da, wo die Dunkelheit sie gerade stoppte. Manchmal bedeckten sie den Kopf, selten den übrigen Körper, mit den großen Blättern des Elefantenohrs. Wenn die Nächte kalt waren, lagen sie zu zweit oder dritt aneinandergeschmiegt, um sich gegenseitig zu wärmen, und so schlief Tarzan all diese Jahre hindurch in Kalas Armen. Dass das riesige wilde Tier dieses Kind liebte, ist nicht zu bezweifeln, und auch er liebte dieses große, haarige Tier, wie er seine junge Mutter geliebt hätte, wenn sie am Leben geblieben wäre.

War er unfolgsam, knuffte sie ihn allerdings, aber sie war nie grausam zu ihm, und sie liebkoste ihn häufiger als sie ihn bestrafte.

Tublat, ihr Gatte, hasste ihn, und mehr als einmal war er nahe daran, Tarzans jungem Leben ein Ende zu bereiten.

Tarzan ließ seinerseits keine Gelegenheit aus, seinem Pflegevater zu zeigen, dass er seine Abneigung erwiderte. Und wenn er ihn, geborgen in den Armen seiner Mutter, oder von den dünnen Ästen hoher Bäume herunter, ärgern, ihm Grimassen schneiden oder Schimpfworte zurufen konnte, dann tat er es.

Dank seiner höheren Intelligenz und seiner Geschicklichkeit konnte er sich tausende Streiche ausdenken, die Tublat das Leben schwermachten.

Früh in seiner Kindheit hatte er gelernt, aus langen Gräsern, die er zusammendrehte und aneinanderknüpfte, Stricke zu flechten, und diese brachte er so an, dass Tublat darüber stolperte, wenn er nicht sogar versuchte, ihm von einem überhängenden Ast aus den Strick um den Hals zu legen.

Beim Spielen und durch allerlei Versuche lernte er kräftige Knoten und Fangschlingen knüpfen, und mit diesen spielten er und die jüngeren Affen. Auch diese versuchten, seine Kunst nachzuahmen, aber keiner von ihnen war so erfinderisch wie er. Eines Tages hatte Tarzan beim Spielen einem fliehenden Kameraden seinen Strick nachgeworfen, wobei er das Ende in der Hand behielt. Durch Zufall fiel die Schlinge um den Hals des laufenden Affen, so dass dieser gezwungen war, stehen zu bleiben.

Tarzan war über diese Wirkung verwundert. Das ist ein neues, schönes Spiel, dachte er, und er versuchte das Kunststück noch einmal. So lernte er durch fortgesetzte Übung die Kunst des Schlingenwerfens.

Von nun an war das Leben Tublats ein steter Albtraum. Im Schlaf, auf dem Marsch, bei Tag und bei Nacht, immer musste er damit rechnen, dass der boshafte Junge ihm heimlich eine Schlinge um den Hals zu legen versuchte.

Kala bestrafte Tarzan und Tublat schwor ihm schreckliche Rache. Auch der alte Kerschak nahm sich der Sache an, warnte und drohte, aber alles war vergebens.

Tarzan trotzte ihnen allen, und die dünne, starke Schlinge legte sich auch weiter um Tublats Hals, dann, wenn er es am wenigsten vermutete.

Die anderen Affen hatten ihre Freude daran, denn Tublat war ein unangenehmer Zeitgenosse, den niemand leiden konnte. In Tarzans klugem, kleinen Geist drehten sich manche Gedanken, und hinter diesen steckte die göttliche Macht des Verstandes.

Tarzan sagte sich, wenn er mit einer solchen Schlinge einen Affen fangen konnte, weshalb nicht auch Gabor, die Löwin?

Es war der Keim eines Gedankens, der vorläufig nur in seinem Unterbewusstsein lebte, bis er in späteren Jahren Wirklichkeit werden sollte.

Dschungel-Kämpfe

Auf seinen Wanderungen kam der Stamm immer wieder in die Nähe der verschlossenen Hütte an der kleinen Bucht. Tarzan hätte gar zu gerne gewusst, was darin verborgen war.

Er versuchte, durch die Fenster zu schauen, aber sie waren verhängt. Dann dachte er daran, auf das Dach zu klettern, um durch den Kamin hinein zu kommen; vielleicht könnte er so in Erfahrung bringen, was hinter diesen Wänden verborgen war.

In seiner kindlichen Phantasie stellte er sich allerlei merkwürdige Dinge vor, die darin enthalten sein könnten, und je länger er nicht hineinkam, desto stärker wurde sein Wunsch, es heraus zu finden.

Er kletterte stundenlang um das Dach und die Fenster herum, um einen Weg zu finden, hinein zu kommen, aber die Tür beachtete er nur wenig, denn sie schien ihm ebenso fest zu sein, wie die Wände der Hütte.

Kurz nachdem er das Abenteuer mit Sabor erlebt hatte, kam er wieder in die Nähe der Hütte. Da kam ihm plötzlich der Gedanke, dass die Tür ein unabhängiger Teil der Wand sein könnte, und dass sie vielleicht der Weg sei, hinein zu kommen.

Er war allein, wie schon so oft, wenn er die Hütte aufsuchte, denn die Affen hatten eine Abneigung dagegen. Die Geschichte von dem Donnerstock hatte nichts an Schrecken verloren, und sie umgab die verlassene Wohnung des weißen Mannes noch immer mit einer für sie unheimlichen Atmosphäre.

Niemand hatte Tarzan erzählt, in welcher Beziehung er selbst zu der Hütte gestanden hatte. Die Sprache der Affen ist so wortarm, dass sie nur wenig darüber berichten konnten, was sie in der Hütte gesehen hatten. Sie hatten auch keine Worte, um die seltsamen Leute und ihre Sachen zu beschreiben, und so kam es, dass – als schließlich Tarzan alt genug war, um es verstehen zu können – die Sache vom Stamm längst vergessen war.

Nur in einer ganz unklaren und unbestimmten Weise hatte Kala ihm erklärt, dass sein Vater ein seltsamer, weißer Affe gewesen sei, aber er wusste nicht, dass Kala nicht seine Mutter war.

An diesem Tag nun ging er direkt auf die Tür zu, untersuchte sie stundenlang und machte sich an den Scharnieren, am Knopf und an der Klinke zu schaffen. Schließlich fand er den richtigen Griff, und vor seinen erstaunten Augen sprang die Tür knarrend auf.

Zuerst wagte er sich nicht hinein, aber als sich seine Augen allmählich an das Halbdunkel im Innern gewöhnt hatten, betrat er langsam und vorsichtig den Raum.

In der Mitte lag ein Skelett auf dem Boden. Das Fleisch war von den Knochen vollständig verschwunden; nur die vermoderten Überreste der Kleider hingen noch daran. Auf dem Bett lag ein ähnliches, schmäleres Gerippe, während daneben in einer Wiege ein drittes, winziges Skelett lag.

Tarzan warf nur einen flüchtigen Blick auf diese Zeugen einer furchtbaren Tragödie. Sein wildes Dschungelleben hatte ihn an den Anblick toter und sterbender Tiere gewöhnt.

Die Möbel und der übrige Inhalt des Raumes fesselten seine Aufmerksamkeit mehr. Er besichtigte manche Dinge minutenlang: das fremdartige Handwerkszeug, die Waffen, die Bücher, Papier und Kleider, die der Verrottung in der feuchten Luft der Dschungelhütte nur wenig widerstanden hatten.

Er öffnete Kasten und Schränke, die ihm völlig neu waren, und in diesen fand er den Inhalt viel besser erhalten.

Unter anderem entdeckte er ein scharfes Jagdmesser, mit dem er sich auch gleich in den Finger schnitt. Das hinderte ihn aber nicht daran, weitere Versuche damit zu unternehmen, und er fand, dass er mit seinem neuen Spielzeug Holzsplitter vom Tisch und von den Stühlen abschneiden konnte.

Das amüsierte ihn eine ganze Weile, aber schließlich wurde er dessen überdrüssig, und setzte seine Nachforschungen fort.

In einem mit Büchern gefüllten Schrank fand er eine Kinderfibel mit schönen farbigen Bildern, die seine Neugier aufs höchste erregten.

Da gab es manche Affen, die ein ähnliches Gesicht wie er hatten, und gleich beim ersten Buchstaben A fand er auch kleine Affen, wie er sie täglich im Urwald auf den Bäumen umherklettern sah. Aber nirgends fand er im Buch ein Bild von seinem Volk, kein Bild von Kerschak, Tublat oder Kala.

Zuerst versuchte er, die kleinen Figuren von den Blättern wegzunehmen, aber bald sah er, dass sie nicht lebendig waren, obwohl er nicht wusste, was sie eigentlich seien und er auch keine Worte hatte, sie zu beschreiben.

Die Schiffe und Eisenbahnen, die Kühe und Pferde, die er im Buch sah, waren ganz sinnlos für ihn, da er sich nicht vorstellen konnte, was das sein mochte, aber noch viel weniger konnte er begreifen, was die Buchstaben sein sollten, diese kleinen Dinger, die sich unter und zwischen den farbigen Abbildungen befanden. Er dachte, es könnte eine seltene Art Käfer sein, denn viele von ihnen hatten Beine, obwohl nirgends Augen oder ein Mund zu sehen war.

Das war also Tarzans erste Bekanntschaft mit den Buchstaben des Alphabets. Natürlich hatte er nie etwas Gedrucktes gesehen, hatte auch nie mit einem lebenden Wesen gesprochen, das etwas von dem Vorhandensein einer geschriebenen Sprache wusste. Auch hatte er noch nie jemand lesen gesehen.

Es war also kein Wunder, dass der Junge den Sinn der seltsamen Figuren nicht erraten konnte.

In der Mitte des Buches fand er seine alte Feindin, die Löwin Sabor, und weiter hinten sah er Histah, die Schlange.

Oh, das war sehr interessant! Niemals in all diesen Jahren hatte er sich über etwas so gefreut. Er war so vertieft in die

Betrachtung der Bilder, dass er nicht bemerkte, wie die Dunkelheit hereinbrach, bis er schließlich die Figuren nicht mehr deutlich unterscheiden konnte.

Er legte das Buch in den Schrank zurück und schloss die Tür, denn er wollte nicht, dass sonst jemand seine Schätze finden und zerstören könnte. Als er in die Abenddämmerung hinausging, schloss er die Tür der Hütte so hinter sich zu, wie sie war. Zuvor aber hatte er noch das Jagdmesser vom Boden aufgehoben, um es seinen Kameraden zu zeigen.

Er war noch kaum zwölf Schritte gegangen, als sich aus dem Schatten eines Gebüsches vor ihm eine große Gestalt erhob. Zuerst dachte er, es sei einer von seinem Stamm, aber dann erkannte er plötzlich Bolgani, den Riesen-Gorilla.

Er war ihm so nahe, dass sich keine Möglichkeit zur Flucht bot. Der kleine Tarzan wusste, dass er um sein Leben kämpfen musste, denn die großen Tiere waren die Todfeinde seines Stammes.

Wäre Tarzan ein ausgewachsener Affe gewesen, hätte er den Kampf mit dem Gorilla aufgenommen, aber er war nur ein kleiner englischer Junge, wenn auch sehr muskulös für sein Alter. Wenn er auch seinem grausamen Feind nicht gewachsen war, floss in seinen Adern doch das Blut eines mächtigen Kämpfers, und dazu kam, dass er während seiner kurzen Lebenszeit unter diesem wilden Dschungelvolk ordentlich trainiert hatte.

Er hatte keine Angst, obwohl sein Herz schneller schlug, wenn er ein Abenteuer erlebte. Er hätte gerne versucht, zu entkommen, weil er sich sagte, dass er dem großen Gorilla nicht gewachsen war, aber da er einsah, dass eine Flucht unmöglich war, trat er ihm tapfer entgegen, ohne auch nur mit einem Muskel zu zucken.

Er ging dem wilden Tier sogar bei seinem Angriff halbwegs entgegen. Mit den Fäusten schlug er auf das Ungetüm ein, auch, wenn das so unnütz war wie der Kampf einer Fliege gegen einen Elefanten. Aber er hielt in der einen Hand immer noch das Messer, das er in der Hütte gefunden hatte, und als sich das Tier ihm schlagend und beißend näherte, richtete er die Spitze des Messers gegen dessen haarige Brust. Als er es nun tief in den Körper des Gorillas hineinbohrte, schrie der vor Schmerz und Wut auf.

In diesem kurzen Moment lernte Tarzan sein scharfes glänzendes Spielzeug als Waffe zu benutzen, und als das Tier ihn zu Boden schlug, um ihn zu zerreißen, stieß er ihm die Klinge wiederholt bis ans Heft in die Brust.

Der Gorilla, versetzte dem Knaben schreckliche Schläge mit seiner Hand und riss ihm Fleisch von Hals und Brust.

Einen Augenblick lang wälzten sich die beiden in wildem Kampf auf dem Boden. Die Stöße, die der Junge mit seinem blutigen, zerfleischten Arm ausführte, wurden immer schwächer, und schließlich erstarben die Bewegungen mit einem krampfhaften Ruck: Tarzan, der junge Lord Greystoke, rollte wie leblos auf die Pflanzendecke des Dschungelbodens.

Eine Meile weit hatte der Stamm den wilden Angriffsschrei des Gorillas gehört. Kerschak hatte die Gewohnheit, seine Angehörigen zusammen zu rufen, wenn Gefahr drohte, teils um sich gegenseitig gegen einen gemeinsamen Feind zu schützen, teils um herauszufinden, ob alle Mitglieder seines Stammes anwesend waren.

Das tat er denn auch diesmal, zumal man nicht wissen konnte, ob der Gorilla vielleicht nur einer von vielen war. So bemerkte man, dass Tarzan fehlte. Tublat wehrte sich heftig dagegen, ihm zu Hilfe zu eilen. Kerschak selbst mochte den kleinen fremden Findling auch nicht leiden, und so ließ er sich von Tublat überreden: mit einem Achselzucken kehrte er zu der Stelle zurück, wo er sich auf einem Haufen Blätter sein Lager bereitet hatte.

Kala aber dachte anders. Kaum hatte sie bemerkt, dass Tarzan fehlte, schwang sie sich schleunigst durch die Äste – in die Richtung, aus der die Schreie des Gorillas kamen.

Die Dunkelheit war nun völlig hereingebrochen, und der früh aufsteigende Mond warf mit seinem schwachen Licht seltsame Schatten in das dichte Laubwerk des Waldes.

Hier und dort drangen die silberhellen Strahlen auf die Erde, aber sie trugen nur dazu bei, die Dunkelheit des Dschungels noch stärker hervortreten zu lassen.

Wie ein riesiges Gespenst schwang Kala sich geräuschlos von einem Baum zum nächsten; bald glitt sie flink an einem großen Ast entlang, dann schwang sie sich von einem Ast auf einen weiteren Baum, um möglichst schnell an den Ort der vermutlichen Katastrophe zu kommen, denn ihre Kenntnis des Dschungellebens ließ sie erraten, was vorgefallen war.

Die Schreie des Gorillas verkündeten, dass er sich im Kampf auf Leben und Tod mit einem anderen Bewohner des wilden Waldes befand. Plötzlich hörte das Geschrei auf und im Dschungel herrschte Todesstille.

Das konnte Kala nicht verstehen, denn sie hatte zuletzt Bolganis Stimme voll Schmerz und Todesangst vernommen, aber sie hatte keinen Ton gehört, aus dem sie auf den Zustand seines Gegners hätte schließen können.

Dass ihr kleiner Tarzan einen großen Gorilla töten könnte, schien ihr unwahrscheinlich. Als sie sich der Stelle näherte, von wo die Laute des Kampfes hergekommen waren, bewegte sie sich vorsichtiger, und zuletzt drang sie langsam und mit äußerster Vorsicht zwischen den niedrigen Ästen hindurch vor, wobei sie überall, wo der Mondschein hinkam, nach den Kämpfern forschte.

Plötzlich stieß sie auf die beiden. Sie lagen auf einer freien, vom Mond beschienenen Stelle: der zerfleischte, blutige Körper des kleinen Tarzan und daneben ein großer Gorilla – mausetot.

Mit einem lauten Schrei stürzte sie auf Tarzan zu, und den armen, blutbedeckten Körper an ihre Brust legend, horchte sie auf ein Lebenszeichen. Der schwache Laut seines kleinen Herzens war kaum noch zu hören.

Zärtlich trug sie ihn durch den dunklen Dschungel zurück an die Stelle, an der sich der Stamm aufhielt.

Nun wachte sie viele Tage und Nächte an seiner Seite, brachte ihm Nahrung und Wasser und jagte die Fliegen und andere Insekten von seinen schmerzenden Wunden.

Von Arznei und Wundheilkunde wusste das arme Wesen nichts. Sie konnte nur die Wunden lecken, und auf diese Weise hielt sie diese sauber, so dass die heilende Natur ihr Werk vollenden konnte.

Anfangs wollte Tarzan nichts essen, und wälzte sich im Fieberdelirium ruhelos auf seinem Lager. Alles, was er verlangte, war Wasser, und dieses brachte Kala ihm auf dem einzigen möglichen Weg, nämlich in ihrem eigenen Maul. Keine menschliche Mutter hätte sich selbstloser aufopfern können als dieses arme wilde Tier für den kleinen verwaisten Findling, den das Schicksal ihrer Obhut anvertraut hatte. Endlich ließ das Fieber nach, und der Junge war auf dem Weg der Besserung. Keine Klage kam über seine Lippen, obwohl die Wunden ihn sehr schmerzten.

Ein Teil des Brustkorbs war bis auf die Rippen freigelegt, von denen drei durch die wuchtigen Schläge des Gorillas gebrochen waren. Ein Arm war durch die riesigen Zähne fast abgetrennt worden, und ein großes Stück war ihm vom Hals gerissen worden, nur durch ein Wunder war die Schlagader verschont geblieben.

Mit der Ergebenheit der wilden Tiere, die ihn aufgezogen hatten, ertrug Tarzan die Leiden geduldig, und schlich sich lieber von den anderen weg, um sich irgendwo ins hohe Gras zu setzen, als ihnen sein Elend vor Augen zu führen.

Nur mit Kala war er gerne zusammen. Jetzt aber, da er auf dem Weg der Besserung war, blieb sie etwas länger weg, um Futter zu suchen, denn so lange Tarzan schwer krank war, hatte das treue Tier kaum genug gefressen, um selbst am Leben zu bleiben, und war infolgedessen kaum noch ein Schatten seiner früheren Selbst.

Das Licht der Erkenntnis

Es schien Tarzan eine Ewigkeit zu dauern, bis er wieder imstande war, zu gehen. Von da an machte seine Genesung aber schnelle Fortschritte, so dass er nach einem weiteren Monat wieder so kräftig und gelassen war wie zuvor.

Während seiner Krankheit hatte er oft über seinen Kampf mit dem Gorilla nachgedacht, und sein erster Gedanke war, die wunderbare kleine Waffe wieder zu finden, die ihn, den hoffnungslosen Schwächling, zum Sieger über den gewaltigen Gorilla gemacht hatte.

Es drängte ihn daher zur Hütte zurück zu kehren, um seine Nachforschungen über die merkwürdigen Dinge, die sich darin befanden, fortzusetzen.

So ging er eines Morgens alleine fort. An der Stelle des Kampfes waren die Knochen seines Feindes schon komplett abgenagt. In der Nähe fand er auch das Messer, das von abgefallenen Blättern verdeckt war. Durch die Feuchtigkeit des Bodens und das inzwischen getrocknete Blut des Gorillas war es verrostet.

Die Veränderung der früher so glänzenden Oberfläche gefiel Tarzan zwar nicht, aber das Messer war immer noch eine schreckliche Waffe, die er zu seinem Vorteil nutzen konnte, sobald sich ihm eine Gelegenheit dazu bot. Er war auch nicht mehr gewillt, vor den mutwilligen Angriffen des alten Tublat zu fliehen.

Nun war er bei der Hütte angelangt, hatte die Tür geöffnet und war eingetreten. Sein erstes Interesse galt dem Mechanismus des Schlosses. Er untersuchte es näher, während die Tür offenstand, und fand jetzt heraus, was die Tür zuhielt und wie sie geöffnet werden konnte.

Er fand heraus, dass man sie auch von innen schließen konnte, und das tat er dann auch, um bei seinen Nachforschungen nicht gestört zu werden.

Er fing an, die Hütte gründlich zu durchsuchen, aber seine Aufmerksamkeit wurde bald durch die Bücher gefesselt, die ihn ganz gewaltig anzogen, weil sie eine Menge Rätsel für ihn enthielten.

Unter den Büchern waren eine Fibel, einige Lesebücher für Kinder, zahlreiche Bilderbücher und ein großes Wörterbuch. Er durchstöberte sie alle, aber die Bilder erregten seine Fantasie am meisten, wenn auch die merkwürdigen krabbligen Dinger, die die übrigen Seiten bedeckten, allerlei Gedanken in ihm wachriefen.

Auf dem Tisch hockend, den sein Vater angefertigt hatte, war sein geschmeidiger, brauner, nackter Körper gebeugt über dem Buch, das er in der schlanken, aber kräftigen Hand hielt, während sein langes, wirres schwarzes Haar von dem wohlgeformten Kopf über die hellen, intelligenten Augen herabhing. So bot Tarzan das Bild eines jungen Urmenschen, der aus der dunklen Nacht der Unwissenheit nach dem Licht der Kenntnis strebt.

An seinem Gesicht konnte man erkennen, dass er eifrig über etwas nachdachte, denn er hatte, wenn auch noch ganz undeutlich, einen Gedanken erfasst, der ihm den Weg zeigen sollte, das Rätsel der merkwürdigen kleinen Zeichen zu lösen.

In seiner Hand hielt er eine Fibel, geöffnet bei einem Bild, das einen ihm ähnlichen Affen darstellte, der aber mit Ausnahme des Gesichtes und der Hände mit einem seltsamen farbigen Pelz bedeckt war, denn er hielt den Mantel und die Hose für einen Pelz. Unter dem Bild standen einige Zeichen:

Boy

Und nun entdeckte er in dem Text auf derselben Seite, dass diese fünf Zeichen sich noch öfter wiederholten.

Er erkannte auch, dass es verhältnismäßig wenig verschiedene Zeichen waren und diese sich oft wiederholten, manchmal alleine, meist aber in Gesellschaft anderer Zeichen.

Langsam schlug er die Blätter um, wobei er die Bilder und den Text genau prüfte, ob sich das Wort »Boy« nicht wiederholte. Auf einmal fand er es unter einem Bild, das einen anderen kleinen Affen und ein sonderbares Tier zeigte, ein Tier, das wie ein Schakal auf vier Beinen ging, ihm aber sonst gar nicht glich. Unter diesem Bild standen folgende Zeichen:

Boy and dog

Da waren also wieder dieselben Zeichen, die den kleinen Affen begleiteten.

So machte er langsam Fortschritte in der mühevollen Aufgabe, die er sich stellte, eine Aufgabe, die manchem unmöglich erscheinen wird, nämlich lesen zu lernen, ohne auch nur die geringste Kenntnis der Buchstaben und der geschriebenen Sprache zu besitzen, ja auch nur ohne zu ahnen, dass es solche Dinge überhaupt gab. Das erreichte er allerdings nicht in einem Tag oder einer Woche, auch nicht in einem Monat oder einem Jahr, aber er lernte langsam, sehr langsam, nachdem er einmal die Möglichkeit erfasst hatte, die in den kleinen Zeichen lag.

So wurde er fünfzehn Jahre alt, bis er die verschiedenen Verbindungen der Buchstaben verstanden hatte, die unter jeder gemalten Figur in der Fibel und in den Bilderbüchern standen.

Über die Bedeutung und den Gebrauch der Artikel und Beiwörter, der Zeitwörter, Umstandswörter und Fürwörter hatte er allerdings nur eine nebelhafte Vorstellung.

Eines Tages – er war damals schon etwa zwölf Jahre alt – hatte er eine Anzahl Bleistifte in einer bis dahin unentdeckten Schublade unter dem Tisch gefunden, und als er damit auf der Tischplatte kritzelte, war er erstaunt, dass eine schwarze Linie darauf zurückblieb.

Er war so eifrig mit diesem neuen Spielzeug beschäftigt, dass der Tisch bald ganz mit seinen Kritzeleien bedeckt und der

Bleistift bis zum Holz abgenutzt war. Dann nahm er einen anderen Bleistift, aber diesmal hatte er ein bestimmtes Ziel im Auge.

Er wollte versuchen, einige der kleinen Zeichen nachzumachen, die die Seiten seiner Bücher bedeckten.

Das war eine schwierige Sache, denn er hielt den Bleistift wie den Griff eines Messers, und das trug nicht gerade dazu bei, ihm die Arbeit zu erleichtern oder die Lesbarkeit seiner Buchstaben zu erhöhen.

Aber sooft er in die Hütte gehen konnte, setzte er seine Versuche fort, bis er schließlich die richtige Haltung für den Bleistift herausfand, so dass er die Buchstaben, wenn auch etwas grob, schreiben konnte.

Während er die Buchstaben nachzeichnete, lernte er noch etwas Anderes: das Zählen, und wenn er auch nicht zählen lernte, wie wir es tun, so hatte er doch einen Begriff von dem Mengenverhältnis, da die Grundlage seiner Rechenkunst die Zahl der Finger seiner Hand war.

Seine Nachforschungen in den verschiedenen Büchern überzeugten ihn davon, dass er all die verschiedenen Arten der am meisten in Verbindungen gebrauchten Wörter entdeckt hatte, und es war ihm leicht, sie in einer eigenen Reihenfolge aufzustellen, da er das fesselnde ABC-Buch mit den Bildern so oft benutzt hatte.

Er machte gute Fortschritte beim Lernen. Aber seine größten Funde verdankte er dem unerschöpflichen Vorrat des dicken, illustrierten Wörterbuches; allerdings lernte er mehr durch Vermittlung der Bilder als durch den Text, auch nachdem er die Bedeutung der Buchstaben erfasst hatte.

Als er die alphabetische Anordnung der Wörter entdeckt hatte, freute es ihn, die Wortgebilde, die er schon kannte, heraus zu suchen; er studierte auch die nachfolgenden Wörter und ihre Bedeutung, und so fand er sich immer besser im Labyrinth der Bildung zurecht. Er war imstande, die einfache

Kinderfibel zu lesen, und kannte den Zweck des Buchstabensystems.

Jetzt schämte er sich nicht mehr wegen seines unbehaarten Körpers und seiner menschlichen Züge, denn jetzt sagte ihm sein Verstand, dass er einer anderen Rasse angehörte als seine wilden, behaarten Genossen. Er war ein Mensch, und sie waren Affen. Jetzt wusste er auch, dass die alte Gabor eine Löwin war, Histah eine Schlange und Tantor ein Elefant.

Von da an machte er schnellere Fortschritte. Mit Hilfe des großen Wörterbuches und seines gesunden Menschenverstandes, mit dem er manches richtig erriet, konnte er sein Wissen immer mehr vervollständigen.

Allerdings traten manche Unterbrechungen in dieser Ausbildung ein, weil sein Stamm immer hin und her wanderte, aber immer wieder kehrte er zu seinen Büchern zurück und sein unermüdlicher Geist versuchte immer mehr, in die Geheimnisse des Wissens einzudringen.

Zum Schreiben benützte er Rindenstücke, flache Blätter und glatt gestrichene Erdstellen, in die er mit der Spitze seines Jagdmessers einritzte, was er gelernt hatte.

Während er seiner Neigung folgte, die Geheimnisse der Bücher zu erforschen, vernachlässigte er aber nicht die praktischen Dinge des Lebens. So übte er auch weiterhin mit seiner Schlinge, und spielte mit seinem scharfen Messer, das er auf einem glatten Stein zu schärfen gelernt hatte.

Der Stamm der Affen hatte sich vergrößert, seitdem Tarzan zu ihm gekommen war, denn unter der Führung Kerschaks war es den Tieren gelungen, die anderen Stämme aus ihrem Teil des Dschungels zu vertreiben, so dass sie reichlich Nahrung fanden und fast keinen Verlust durch die räuberischen Überfälle der Nachbarn mehr erlitten.

Wenn die jungen Männchen heranwuchsen, fanden sie es bequemer, sich ein Weibchen aus dem eigenen Stamm zu wählen. Wenn sie sich eins aus einem anderen Stamm holten, brachten sie es zu Kerschaks Gruppe, damit sie in Freundschaft mit dieser leben konnten. Das alles war leichter, als einen eigenen Stamm zu gründen oder mit dem furchtbaren Kerschak um die Herrschaft zu kämpfen. Gelegentlich versuchten es zwar einige wildere Männchen, aber keinem gelang es, dem grimmigen Affen die Siegespalme zu entreißen.

Tarzan nahm eine eigentümliche Stellung im Stamm ein. Die Affen schienen ihn als einen der Ihren und doch wieder als einen anderen zu betrachten. Die älteren Männchen kümmerten sich entweder gar nicht um ihn, oder hassten ihn so sehr, dass er ohne seine Gewandtheit und Schnelligkeit und den starken Schutz der kräftigen Kala schon sehr bald verloren gewesen wäre.

Tublat war sein ausdauerndster Feind. Aber als Tarzan dreizehn Jahre alt war, hörten diese Verfolgungen plötzlich auf. Von nun an wurde er unbehelligt gelassen, außer, wenn einer der Affen einen jener wilden Wutanfälle hatte, in denen er jeden angriff. Dann war eben keiner sicher.

An dem Tag, an dem sich Tarzan Respekt zu verschaffen wusste, war der Stamm in einem natürlichen Amphitheater versammelt, einer Senke mit einigen niedrigen Hügeln, die von dem Gewirr der Schlingpflanzen des Dschungels frei geblieben war.

Es war ein runder, freier Raum. Ringsum erhoben sich gewaltige Bäume, und auch das Unterholz war so dicht, dass die kleine Arena völlig geschlossen und nur nach oben offen war.

Hier versammelte sich der Stamm des Öfteren, wenn er nicht auf Wanderung war. Mitten im Amphitheater war eine jener sonderbaren Erdtrommeln, wie die Menschenaffen sie für ihre Zeremonien bauen, deren Klänge die Menschen im Dschungel zwar schon gehört haben, denen aber noch keiner hatte zuschauen können.

Der erste Mensch, der Gelegenheit hatte, dem berauschenden Dum-Dum-Gelage einer Affensippe beizuwohnen, war Tarzan, der junge Lord Greystoke.

Aus den Zeremonien, die heute noch bei den Menschenaffen üblich sind, haben sich im Lauf von unzähligen Jahren die menschlichen Feste entwickelt. Ihre Anfänge waren die Tänze der Affen, die diese beim Dum-Dum ihrer Erdtrommeln im hellen Schein des tropischen Mondes inmitten des Urwaldes vollführten.

An dem Tag, an dem sich Tarzan von den Verfolgungen, denen er zwölf Jahre lang ausgesetzt war, befreien sollte, hatte sich der Stamm, der jetzt wohl an die hundert Köpfe stark war, schweigend auf dem Boden des Amphitheaters niedergelassen.

Die Dum-Dum-Tänze bezeichneten stets ein wichtiges Ereignis im Leben des Stammes: einen Sieg, die Gefangennahme eines Feindes, die Tötung irgendeines großen Bewohners des Dschungels, den Tod oder die Thronbesteigung eines Königs, und sie wurden stets mit einer gewissen Förmlichkeit begangen.

Diesmal hatte man einen riesigen Affen aus einem anderen Stamm erschlagen, und als Kerschaks Volk in die Arena einzog, konnte man zwei mächtige Männchen sehen, die den Körper des Besiegten trugen.

Sie legten die Last vor der Erdtrommel nieder, und dann hockten sie als Wache daneben, während die anderen Mitglieder der Gemeinschaft sich im Gras zusammenrollten und schliefen, bis der aufgehende Mond das Zeichen zum Beginn der wilden Orgie geben würde.

Jetzt herrschte stundenlang völlige Ruhe in der kleinen Lichtung. Sie wurde nur unterbrochen durch die unharmonischen Töne der farbenprächtigen Papageien oder das Gezwitscher der tausend Dschungelvögel, die zwischen den Orchideen und anderen prächtigen Blumen im Rankenwerk der uralten, moosbedeckten Bäume umherflatterten.

Als die Dunkelheit über den Dschungel hereinbrach, fingen die Affen an, sich zu regen, und bald bildeten sie einen großen Kreis um die Erdtrommel. Die Weibchen und die Jungen hockten in einer Reihe am äußeren Rand des Kreises nieder, während ihnen gegenüber die erwachsenen Männchen saßen. Vor der Trommel hatten drei alte Weibchen Platz genommen, jedes mit einem Knüppel bewaffnet.

Langsam und sanft fingen sie an, auf die klingende Fläche der Trommel zu schlagen, als die ersten schwachen Strahlen des aufgehenden Mondes die Baumspitzen ringsum zu versilbern begannen.

Als der Mondschein im Amphitheater zunahm, schlugen die Weibchen schneller und kräftiger darauf los, so dass bald ein wilder Lärm meilenweit in die Wälder erklang. Die wilden Tiere hielten mit gespitzten Ohren inne, um auf den Lärm zu horchen, den das Dum-Dum der Affen verursachte.

Zuweilen hatte wohl das eine oder andere Tier Lust, mit einem schrillen Geschrei auf den wilden Lärm der Menschenaffen zu antworten, aber keines von ihnen kam heran, denn wenn die großen Affen in großer Zahl versammelt waren, hatten die anderen Tiere des Dschungels Respekt vor ihnen.

Als der Trommellärm alles ringsum betäubte, sprang Kerschak in den freien Raum zwischen den Wache haltenden beiden Männchen und den Trommlerinnen.

Aufrechtstehend warf er den Kopf zurück, und während er dem Mond ins Angesicht sah, schlug er sich mit seinen großen, haarigen Händen auf die Brust und stieß ein fürchterliches Gebrüll aus.

Einmal – zweimal – dreimal drang der grauenerregende Ton in die vorher so lebendige, jetzt unsagbar stille Welt.

Dann ging Kerschak in gebückter Haltung geräuschlos um den offenen Kreis; er hatte sich von dem toten Körper, der vor der als Altar dienenden Trommel lag, abgewandt, aber beim Vorübergehen richtete er seine kleinen, wilden, rotunterlaufenen Augen auf den Leichnam.

Nun sprang ein anderes Männchen in die Arena, wiederholte das fürchterliche Geschrei des Königs und folgte ihm dann schweigend. So kam einer nach dem anderen in schneller Folge, so dass der Dschungel jetzt von dem fast ununterbrochenen Geschrei widerhallte.

Als alle erwachsenen Männchen in die Reihe der ringsum Tanzenden zurückgekehrt waren, begann der Angriff.

Kerschak ergriff einen starken Knüppel von dem bereitliegenden Haufen, stürzte sich wütend auf den toten Affen und versetzte ihm einen fürchterlichen Schlag, währendem er knurrende Töne von sich gab. Nun verstärkte sich der Lärm der Trommel, und die Zahl der Schläge nahm zu, und jedes Mal, wenn ein Krieger dem Opfer einen Keulenschlag versetzt hatte, nahm er an dem wilden Totentanz teil.

Tarzan war ebenfalls bei der wilden, wirbelnden Horde. Sein braungebrannter, muskulöser Körper, der im Mondlicht glitzerte, erschien biegsam und graziös inmitten der plumpen, behaarten Tiere.

Keines von ihnen aber war listiger in der dargestellten Jagd, keines wilder im Angriff und keines konnte so hoch wie er im Totentanz springen.

So wie der Lärm und die Schnelligkeit der Trommelschläge zunahm, so beschleunigte sich auch der wilde Rhythmus und das Geschrei der Tänzer. Sie sprangen immer toller drauflos.

Der unheimliche Tanz dauerte schon eine halbe Stunde, als auf ein Zeichen von Kerschak der Trommellärm aufhörte und die Trommlerinnen durch die Linie der Tänzer zu der äußeren Reihe der dort hockenden Zuschauer eilten. Dann stürzten die Männchen alle zusammen auf den Leichnam, der infolge ihrer schrecklichen Schläge nur noch eine unförmige, haarige Masse war.

Fleisch kam ihnen nur selten in genügender Menge zwischen die Zähne, und so war es ein willkommener Schluss ihrer wilden Orgie, wieder einmal frisches Fleisch zu genießen. Deshalb wandten sie jetzt ihre ganze Aufmerksamkeit darauf, ihren getöteten Feind zu verschlingen.

Die großen Zähne senkten sich in den Körper und rissen gewaltige Bissen heraus. Die mächtigsten Affen erhielten auch die besten Stücke, während die schwächeren erst in zweiter Linie drankamen und knurrend einen günstigen Augenblick abwarten mussten, um noch ein Stück Fleisch oder einen übrig gebliebenen Knochen zu erwischen.

Tarzan hatte noch mehr als die Affen ein Bedürfnis nach Fleisch. Von Fleischessern abstammend, bemühte er sich gewaltsam, zwischen den Affen hindurch zu gelangen, um wenigstens ein ordentliches Stück zu erhaschen.

An seiner Seite hing das Jagdmesser in einer Scheide, die er sich selbst nach einem Bild in einem der Bücher angefertigt hatte.

Schließlich gelangte er an den Körper und schnitt sich mit seinem scharfen Messer ein größeres Stück ab, als er es erwartet hatte. Es hatte unter den Beinen des mächtigen Kerschak hervorgeragt, der auf sein königliches Vorrecht so eifrig bedacht war, dass er Tarzans Tat als eine Majestätsbeleidigung ansah.

Tarzan versuchte, mit seiner Beute zwischen den Ringenden hindurch zu kommen, während er sie fest an seine Brust drückte.

Unter denen, die sich außerhalb des Kreises der Fressenden bewegten, befand sich auch der alte Tublat. Er war einer der ersten gewesen, die sich über die Beute hergemacht hatten, er hatte sich bereits mit einem ordentlichen Happen zurückgezogen, um ihn in Ruhe zu fressen, und nun bahnte er sich den Weg zurück, um noch mehr zu ergattern.

Da bemerkte er Tarzan, wie dieser sich mit seiner Beute aus dem Gedränge herauszwängte.

Die kleinen, halbgeschlossenen, blutunterlaufenen bösen Augen Tublats warfen hasserfüllte Blicke auf Tarzan. Zugleich aber auch verrieten sie die Gier nach dem Leckerbissen, den der Junge trug.

Tarzan hatte seinen Erzfeind schnell erblickt, und da er die Absicht des wilden Tieres sofort erriet, lief er schnell zwischen die Weibchen und die Kinder, da er hoffte, sich unter ihnen verbergen zu können. Tublat folgte ihm auf den Fersen, und als der Knabe sah, dass er sich nicht verbergen könne, musste er versuchen, ihm zu entrinnen.

Er eilte zu einem der nächsten Bäume, ergriff mit gewandtem Sprung einen Ast und kletterte in die Höhe – seine Beute zwischen den Zähnen.

Tublat hinter ihm her.

Tarzan aber kletterte den himmelhohen Baumriesen hinauf bis in den Gipfel, so dass sein schwerer Feind ihm nicht folgen konnte. Von seinem hohen Sitz aus rief er dem vor Wut schäumenden, fünfzig Fuß tiefer sitzenden Tier höhnische Schimpfworte zu.

Und nun wurde Tublat geradezu rasend.

Mit einem schrecklichen Gebrüll stieg er vom Baum, stürzte zwischen die Weibchen und die Jungen, biss mit seinen großen Zähnen in ein Dutzend Nacken und schlug den Weibchen, die ihm zwischen die Fäuste fielen, große Wunden.

In dem glänzenden Mondlicht konnte Tarzan die ganze Szene beobachten. Er sah wie die Weibchen und die Jungen auf die Bäume flüchteten.

Auch die großen Tiere in der Mitte der Arena fühlten die mächtigen Zähne ihres rasenden Genossen, und ihr Schmerzensschrei drang zwischen den Bäumen hinauf.

Bald war nur noch ein Affe im Amphitheater in der Nähe Tublats, ein Weibchen, das sich verspätet hatte, und langsam zu dem Baum ging, auf dem Tarzan saß.

Es war Kala, der Tublat auf dem Fuß folgte.

Als Tarzan sah, dass seine Pflegemutter bedroht war, eilte er mit der Schnelligkeit eines fallenden Steines von Ast zu Ast hinunter.

Kala lief unter den herabhängenden Ästen, und dicht über ihr hockte Tarzan, den Verlauf des Kampfes abwartend. Sie sprang in die Höhe, wobei sie einen Ast ergriff, und zwar fast über dem Kopf Tublats; so dicht war er ihr gefolgt. Nun wäre sie gerettet gewesen, aber der Ast brach, und sie stürzte gerade auf den Kopf Tublats, der unter ihrer Last zu Boden ging.

Im nächsten Augenblick waren beide wieder auf den Beinen, aber noch schneller war Tarzan heruntergesprungen, und als der wütende Tublat aufblickte, sah er das Menschenkind vor Kala.

Das war ihm gerade recht, und mit einem Triumphgeschrei stürzte er sich auf den kleinen Lord Greystoke. Aber seine Zähne sollten keine Arbeit mehr bekommen. Eine muskulöse Hand fasste ihn an der haarigen Kehle, und eine andere stieß ihm ein scharfes Jagdmesser ein Dutzend Mal in die breite Brust. Wie Blitze fielen die Stöße, und sie hörten erst auf, als Tarzan merkte, dass der Körper zuckend unter ihm zusammenbrach.

Der Körper des mächtigen Tieres stürzte zu Boden. Tublat war tot!

Tarzan setzte seinem lebenslänglichen Feind den Fuß auf den Nacken, und wobei er die Augen auf den Vollmond richtete, warf er den stolzen jungen Kopf zurück und stieß den schrecklichen wilden Schrei seines Volkes aus.

Nun kam einer nach dem anderen vom Affenstamm von den Bäumen, auf denen sie Zuflucht gesucht hatten, herunter und bildeten einen Kreis um Tarzan und seinen besiegten Feind. Als sie nun alle da waren, wandte sich Tarzan zu ihnen und rief:

Ich bin Tarzan! Ich kann töten! Habt Respekt vor Tarzan und seiner Mutter Kala! Es ist keiner unter euch so mächtig wie Tarzan. Mögen seine Feinde auf der Hut sein!

Der junge Lord Greystoke schaute tief in die bösen, roten Augen Kerchaks, schlug sich auf die starke Brust und stieß noch einmal den schrillen, trotzigen Schrei aus.

Der Baumjäger

Am Tag nach dem Dum-Dum-Fest brach der Stamm langsam zur Küste auf.

Tublats Körper lag noch dort, wo er hingefallen war, das Volk Kerschaks verzehrte seine eigenen Toten nicht.

Auf dem Marsch suchte man gemütlich nach Futter. Palmen, graue Pflaumen und Ananas fand man in Menge, gelegentlich auch kleine Säugetiere, Vögel, Reptilien und Insekten. Die Nüsse knackten die Affen zwischen ihren mächtigen Backen oder wenn sie zu hart waren, zwischen zwei Steinen.

Als die alte Sabor einmal ihren Weg kreuzte, kletterten sie schleunig auf hohe Äste, denn auch wenn die Löwin ihre Anzahl und ihre scharfen Zähne kannte, so hatten die Affen doch gehörigen Respekt vor der gewaltigen Kraft und Schnelligkeit der Löwin.

Auf einem niedrigen Ast saß Tarzan direkt über dem majestätischen Körper der geschmeidigen Katze, als sie still durch den dichten Dschungel strich. Er schleuderte eine Ananas auf die alte Feindin ihres Volkes. Die Löwin blieb stehen und betrachtete, sich umwendend, die Gestalt des spottenden Tarzan.

Zornig mit ihrem Schweif umherschlagend, fletschte sie ihre gelben Zähne, wobei sie ihre großen Lippen knurrend verzog und ihre Augen voll Wut und Hass zu zwei schmalen Schlitzen zusammenkniff. Verärgert brüllte sie ihn an.

Aber auch der Junge, der sich auf seinem Ast in Sicherheit fühlte, antwortete ihr mit der ganzen Macht seiner Stimme.

Einen Augenblick sahen sich die Beiden noch schweigend in die Augen, dann kehrte die große Katze in das Dickicht zurück.

In Tarzans Kopf entwickelte sich eine Idee. Er hatte den wilden Tublat getötet. War er also nicht ein mächtiger Kämpfer?

Nun wollte er die gewaltige Sabor töten. Dann wäre er auch ein mächtiger Jäger.

Im Grunde seines kleinen Herzens hegte er den lebhaften Wunsch, seine Nacktheit mit Kleidern zu bedecken, denn in den Bilderbüchern hatte er gesehen, dass alle Menschen bekleidet waren, während die Affen und andere lebende Wesen nackt umhergingen.

Kleider mussten also ein Kennzeichen von Größe sein, der Ausdruck der Überlegenheit des Menschen über alle anderen Tiere, denn es gab doch sicher keinen anderen Grund, etwas so Hässliches wie Kleider zu tragen.

Vor Jahren hatte er sich das Fell Gabors, der Löwin, Numas, des Löwen, oder Scheetas, des Leoparden, gewünscht, um seinen unbehaarten Körper zu bedecken, da er nicht länger Histah, der widerlichen Schlange, gleichen wollte. Aber jetzt war er stolz auf seine glatte Haut, denn sie war der Beweis seiner Abstammung und so schwankte er zwischen dem Wunsch, nackt zu gehen, um seine Abstammung erkennen zu lassen, und dem Wunsch, nach Art der Menschen eine unschöne und unbequeme Kleidung zu tragen.

Als der Stamm nach der Begegnung mit Sabor seinen Weg langsam durch den Wald fortsetzte, dachte Tarzan über den Plan nach, seine Feindin zu erlegen, und auch an den folgenden Tagen war sein Kopf stets damit beschäftigt.

An diesem Tag aber musste er sich vorläufig noch um andere Dinge kümmern.

Plötzlich war es wie um Mitternacht. Die Geräusche im Dschungel verstummten, und die Bäume standen unbeweglich, wie wenn sie gelähmt auf ein bevorstehendes großes Unheil warteten. Die ganze Natur erstarrte.

Aber es dauerte nicht lange, dann hörte man aus der Ferne ein leises, dumpfes Stöhnen. Es kam immer näher und wurde lauter und lauter.

Die großen Bäume beugten sich gleichzeitig, als ob sie durch eine mächtige Hand niedergedrückt wurden. Immer mehr neigten sie sich gegen die Erde, während der Wind schrecklich heulte.

Dann schnellten die Urwald-Riesen plötzlich zurück, wobei ihre mächtigen Kronen wie in zornigem Protest hin und her schwankten. Aus den dahineilenden schwarzen Wolken zuckte ein lebhaftes, blendendes Licht, gleich darauf fing die Kanonade des Donners mit fürchterlichem Tosen an. Und nun setzte ein gewaltiger Regen ein. Die Hölle brach über den Dschungel herein.

Vom kalten Regen fröstelnd drängte sich der Stamm der Affen unter den großen Bäumen zusammen. Die Blitze schossen durch die Dunkelheit, und bei ihrem Leuchten konnte man wildwogende Äste, reißende Bäche und umgerissene Baumstämme erkennen.

Manch alter Patriarch des Waldes wurde durch einen Blitzstrahl gespalten und fiel krachend in tausend Stücke zwischen den anderen Bäumen, zahllose Äste und kleinere Nachbarn mit sich reißend.

Aber auch sonst prasselten große und kleine Äste, die durch den Wirbelsturm abgeschlagen wurden, nieder und brachten Tod und Verderben über unzählige Bewohner des dicht bevölkerten Urwaldes.

Stundenlang tobte der Sturm in unverminderter Heftigkeit fort, und noch immer kauerten die Affen fröstelnd und ängstlich eng zusammen. In ständiger Gefahr, von fallenden Baumstämmen und Ästen erschlagen zu werden und durch das lebhafte Zucken des Blitzes und das Rollen des Donners gelähmt, saßen sie elend zusammengeduckt, bis der Sturm vorüber war.

Und er war so plötzlich vorbei, wie er gekommen war. Wind und Regen hörten auf einmal auf, die Sonne schien und die Natur lächelte wieder.

Die tropfenden Blätter und Äste und die nassen Blüten glitzerten in der Herrlichkeit des wiedergekehrten Tages. Wie vor der Dunkelheit und dem Schrecken setzte wieder geschäftiges Leben ein.

In Tarzan aber war eine Erkenntnis gewachsen, die ihm das Geheimnis der Kleider erklärte. Wie behaglich hätte er sich unter dem schweren Pelz Gabors gefühlt! Und dieser Gedanke war ein weiterer Anreiz für seinen Plan.

Mehrere Monate lang verweilte der Stamm in der Nähe des Strandes, wo die Hütte stand, und so konnte Tarzan die meiste Zeit dem Studium widmen. Wenn er aber durch den Wald wanderte, hielt er stets seinen Strick in Bereitschaft, und so konnte er mit der schnell geworfenen Schlinge viele kleinere Tiere fangen.

Meist legte er sich auf einen überhängenden Ast auf die Lauer und warf von dort seine Schlinge herunter.

So hatte er einmal Horta, den Eber, in der Schlinge gefangen, aber das Tier machte wahnsinnige Anstrengungen, sich zu befreien, und riss Tarzan dabei von seinem Sitz herunter.

Der mächtige Eber drehte sich um und ging mit gesenktem Kopf auf den überraschten Jüngling los.

Zum Glück war Tarzan bei dem Fall unverletzt geblieben, da er nach Katzenart auf allen Vier, die er bereits ausgestreckt hatte, heruntergefallen war und so den Aufprall gemildert hatte. Augenblicklich war er wieder auf den Beinen, und sprang mit der Behändigkeit eines Affen auf einen niederen Ast, so dass Horta vergeblich auf ihn losstürzte.

So lernte Tarzan, was er mit seiner Waffe erreichen konnte – aber auch, welche Gefahren damit verbunden waren.

Bei dieser Gelegenheit verlor er ein langes Stück seiner Schlinge, aber er erkannte auch, dass es wohl schlimmer geendet hätte, wenn ihn die böse Sabor statt des Ebers heruntergerissen hätte.

Viele Tage brauchte er, um einen neuen Strick anzufertigen, aber als er ihn fertig hatte, konnte er damit wieder auf die Jagd gehen. Er kletterte auf einen großen Ast über einem Pfad, der zum Wasser führte, und legte sich in dem dichten Laubwerk auf die Lauer.

Manche Tiere ließ er unbehelligt vorüberziehen. Sie waren ihm zu unbedeutend. Es musste ein starkes Tier sein, an dem er die Wirksamkeit seines neuen Planes erproben konnte.

Schließlich kam sie, auf die Tarzan wartete, mit geschmeidigen Bewegungen herangeschlichen – stark und glänzend kam Sabor, die Löwin.

Ihre großen gepolsterten Pfoten setzte sie leise und geräuschlos auf. Ihren Kopf hielt sie in steter Wachsamkeit erhoben. Ihr langer Schweif bewegte sich langsam in graziösen Wellen.

Immer mehr näherte sie sich der Stelle, an der sich Tarzan auf dem Ast duckte. Den langen Strick hielt er in seiner Hand bereit. Er rührte sich nicht.

Sabor kam näher. Sie machte einen Schritt, einen zweiten, einen dritten, und dann flog der Strick auf sie herab.

Einen Augenblick hing die ausgeworfene Schlinge wie eine große Schlange über ihrem Kopf, und als sie aufblickte, um die Ursache dieser Berührung heraus zu finden, legte sich der Strick um ihren Hals. Mit einem schnellen Ruck zog Tarzan die Schlinge fest und hielt ihn mit beiden Händen fest.

Sabor war in der Falle!

Mit einem Satz rannte das erschrockene Tier in das Dickicht hinein, aber Tarzan wollte nicht noch einmal einen Strick verlieren. Die Löwin merkte, dass sich die Schlinge immer enger um ihren Hals zog; ihr Körper drehte sich in der Luft, und mit einem schweren Krachen fiel sie auf den Rücken.

Tarzan hatte das Ende des Strickes an dem Stamm des großen Baumes befestigt, auf dem er saß.

Bis jetzt war sein Plan bestens gelungen. Als er aber den Strick ergriff, wobei er sich auf zwei mächtige gabelförmige Äste stützte, merkte er, dass es nicht leicht war, das mächtige Tier mit seinen starken Muskeln, das sich beißend und brüllend sträubte und kratzte, zum Baum hin zu ziehen, und erst recht nicht, es aufzuhängen.

Die alte Sabor hatte ein ungeheures Gewicht, und wenn sie sich mit ihren Klauen festhielt, hätte sie niemand als Tantor, der Elefant, von der Stelle bewegen können.

Die Löwin war nun wieder zurück auf dem Weg, und nun konnte sie den Urheber ihrer misslichen Lage sehen.

Brüllend vor Wut ging sie plötzlich zum Angriff über. Sie sprang in die Höhe, aber als ihr mächtiger Körper den Ast erreichte, auf dem Tarzan gesessen hatte, war dieser schon verschwunden.

Er thronte auf einem leichteren Ast, zwanzig Fuß hoch über dem rasenden Tier.

Einen Augenblick hing Sabor halb über dem Ast, während Tarzan ihr zum Spott Zweige und Äste auf das Gesicht herunterwarf.

Nun fiel das Tier wieder auf die Erde und Tarzan kam schnell herunter, um den Strick zu ergreifen.

Sabor hatte inzwischen herausgefunden, dass sie nur durch ein Seil festgehalten wurde. Sie erfasste es mit ihren riesigen Zähnen und zerriss es, ehe Tarzan die Schlinge ein zweites Mal enger ziehen konnte.

Tarzan war sehr ärgerlich. Sein schön zurechtgelegter Plan war zunichtegemacht geworden, nun saß er da, und schrie das unter ihm brüllende Tier in ohnmächtigem Zorn an.

Stundenlang ging die alte Sabor unter dem Baum hin und her. Viermal duckte sie sich und sprang auf den Jungen zu, der über ihr in den Ästen herumkletterte und Grimassen schnitt;

aber das war ebenso vergeblich, wie wenn sie den Wind, der durch die Baumgipfel säuselte, hätte fassen wollen.

Schließlich hatte Tarzan genug von der Spielerei. Einmal noch schrie er die Löwin an, warf ihr mit einem wohlgezielten Schwung eine reife Frucht ins Gesicht, wo sie weich und klebrig zerplatzte, und schwang sich, während seine Feindin knurrte, eilends durch die Bäume, hundert Fuß über dem Boden, bis er ihren Blicken entschwunden war.

Schon nach kurzer Zeit war er wieder unter den Genossen seines Stammes. Hier erzählte er die Einzelheiten seines Abenteuers mit geschwellter Brust und so großtuend, dass er sogar seinen erbittertsten Feinden imponierte, während Kala vor Freude und Stolz tanzte.

Mensch und Mensch

Tarzan lebte noch mehrere Jahre ohne nennenswerte Abwechslung im wilden Dschungel. Er wurde größer und vernünftiger, und durch seine Bücher erfuhr er immer mehr von der fremden Welt, die irgendwo außerhalb seines Urwaldes liegen musste.

Für ihn war das Leben niemals eintönig. Da war ja Pisah, der Fisch, der in den vielen Flüsschen und kleinen Seen zu fangen war, und Sabor mit ihren wilden Vettern, vor denen er in jedem Augenblick, den er auf dem Erdboden zubrachte, auf der Hut sein musste.

Oft verjagten sie ihn, aber noch öfter jagte er hinter ihnen her, und wenn sie ihn auch nie mit ihren scharfen Pranken erwischten, so waren sie ihm doch mehr als einmal dicht auf den Fersen.

Sabor, die Löwin, Numa und Sheeta waren schnellfüßig und behände, aber Tarzan war schnell wie der Blitz.

Mit Tantor, dem Elefanten, schloss er Freundschaft. Wie das kam, weiß man nicht, aber die Bewohner der Urwälder sahen manchmal in mondhellen Nächten Tantor mit Tarzan auf dem Rücken spazieren gehen.

Alle anderen aus dem Dschungel waren seine Feinde, ausgenommen sein eigener Stamm, unter dem er jetzt viele Freunde hatte.

In diesen Jahren verbrachte er so manchen Tag in der Hütte seines Vaters, in der die Gebeine seiner Eltern und das kleine Skelett von Kalas Jungem noch immer still und unberührt lagen.

Mit achtzehn Jahren konnte Tarzan fließend lesen, und verstand fast alles, was er in den verschiedenen Büchern las, die sich auf den Regalen befanden.

Er konnte mit Druckbuchstaben auch fließend schreiben, aber die Schreibschrift beherrschte er nicht.

Unter seinen Sachen befanden sich zwar einige Hefte, aber in der Hütte war so wenig geschrieben worden, dass er sich mit dieser Schreibform nicht weiter plagen wollte, wenn er auch das Geschriebene mühsam lesen konnte.

Er war also ein junger englischer Lord, der mit achtzehn Jahren seine Muttersprache lesen und schreiben, aber nicht sprechen konnte.

Noch nie hatte er einen anderen Menschen als sich selbst gesehen, denn das Gebiet, das sein Stamm bewohnte, war von keinem großen, schiffbaren Fluss durchzogen, auf dem die wilden Eingeborenen aus dem Innern hätten herunterfahren können.

Hohe Hügel schlossen es auf drei Seiten ein und auf der vierten Seite war das Meer. Es lebten Löwen, Leoparden und giftigen Schlangen hier und in das dichte Gestrüpp seines Dschungels war noch kein menschliches Wesen gedrungen.

Eines Tages aber, als Tarzan in der Hütte seines Vaters saß und versuchte, in die Geheimnisse eines seiner Bücher einzudringen, wurde die alte Sicherheit seines Dschungels für immer zerstört.

An der äußersten östlichen Grenze erschien eine Gruppe Eingeborener, die sich über den Rand eines niedrigen Hügels bewegte.

In der Vorhut gingen fünfzig schwarze Krieger, bewaffnet mit dünnen, hölzernen Speeren, langen Bogen und vergifteten Pfeilen. Auf dem Rücken trugen sie ovale Schilde, in der Nase mächtige Ringe, während ihr wollhaariger Kopf mit bunten Federn geschmückt war.

Auf der tätowierten Stirn zogen sich drei farbige parallele Linien hin und die Brust trug drei Kreise. Ihre gelben Zähne waren scharf gespitzt, und ihre großen, vorhängenden Lippen machten ihr Aussehen noch wilder.

Der Vorhut folgten einige hundert Frauen und Kinder. Die Frauen trugen auf dem Kopf große Lasten von Kochgeschirr, Haushaltgeräten und Elfenbein.

Die Nachhut aber bestand aus etwa hundert Kriegern, die in ihrem Aussehen denen der Vorhut glichen.

Die Zusammensetzung des Zuges verriet, dass man wohl eher einen Angriff auf die Nachhut als auf die Vorhut befürchtete. Diese Leute flohen vor weißen Soldaten, die sie wegen Gummi und Elfenbein so sehr gequält hatten, dass sie sich eines Tages gegen ihre Unterdrücker erhoben und einen weißen Offizier getötet hatten.

In der Nacht fielen die weißen Soldaten dann über ihr Dorf her, um den Tod ihres Offiziers zu rächen.

Wer von dem einst mächtigen Stamm überlebte, zog in den düsteren Dschungel – dem Unbekannten und der vermeintlichen Freiheit entgegen. Aber auch diese Freiheit bedeutete für viele Bewohner ihrer neuen Heimat Verfolgung und Tod.

Drei Tage lang marschierte der Zug der wilden Schwarzen langsam durch das Innere des unbekannten und noch unbetretenen Waldes, bis sie früh am vierten Tag nahe am Ufer eines kleinen Flusses an eine Stelle kamen, die ihnen weniger dicht bewachsen schien als das Gebiet, das sie bisher durchzogen hatten.

Hier fingen sie an, ihr neues Dorf zu erbauen. Nach einem Monat hatten sie eine große Lichtung geschlagen, Hütten und Zäune errichtet, Bananen, Yamswurzeln und Mais gepflanzt, und setzten in ihrem neuen Heim ihr altes Leben fort. Hier gab es keine weißen Männer und keine Soldaten, und hier konnten keine grausamen undankbaren Aufseher Gummi und Elfenbein eintreiben.

Mehrere Monate vergingen, bis die Schwarzen sich in das Gebiet, das sich rings um ihr neues Dorf ausdehnte, hineinwagten. Mehrere von ihnen waren schon Beute der alten Sabor geworden, und da der Dschungel von Löwen und Leoparden bevölkert war, wagten sich die schwarzen Krieger kaum über den Zaun hinaus, der ihr Dorf umgab.

Eines Tages aber wanderte Kulonga, ein Sohn des alten Königs Mbonga, nach Westen in das Dickicht. Behutsam ging er vorwärts, seine lange Lanze immer bereithaltend und mit der linken Hand einen langen ovalen Schild fest an seinen Körper drückend. Auf dem Rücken den Bogen und im Köcher über dem Schild eine Reihe dünner, gerader Pfeile, gut eingerieben mit jener dicken, dunklen, teerartigen Masse, die schon bei der geringsten Verletzung tödlich wirkte. Als die Nacht einbrach, war Kulonga bereits weit vom Zaun seines väterlichen Dorfes entfernt, aber er wollte noch weiter westwärts. Auf einem großen Baum machte er sich in einer Astgabelung ein einfaches Lager, um zu schlafen.

Drei Meilen westlich entfernt von ihm schlief Kerschaks Stamm.

Früh am nächsten Morgen waren die Affen auf den Beinen und durchsuchten den Dschungel nach Futter. Tarzan suchte, seiner Gewohnheit gemäß, in Richtung der Hütte, so dass er, wenn er unterwegs auch nur gemächlich jagte, bei der Ankunft am Strand den Hunger gestillt hatte.

Die Affen zogen nach allen Richtungen davon, teils einzeln, teils zu zweien oder dreien, aber immer so, dass sie in Hörweite eines eventuellen Alarmsignals blieben.

Kala war auf einer Elefantenfährte langsam nach Osten gegangen, und sprang eifrig über Stock und Stein auf der Suche nach essbaren Käfern und Pilzen, als ein schwaches Geräusch aus der Ferne ihre Aufmerksamkeit erregte.

Fünfundzwanzig Meter vor ihr tat sich der Dschungelweg auf, und durch diesen Blätter-Tunnel sah sie ein merkwürdiges Geschöpf vorsichtig herankommen.

Es war Kulonga.

Kala drehte sich sofort um und kehrte auf den Elefantenpfad zurück. Sie versuchte auszuweichen.

Aber Kulonga war dicht hinter ihr. Nach einer Biegung des Pfades konnte er sie auf einer weiteren geraden Strecke wieder vor sich sehen. Seine rechte Hand griff rückwärts, seine Muskeln spannten sich unter der glatten Haut. Sein Arm schwang über den Kopf und der Speer flog auf Kala zu.

Es war ein schlechter Wurf und der Speer streifte die Äffin wurde nur an der Seite.

Aber mit einem Schrei der Wut und des Schmerzes wandte sie sich gegen ihren Peiniger. Sofort erzitterten die Bäume unter der Last der Affen, die auf Kalas Hilferuf herbeieilten.

Als sie zum Angriff überging, nahm Kulonga seinen Bogen und schoss mit unglaublicher Schnelligkeit einen Pfeil ab. Das vergiftete Geschoß traf genau ins Herz des Menschenaffen.

Mit einem furchtbaren Schrei fiel Kala vorwärts aufs Gesicht, direkt vor den Augen der entsetzten Mitglieder ihres Stammes.

Brüllend und klagend stürzten die Affen auf Kulonga los, aber der Schwarze hatte sich bereits wie eine erschrockene Antilope zur Flucht gewandt.

Er kannte die Wildheit dieser behaarten Menschen, lief mit allen Kräften den Pfad zurück, um möglichst schnell aus der Reichweite dieser Affen zu kommen.

Die Affen folgten ihm noch eine weite Strecke zwischen den Bäumen hindurch, aber schließlich gab einer nach dem anderen die Verfolgung auf und kehrte zu der Stelle zurück, wo sich die Tragödie ereignet hatte.

Keiner von ihnen hatte je zuvor einen Mann gesehen, außer Tarzan, und so wunderten sie sich über dieses merkwürdige Geschöpf, das in ihren Dschungel eingedrungen war.

Tarzan hatte in seiner Hütte nur leise Geräuschfetzen des Vorfalls gehört, und da er vermutete, dass irgendein Unheil geschehen war, eilte er schnell in die Richtung, aus der er das Geschrei vernommen hatte.

Bei seiner Ankunft fand er den ganzen Stamm, wehklagend um den Körper seiner toten Mutter versammelt.

Tarzans Trauer und Zorn waren grenzenlos. Immer wieder stieß er seinen schrecklichen Racheruf aus. Mit den Fäusten schlug er sich auf die Brust, und dann warf er sich auf den Körper Kalas und stöhnte tief aus seinem vereinsamten Herzen. Sie war das einzige Geschöpf auf dieser Welt, das ihm Liebe und Geborgenheit gegeben hatte.

Kala war ein wilder Affe, aber zu Tarzan war sie immer gütig gewesen. Und er hatte er ihr all die Achtung und Liebe entgegengebracht, die ein Junge seiner Mutter beweist. Er hatte nie eine andere Mutter gekannt, und so war Kala all das zuteilgeworden, was der liebenswerten Lady Alice zugekommen wäre, wenn sie am Leben geblieben wäre.

Nach dem ersten Ausbruch seines Schmerzes versuchte Tarzan sich wieder zu beherrschen. Er befragte die Mitglieder des Stammes, die miterlebt hatten, wie Kala getötet worden war, und so erfuhr er so viel, wie ihre dürftige Sprache ihm mitteilen konnte.

Er erfuhr, dass es ein fremdartiger, unbehaarter schwarzer Affe mit Federn auf dem Kopf gewesen sei, der mit einem dünnen Ast den Tod brachte und dann mit der Schnelligkeit Baras, des Hirschen, den Pfad zurückgelaufen war.

Tarzan zögerte keinen Augenblick. Er sprang auf die Äste der Bäume und eilte quer durch den Wald. Er kannte den Elefantenweg, auf dem Kalas Mörder geflohen war, und da der schwarze Krieger diesem Pfad offenbar folgte, war er schneller, wenn er den Dschungel gerade durchquerte.

An seiner Seite hatte er das Jagdmesser und auf der Schulter die zusammengerollte Schlinge.

Nach einer Stunde kam er wieder auf den Pfad. Er stieg auf die Erde herunter und untersuchte sorgfältig den Boden.

Im weichen Boden am Rand eines Baches fand er Fußspuren von der Art, wie sonst nur er sie im Dschungel hinterließ, aber viel größer. Bei diesem Anblick schlug sein Herz heftig. Konnte es möglich sein, dass das die Spur eines Menschen war, eines Angehörigen seiner Rasse?

Es waren Fußspuren in zwei verschiedenen Richtungen. Offenbar war der Feind den gleichen Weg zurückgekehrt, den er gekommen war. Als Tarzan die frischere Spur untersuchte, fiel vom Rand eines Fußabdrucks ein Stückchen Erde ab, ein Beweis, dass der Betreffende erst kurz vorher dort durchgekommen sein konnte.

Tarzan schwang sich wieder auf die Bäume und setzte seinen Weg möglichst schnell und geräuschlos fort.

Er hatte ungefähr eine Meile zurückgelegt, als er auf einmal unter sich den schwarzen Krieger sah, der vor einer kleinen Lichtung stand. In der Hand hielt er den dünnen Bogen, mit dem er den todbringenden Pfeil abgeschossen hatte.

Ihm gegenüber stand am Rand der Lichtung Horta, der Eber, mit gesenktem Kopf und schaumbedeckten Hauern, bereit zum Angriff.

Tarzan schaute erstaunt auf das seltsame Geschöpf unter sich. In der Gestalt war es ihm ähnlich, und doch im Gesicht und in der Hautfarbe so verschieden. In seinen Büchern hatte er Bilder von Schwarzen gesehen, aber wie unterschiedlich waren diese unbeholfenen Abdrücke zu diesem glatten, schwarzen Wesen, das voller Leben war.

Während der Mann mit dem gespannten Bogen dastand, erkannte Tarzan in ihm den Schützen aus seinem Bilderbuch.

Bei der Aufregung, in die ihn diese Entdeckung versetzte, hätte er beinahe seine Anwesenheit verraten.

Der sehnige schwarze Arm hatte den Pfeil abgeschossen, und Tarzan sah, wie er blitzschnell in den borstigen Hals des Ebers eindrang, der eben im Begriff war, auf seinen Feind loszustürzen.

Kaum hatte der Pfeil den Bogen verlassen, als Kulonga schon einen zweiten eingespannt hatte, aber Horta rannte so schnell auf ihn zu, dass er keine Zeit mehr hatte, ihn abzuschießen. Mit einem Sprung sprang der Schwarze über das Tier und stieß ihm mit unglaublicher Geschicktheit einen zweiten Pfeil in den Rücken.

Dann sprang Kulonga auf einen nahen Baum.

Horta drehte sich um, um seinen Feind erneut anzugreifen – er machte noch ein Dutzend Schritte, dann schwankte er und fiel um. Einen Augenblick zuckten die Muskeln noch, dann lag er still.

Nun kam Kulonga von dem Baum herunter.

Mit dem Messer, das er an seiner Seite getragen hatte, schnitt er einige große Stücke aus dem toten Eber. Dann machte er auf dem Pfad ein Feuer, briet das Fleisch und aß davon nach Herzenslust. Den Rest ließ er einfach liegen.

Tarzan schaute all dem aufmerksam zu. In seiner Brust brannte zwar das Verlangen, den Schwarzen zu töten, aber noch größer war seine Neugierde. Er wollte dem Wilden eine Weile folgen, um zu sehen, woher er gekommen war. Später konnte er ihn bei passender Gelegenheit immer noch töten – sobald er den Bogen und die tödlichen Geschosse beiseitegelegt hatte.

Als Kulonga seine Mahlzeit beendet hatte und hinter der nahen Biegung des Pfades verschwunden war, kletterte Tarzan langsam herunter. Mit seinem Messer schnitt er einige Stücke Fleisch von dem Eber ab, aber er briet sie nicht.

Feuer hatte er bisher nur gesehen, wenn Ara, der Blitz, einen großen Baum zerstörte. Dass irgendein Geschöpf im Dschungel die roten und gelben Flammen erzeugen konnte, die das Holz verzehrten und nichts als Staub zurückließen, überraschte Tarzan gewaltig, und dass der schwarze Krieger sein köstliches Mahl dadurch verdarb, dass er es in die blendende

Hitze hielt, ging erst recht über sein Begriffsvermögen. Vielleicht war Ara ein Freund des Schützen, mit dem er seine Nahrung teilte.

Aber wie dem auch sein mochte, Tarzan wollte gutes Fleisch nicht so unsinnig verderben lassen. Er nahm sich ein ordentliches Stück von dem rohen Fleisch, das er gierig verschlang, und den Rest des Tieres versteckte er neben dem Pfad, so, dass er ihn bei seiner Rückkehr wiederfinden konnte.

Und dann wischte sich Lord Greystoke die fettigen Finger an den nackten Schenkeln ab und folgte Kulonga, dem Sohn des Häuptlings Mbonga. – Zu gleicher Zeit saß im fernen London ein anderer Lord Greystoke, der jüngere Bruder des Vaters des wirklichen Lord Greystoke, im Klub und sandte sein Fleisch in die Küche zurück, weil es nicht richtig durch war, und als er seine Mahlzeit beendet hatte, tauchte er seine Fingerspitzen in eine mit wohlriechendem Wasser gefüllte Schale und trocknete sie an einem schneeweißen Damast-Handtuch ab.

Tarzan folgte Kulonga den ganzen Tag, wobei er wie ein böser Geist über ihm in den Bäumen schwebte. Noch zwei Mal sah er ihn einen todbringenden Pfeil abschießen, das eine Mal auf Dango, die Hyäne, das andere Mal auf Manu, den Kletteraffen.

In beiden Fällen war das Tier sofort tot, denn Kulongas Gift war frisch.

Tarzan dachte viel über diese wundervolle Art zu töten nach, während er dem Schwarzen in sicherer Entfernung folgte. Er sagte sich, die dünne Spitze des Pfeiles allein könne nicht die Wirkung haben, denn die wilden Tiere des Dschungels wurden bei ihren Kämpfen oft viel schlimmer verletzt und erholten sich meist doch wieder.

Es musste also irgendetwas Geheimnisvolles mit jenen dünnen Pfeilen sein, und er wollte der Sache unbedingt auf den Grund gehen.

Diese Nacht schlief Kulonga in der Gabelung eines mächtigen Baumes, und weit über ihm hockte Tarzan.

Als Kulonga erwachte, sah er, dass sein Bogen und seine Pfeile verschwunden waren. Er war wütend, aber noch mehr erschrocken. Er untersuchte den Boden unter dem Baum und auch den Baum selbst, aber er konnte weder den Bogen und die Pfeile, noch Spuren eines nächtlichen Diebes entdecken. Kulonga war geradezu entsetzt. Seinen Speer hatte er auf Kala geschleudert und musste ihn zurücklassen, und jetzt, da er auch Bogen und Pfeile verloren hatte, war er, abgesehen von einem Messer, wehrlos. Seine einzige Hoffnung lag jetzt darin, Mbongas Dorf so schnell wie möglich zu erreichen.

Er wusste, dass er nicht mehr weit davon entfernt war, und so folgte er dem Pfad so schnell ihn seine Beine zu tragen vermochten.

Einige Meter davon entfernt lauerte Tarzan inmitten eines undurchdringlichen Laubwerks.

Kulongas Bogen und Pfeile hatte er auf der Spitze eines riesigen Baumes versteckt, und um diesen später wiederzufinden, hatte er mit seinem scharfen Messer unten am Stamm ein Stück Rinde herausgeschnitten und in der Höhe einen Ast halb abgeschnitten, so dass er herunterhing.

Als Kulonga seine Wanderung fortsetzte, folgte Tarzan ihm in luftiger Höhe. Seine Schlinge hielt er jetzt in der rechten Hand bereit. Er wartete nur auf einen günstigen Augenblick, um sie zu benützen.

Tarzan wollte herausfinden, wohin der Schwarze wollte. Der Wald hörte plötzlich auf und eine große Lichtung, an deren einem Ende ein sonderbares Lager zu sehen war. Zwischen dem Dschungel und dem Dorf lagen bebaute Felder.

Jetzt musste Tarzan schleunigst handeln, sonst entwischte ihm sein Opfer.

Als Kulonga aus dem Schatten des Waldes trat, fiel von dem untersten Ast eines mächtigen Baumes eine Schlinge über ihn, und ehe der Häuptlingssohn noch einen weiteren Schritt machen konnte, zog sie ihm fest den Hals zu.

Das geschah so schnell, dass Kulongas Hilferuf im Hals erstickte. Tarzan zog die Schlinge so fest zu, dass der Schwarze halb in der Luft baumelte. Dann kletterte Tarzan auf einen stärkeren Ast und zog sein Opfer in das grüne Laub hinauf. Hier befestigte er den Strick an einem Ast, stieg hinunter zu Kulonga und stieß ihm sein Jagdmesser ins Herz.

Kala war gerächt!

Tarzan untersuchte den Schwarzen genau, denn er hatte noch nie einen anderen Menschen gesehen.

Das Messer mit der Scheide und der Gürtel, an dem es hing, nahm er an sich. Auch eine kupferne Fußspange gefiel ihm, und er steckte sie an sein eigenes Bein.

Er untersuchte voller Bewunderung die Tätowierung auf der Stirn und der Brust. Neugierig betrachtete er auch die zugespitzten Zähne. Dann eignete er sich auch den Federschmuck vom Kopf des Schwarzen an.

Zuletzt dachte er ans Essen, denn er war hungrig. Hier war Fleisch, und zwar Fleisch des erlegten Gegners.

Tublat, den er gehasst hatte und der ihn gehasst hatte, hatte er im Kampf getötet, und doch war ihm nie der Gedanke, von dessen Fleisch zu essen, in den Kopf gekommen. Es widerstrebte ihm in seinem Innern.

Aber was war denn Kulonga, dass er glaubte, von ihm nicht ebenso gut essen zu können wie von Horta, dem Eber, oder von Bara, dem Hirsch? War es nicht einfach eines dieser zahllosen wilden Wesen des Dschungels, von denen eines das andere zu erbeuten versucht, um seinen Hunger zu stillen?

Aber ein seltsamer Zweifel lähmte seine Hand. Hatten die Bücher ihn nicht gelehrt, dass er ein Mensch ist? Und war der Schwarze nicht auch ein Mensch?

Essen Menschen andere Menschen? Er wusste es nicht.

Noch einmal entschloss er sich, einen Versuch zu machen, aber wieder überkam ihn ein widerstrebendes Gefühl.

Er konnte es nicht verstehen, aber er sah ein, dass er das Fleisch des schwarzen Mannes nicht essen durfte. Ein aus uralter Zeit ererbte Instinkt bewahrte ihn davor, ein Wertegesetz zu übertreten, von dem er keine Kenntnis hatte. Er ließ Kulongas Körper auf die Erde hinab, nahm die Schlinge wieder an sich und kehrte in den Wald zurück.

Geheimnisvolle Ereignisse

Von einem luftigen Sitz in den Bäumen betrachtete Tarzan das Dorf, das aus strohbedeckten Hütten bestand.

Er sah, dass das Dorf an einer Stelle an den Wald grenzte, und er beeilte sich, dorthin zu kommen, denn ihn trieb eine fieberhafte Neugier, diese Menschen zu betrachten, ihre Gebräuche kennen zu lernen und die sonderbaren Hütten, in denen sie wohnten, zu beobachten.

Durch das wilde Leben, das er inmitten der Tiere der Urwälder führte, konnte er sich nichts Anderes vorstellen, als dass dies Feinde seien. Wenn es auch Menschen ähnlicher Gestalt waren, so hatte er doch keinen Zweifel daran, wie sie ihn behandeln würden, wenn sie ihn entdeckten.

Von einer Brüderlichkeit der Menschen wusste er nichts. Außerhalb seines Stammes betrachtete er alle Wesen als seine Feinde, mit wenigen Ausnahmen, von denen Tantor, der Elefant, an erster Stelle stand.

Dabei leitete ihn keine Bosheit oder Hass. Das Töten war ein Gesetz der Wildnis. Sein Leben hatte ihn weder mürrisch noch blutdürstig gemacht. Meist tötete er, um sich Nahrung zu verschaffen, manchmal um sich zu verteidigen.

Wenn Tarzan aus Rache oder zur Selbstverteidigung tötete, dann geschah das immer ohne Leichtfertigkeit oder Bosheit.

Als er sich nun dem Dorf Mbongas näherte, machte er sich auch darauf gefasst, entweder töten zu müssen oder getötet zu werden, wenn er entdeckt wurde. Er ging mit ungewöhnlicher Vorsicht vor, denn Kulonga hatte ihm großen Respekt vor den kleinen scharfen Holzpfeilen eingeflößt, die so schnell den Tod brachten.

Er stieg auf einen großen Baum, der schwer mit dichtem Laubwerk beladen und mit hängenden Schlingpflanzen überwuchert war, verbarg sich darin und schaute auf das Dorf herunter.

Verwundert sah er nackte Kinder, die in der Dorfstraße umherliefen und spielten, und Frauen, die in rohen Steinmörsern getrocknete Bananen zerrieben, während andere Kuchen aus dem gemahlenen Mehl formten. Draußen auf den Feldern konnte er wieder andere Frauen sehen, die hackten, jäteten oder ernteten.

Alle trugen auffallende Gürtel aus getrocknetem Gras um die Hüften, und manche waren mit messingenen und kupfernen Fußspangen, Armbändern und Armspangen überladen. Andere trugen um ihren Hals ein sonderbares Band aus Draht, und manche waren mit riesigen Nasenringen geschmückt.

Tarzan schaute verwundert auf diese merkwürdigen Geschöpfe. Mehrere Männer sah er schlafend im Schatten liegen, während er am äußersten Ende der Lichtung zuweilen bewaffnete Krieger sehen konnte, die offenbar das Dorf vor einem feindlichen Überfall schützen sollten.

Es fiel ihm auf, dass nur die Frauen arbeiteten. Nirgends sah man einen Mann, der auf dem Feld gepflügt oder im Dorf irgendeine häusliche Arbeit verrichtet hätte.

Schließlich blieben seine Augen auf einer Frau dicht unter ihm haften.

Vor ihr stand ein kleiner Kessel über einem niederen Feuer, und darin sprudelte eine dicke, rötliche Masse. Auf der einen Seite lag eine Anzahl hölzerner Pfeile, deren Spitzen die Frau in den siedenden Kessel tauchte, um sie dann auf ein schmales Gestell auf der anderen Seite zu legen.

Das faszinierte Tarzan ganz besonders, denn jetzt wusste er, weshalb die winzigen Wurfgeschosse des Bogenschützen so gefährlich waren! Er bemerkte, mit welcher Sorgfalt die Frau darauf achtete, dass nichts von der Masse ihre Hände berührte. Als einmal ein Tropfen auf einen ihrer Finger spritzte, tauchte sie ihn sofort in ein Gefäß mit Wasser und rieb den kleinen Fleck schnell mit einer Handvoll Blätter ab.

Tarzan kannte kein Gift, aber seine Intelligenz sagte ihm, dass dies der Stoff sein musste, der tötete; nicht der kleine Pfeil, denn dieser war offenbar nur der Bote, der es in den Körper seines Opfers hineintrug.

Wie gern hätte er noch mehr von diesen kleinen, todbringenden Pfeilen gehabt! Wenn die Frau ihre Arbeit nur einen Augenblick verlassen würde, könnte er hinunterklettern, eine Handvoll zusammenraffen und wieder auf den Baum steigen.

Als er darüber nachdachte, wie er wohl ihre Aufmerksamkeit ablenken könnte, hörte er einen lauten Schrei von der Lichtung her. Er sah und hörte einen schwarzen Krieger, der unter dem Baum stand, an dem er Kalas Mörder getötet hatte.

Der Mann schrie und schwang seinen Speer über seinem Kopf. Immer wieder zeigte er auf etwas vor sich auf dem Boden.

Im Nu war das ganze Dorf in Aufruhr. Aus den Hütten stürzten bewaffnete Männer und rannten wie wahnsinnig auf die Wache zu. Hinter ihnen her liefen die alten Männer, die Frauen und Kinder, so dass das Dorf auf einmal verlassen war.

Tarzan erriet, dass sie die Leiche seines Opfers gefunden hatten, aber das interessierte ihn weit weniger als die Tatsache, dass keiner im Dorf zurückblieb, der ihn davon abgehalten hätte, sich einen Vorrat von den unter ihm liegenden Pfeilen zu holen. Schnell ließ er sich auf den Boden neben dem Giftkessel herab. Einen Augenblick stand er unbeweglich da. Seine lebhaften hellen Augen prüften das Innere der Umzäunung genau.

Niemand war zu sehen. Sein Blick fiel auf den Eingang einer nahen Hütte. Er wollte hineinsehen, und er näherte sich vorsichtig dem strohbedeckten Bau.

Einen Augenblick horchte er aufmerksam. Kein Laut war zu hören, und so schlich er sich in das Halbdunkel der Hütte hinein.

An den Wänden hingen Waffen, fremdartig geformte Messer und ein paar schmale Schilder. In der Mitte des Raumes war ein Kochtopf und im Hintergrund ein Lager aus getrockneten Gräsern, die mit gewebten Matten bedeckt waren und offenbar als Betten dienten. Mehrere Menschenschädel lagen auf dem Boden.

Tarzan befühlte jeden Gegenstand, hob die Speere auf, um ihr Gewicht zu prüfen und roch an ihnen, denn sein Geruch sagte ihm oft mehr als seine Augen. Er hätte gern einen dieser langen spitzen Stöcke mitgenommen, aber das war diesmal nicht möglich, da er schon die Pfeile tragen musste.

So, wie er die Gegenstände von der Wand nahm, legte er sie mitten im Raum auf einen Haufen und darüber stülpte er den Kochtopf, legte einen der grinsenden Schädel darauf, den er mit dem Kopfschmuck des toten Kulonga krönte.

Dann trat er zurück, betrachtete sein Werk und lachte über den Scherz, den er sich geleistet hatte.

Da hörte er mehrere Stimmen, dann ein langgezogenes Trauergeheul und ein gewaltiges Klagen. Jetzt musste er sich beeilen! Vielleicht war er schon zu lange geblieben. Er sprang zum Eingang und schaute die Dorfstraße zum Tor hinunter.

Die Eingeborenen waren noch nicht in Sicht, obwohl er sie deutlich durch die Anpflanzungen herankommen hörte. Sie mussten also schon sehr nahe sein. Wie ein Blitz sprang er auf den Haufen Pfeile zu. Alles zusammenraffend, was er unter dem Arm tragen konnte, stieß er den siedenden Kessel um und verschwand gerade oben im Laubwerk, als der erste der zurückkehrenden Eingeborenen durch das Dorftor eintrat.

Die Eingeborenen kamen in einem Zug die Straße herauf. Vier von ihnen trugen die Leiche Kulongas. Dahinter gingen die Frauen, seltsame Schreie und Klagerufe ausstoßend. Sie näherten sich dem Eingang der Hütte, in die Tarzan eingedrungen war; das war also Kulongas Wohnung gewesen!

Kaum hatte ein halbes Dutzend der Eingeborenen den Bau betreten, als sie in wild schwatzender Verwirrung auch schon wieder herausstürzten. Auch die anderen liefen hastig umher. Sie gestikulierten eifrig, zeigten mit dem Finger umher und plapperten. Mehrere Krieger näherten sich der Hütte und schauten hinein.

Schließlich trat ein alter Schwarzer in die Hütte. Er trug viel Schmuck an Armen und Beinen und ein Halsband. Es war Mbonga, der Häuptling, Kulongas Vater.

Einen Augenblick war alles still. Dann kam Mbonga wieder heraus. Zorn und abergläubische Furcht malten sich auf seinen Gesichtszügen. Er sprach ein paar Worte zu den versammelten Kriegern, und sofort stürmten die Männer durch das kleine Dorf, jede Hütte und jede Ecke innerhalb der Umzäunung sorgfältig durchsuchend.

Rasch wurden der umgekippte Kessel und das Verschwinden der vergifteten Pfeile entdeckt, und nun kauerte eine von Angst und Schrecken erfüllte Gruppe um den Häuptling.

Mbonga konnte sich dieses seltsame Ereignis nicht erklären. Das Auffinden der noch warmen Leiche Kulongas an der Grenze ihrer Felder und noch in Hörweite ihres Dorfes, war schon geheimnisvoll genug, aber noch mehr erfüllten die furchtbaren Entdeckungen im Dorf selbst ihre Herzen mit Furcht.

Sie standen in kleineren Gruppen, mit leiser Stimme sprechend und immer furchtsame Blicke um sich werfend.

Tarzan beobachtete sie eine Weile von seinem luftigen Sitz auf dem hohen Baum. Vieles in ihrem Benehmen verstand er nicht, denn von Furcht hatte er nur eine unklare Vorstellung.

Die Sonne stand jetzt schon hoch am Himmel und Tarzan hatte Hunger. Er war noch einige Meilen von der Stelle entfernt, wo die schmackhaften Reste Hortas, des Ebers, lagen.

So drehte er denn dem Dorf Mbongas den Rücken zu und verschwand im dichten Urwald.

König der Affen

Es war noch nicht dunkel, als Tarzan seinen Stamm erreichte, obwohl er die Überreste des wilden Ebers, die er am vorhergehenden Tag versteckt hatte, ausgegraben und verzehrt, und Kulongas Bogen und Pfeile geholt hatte. Tarzan war also reich beladen, als er ankam.

Mit geschwellter Brust erzählte er seine heldenhaften Abenteuer und breitete seine Siegesbeute aus.

Kerschak knurrte und ging weg, denn er war neidisch auf dieses seltsame Mitglied seiner Gruppe.

Am anderen Tag, früh im Morgengrauen, übte Tarzan schon mit seinem Bogen. Anfänglich verlor er fast jeden Pfeil, den er abschoss, aber schließlich lernte er, sie einigermaßen genau zu schießen.

Noch bevor ein Monat verging, war er ein ziemlich guter Schütze, aber durch seine Übungen hatte er fast alle Pfeile verloren.

Der Stamm fand noch immer genügend Nahrung auf der Jagd in der Nähe des Strandes, und so konnte Tarzan zwischen seinen Schießversuchen mit dem Bogen weitere Untersuchungen in dem kleinen, aber auserlesenen Büchervorrat seines Vaters anstellen.

Dabei fand er hinten in einem der Schränke ein metallenes Kästchen versteckt. Der Schlüssel steckte im Schloss, und so brauchte der junge englische Lord nur einige Versuche zu machen, bis es ihm gelang, das Kästchen zu öffnen.

Er fand darin ein verblichenes Bild eines jungen bartlosen Mannes, ein goldenes mit Diamanten besetztes Medaillon, das an einer kleinen goldenen Kette hing, ein paar Briefe und ein kleines Buch.

Tarzan betrachtete jeden Gegenstand genau.

Das Bild gefiel ihm am besten, denn die Augen waren freundlich und das Gesicht war offen und frei. Es war sein Vater.

Auch das Medaillon beschäftigte seine Fantasie, und er hängte sich die Kette um den Hals, ähnlich dem Schmuck, den er bei den Schwarzen gesehen hatte. Die glänzenden Sterne glitzerten seltsam auf seiner glatten braunen Haut.

Die Briefe konnte er kaum entziffern, und deshalb legte er sie mit dem Bild in das Kästchen zurück und beschäftigte sich nur mit dem Buch.

Dieses war fast ganz mit einer feinen Schrift angefüllt, aber während ihm die einzelnen Zeichen alle bekannt waren, war ihm die Anordnung und die Zusammensetzung, in der sie vorkamen, fremd und unverständlich.

Tarzan hatte schon lange den Gebrauch des Wörterbuchs kennen gelernt, aber in diesem Fall erwies es sich zu seinem Leidwesen als völlig zwecklos. Nicht ein Wort von all dem, was in dem Buch geschrieben stand, konnte er finden, und so legte er es in das Metallkästchen zurück, aber er war entschlossen, später doch einmal das Geheimnis zu untersuchen.

Hätte er nur gewusst, dass dieses Buch das Geheimnis seiner Herkunft enthielt und ihn über die Rätsel seines Lebens hätte aufklären können.

Es war das Tagebuch John Claytons, aber er hatte es in französischer Sprache geschrieben.

Tarzan stellte das Kästchen in den Schrank zurück, und seither trug er das Bild der kräftigen, freundlichen Gesichtszüge seines Vaters immer in seinem Herzen, und er war auch fest entschlossen, das Geheimnis der fremden Worte in dem kleinen schwarzen Buch zu lösen.

Bis dahin hatte er aber Wichtigeres zu tun, denn sein Vorrat an Pfeilen war erschöpft, und er musste zum Dorf der Schwarzen zurück, um ihn zu erneuern.

Am nächsten Morgen zog er in aller Frühe los, und da er den Weg schnell zurücklegte, kam er vor Mittag zu der Lichtung. Er nahm wieder seine Stellung auf dem großen Baum ein, und wie früher sah er die Frauen auf den Feldern und in der Dorfstraße und den Kessel mit kochendem Gift unmittelbar unter seinem Sitz.

Vier Stunden lang wartete er auf eine Gelegenheit, um ungesehen hinunter zu steigen und die Pfeile zusammen zu raffen, aber es ereignete sich nichts, was die Dorfbewohner abgelenkt hätte. Der Tag verging, und Tarzan hockte noch immer über der nichtsahnenden Frau beim Kessel.

Jetzt kamen die Arbeiterinnen vom Feld zurück. Aus dem Wald erschienen die von der Jagd heimkehrenden Krieger, und als sie innerhalb der Umzäunung waren, wurde das Tor verschlossen und verriegelt.

Nun kamen viele Kochtöpfe im Dorf zum Vorschein. Vor jeder Hütte hatte eine Frau die Aufsicht über einen Kochtopf, während in jeder Hand kleine Kuchen von Bananenmehl und Kassawa-Puddings zu sehen waren.

Plötzlich ertönte Freudengeschrei aus der Ecke der Lichtung.

Tarzan sah auf.

Es waren Jäger, die vom Norden herkamen und sich verspätet hatten. Sie führten zwischen sich ein sich sträubendes Tier, das sie halb führten, halb trugen.

Als sie sich dem Dorf näherten, wurde das Tor aufgerissen, und sobald das Volk die Jagdbeute erblickte, erhob sich ein wilder Schrei, denn die Beute war ein Mensch!

Als der Gefangene noch immer widerstrebend in die Dorfstraße gezerrt wurde, schlugen die Frauen mit Stöcken und Steinen auf ihn ein, so dass Tarzan sich über die Grausamkeit wunderte.

Von allen Tieren im Dschungel war es nur Sheeta, der Leopard, der seine Beute quälte. Alle anderen Tiere gewährten ihren Opfern einen schnellen, barmherzigen Tod.

Tarzan hatte aus seinen Büchern nur Bruchstücke von den Gebräuchen der Menschen kennen gelernt.

Als er Kulonga durch den Wald gefolgt war, hatte er erwartet, einiges von den Dingen zu sehen, die in seinen Bilderbüchern abgebildet waren. So hatte er geglaubt, in eine Stadt zu kommen, in der fremdartige Häuser auf Rädern ständen, eines davon mit einem riesigen Baumstamm auf dem Dach, der schwarze Rauchwolken hinausblies, oder zu einem See, der mit mächtigen schwimmenden Gebäuden bedeckt war, die, wie er gelesen hatte, Schiffe, Boote oder Dampfer genannt wurden.

Er war deshalb enttäuscht über das ärmliche kleine Dorf der Schwarzen, das im Dschungel versteckt lag und in dem nicht ein einziges Haus so groß war, wie seine Hütte am fernen Strand.

Nun sah er, dass diese Leute noch böser waren als seine Affen und so wild und grausam wie Sabor.

Jetzt hatten die Wilden ihr armes Opfer zu einem großen Pfahl in der Mitte des Dorfes geschleppt, direkt vor der Hütte Mbongas, und hier bildete sich ein Kreis von heulenden Kriegern, die mit gezückten Messern und drohenden Speeren herumtanzten.

In einem weiteren Kreis hockten die Frauen, kreischend auf ihre Trommeln schlagend. Es erinnerte Tarzan an die Dum-Dum-Feier, und so wusste er, was kommen würde. Er war neugierig, ob sie über ihren Raub herfallen würden, solange der Mensch noch am Leben war. Die Affen taten das nicht.

Der Kreis der Krieger zog sich immer enger um den sich krümmenden Gefangenen. Sie tanzten wild zu dem wahnsinnigen Trommeln. Jetzt stieß einer mit dem Speer in das Opfer, und das war das Zeichen für die anderen, dem Beispiel zu folgen.

Frauen und Kinder schrien vor Entzücken. Die Krieger überboten einander an Wildheit und Grausamkeit, mit der sie den noch immer nicht bewusstlosen Gefangenen marterten.

Jetzt bot sich Tarzan eine günstige Gelegenheit, denn alle Augen waren auf das Schauspiel am Marterpfahl gerichtet.

Der Tag war einer dunklen, mondlosen Nacht gewichen, und nur die Feuer in der unmittelbaren Nähe der Orgie warfen noch ein flackerndes Licht auf die bewegte Szene.

Sachte ließ sich der geschmeidige junge Mann auf die weiche Erde am Ende der Dorfstraße herunter. Schnell sammelte er die Pfeile, dieses Mal alle, denn er hatte ein langes Seil mitgebracht, um sie zu einem Bündel zusammen zu binden.

In aller Ruhe wickelte er sie fest zusammen. Bevor er abzog, überkam ihn der Übermut. Er schaute umher, ob er diesen absonderlichen Geschöpfen nicht irgendeinen Streich spielen könnte, damit sie sähen, dass er noch unter ihnen war. Sein Bündel mit den Pfeilen legte er an den Fuß des Baumes nieder. Dann schlich er im Schatten an der Seite der Straße weiter, bis er zu der Hütte kam, der er das erste Mal einen Besuch abgestattet hatte.

Drinnen war alles dunkel, aber seine tastenden Hände fanden den gesuchten Gegenstand, und er wollte sofort zur Tür zurückkehren.

Er hatte jedoch erst einen Schritt gemacht, als sein scharfes Ohr Schritte vernahm, die sich von außen näherten. Im nächsten Augenblick verdunkelte eine Frauengestalt den Eingang der Hütte.

Tarzan drückte sich an die Wand, und seine Hand suchte das lange, scharfe Messer seines Vaters. Die Frau war schnell bis in die Mitte der Hütte gegangen. Dann stand sie einen Augenblick still und suchte tastend nach einem Gegenstand. Er war offenbar nicht mehr an seinem Platz, denn sie suchte immer näher an der Wand, an der Tarzan stand.

Sie war jetzt so nahe, dass der Affenmensch die Wärme ihres nackten Körpers fühlte. Schon hob er das Messer hoch, aber im selben Augenblick wandte sich die Frau ab, und aus ihrer Kehle kam ein Ton wie »Ah«, der bewies, dass sie das Gesuchte gefunden hatte.

Gleich darauf verließ sie die Hütte, und als sie in der Türöffnung war, sah Tarzan, dass sie einen Kochtopf in der Hand trug.

Kurz darauf ging auch er hinaus. Von der Tür aus sah er, dass alle Frauen des Dorfes aus den verschiedenen Hütten mit Töpfen und Kesseln herbeieilten, sie mit Wasser füllten und über eine Anzahl Feuer stellten, die in der Nähe des Marterpfahles brannten, an dem das Opfer jetzt leblos hing.

In einem Augenblick, wo niemand in der Nähe zu sein schien, eilte Tarzan zu seinem Pfeilbündel unter dem großen Baum am Ende der Dorfstraße. Wie das erste Mal stürzte er den Giftkessel um, bevor er sich mit katzenartiger Gewandtheit auf die unteren Äste des Baumes schwang.

Schweigend kletterte er dann so hoch hinauf, bis er einen Punkt fand, von wo er durch eine Öffnung des Laubwerks die Szene unter sich beobachten konnte.

Die Frauen waren jetzt beschäftigt, den Getöteten für ihre Kochtöpfe vorzubereiten, während die Männer abseits standen und sich von ihren Strapazen erholten. Im Dorf war es jetzt ziemlich still.

Tarzan hob das Ding empor, das er aus der Hütte mitgenommen hatte, und mit der Sicherheit, die er sich beim Werfen von Kokosnüssen und anderen Früchten angeeignet hatte, schleuderte er es mitten in die Gruppe der Wilden.

Es traf einen Krieger genau am Kopf, so dass er zu Boden stürzte. Dann rollte es zwischen die Frauen und blieb vor dem Opfer liegen, das sie für ihr Festmahl zubereiteten.

Alle schrien vor Entsetzen auf und rannten zu ihren Hütten.

Es war ein grinsender Menschenschädel, der offensichtlich aus dem Himmel herabgefallen war.

Tarzan hatte sie durch diese neue Kundgebung eines unsichtbaren und unhörbaren Teufels, der in dem Wald um ihr Dorf lauerte, mit Schrecken erfüllt.

Als die Wilden später den umgekippten Kessel sahen und bemerkten, dass ihre Pfeile wieder geraubt worden waren, kamen sie auf den Gedanken, dass sie einen großen Geist, der diesen Teil des Dschungels beherrschte, beleidigt hatten, weil sie ihr Dorf ohne seine Einwilligung an dieser Stelle gebaut hatten. Von da an brachten sie ihm täglich zur Versöhnung ein Speiseopfer an den großen Baum, wo die Pfeile verschwunden waren.

Die Furcht war aber tief in sie eingedrungen, und Tarzan hatte dadurch, ohne es zu wissen, die Ursache für manches zukünftige schwere Unheil für sich und seinen Stamm geschaffen.

Diese Nacht schlief er nicht weit von dem Dorf im Wald, und am nächsten Morgen brach er heimwärts auf.

Unterwegs suchte er nach Nahrung, aber er fand nur einige Beeren und Insektenlarven, und er war ausgehungert, als er von einem Ast, unter dem er gesucht hatte, aufschauend, Sabor, die Löwin, erblickte. Sie stand keine zwanzig Schritte von ihm auf dem Pfad.

Die großen gelben Augen waren mit einem unheilvollen Blick auf ihn gerichtet, und die rote Zunge leckte die lüsternen Lippen, als Sabor sich duckte und ihren Bauch auf die Erde schmiegte.

Tarzan versuchte nicht, zu entkommen. Ihm war die Gelegenheit willkommen, und er war jetzt nicht mehr nur mit einem Strick aus Gräsern bewaffnet.

Ruhig nahm er seinen Bogen und schoss einen wohlgezielten Pfeil ab. Als Sabor aufsprang, traf das Geschoß sie mitten in der Luft. Im selben Augenblick sprang Tarzan auf die Seite, und als die große Katze wieder auf dem Boden landete, traf ein anderer Pfeil sie in die Lende.

Mit mächtigem Gebrüll ging Sabor wieder zum Angriff über, und gleich darauf traf sie ein dritter Pfeil in eins ihrer Augen. Aber diesmal war sie Tarzan so nahe, dass er vor ihr nicht mehr auf die Seite springen konnte. So geriet er unter den schweren Körper seiner Feindin, und er stieß mit seinem Messer auf sie ein. So sorgte Tarzan dafür, dass Sabor keinem Menschen und keinem Affen mehr etwas zuleide tun konnte.

Mit Mühe wand er sich unter der schweren Last heraus, und als er aufrecht stand und auf die Besiegte herabsah, erfüllte ihn ein gewaltiger Jubel.

Mit vor Stolz geschwellter Brust setzte er einen Fuß auf den toten Körper seiner mächtigen Feindin, warf seinen Kopf zurück und stimmte ein gewaltiges Siegesgeheul an.

Der Wald hallte wider von dem wilden Triumphgeschrei. Die Vögel verstummten und die größeren Raubtiere schlichen still davon, denn im ganzen Dschungel waren nur wenige, die es auf einen Kampf mit einem großen Menschenaffen ankommen lassen mochten.

In London sprach gerade ein anderer Lord Greystoke, doch niemand zitterte beim Klang seiner sanften Stimme.

Sabor war kein saftiges Essen, aber bei dem Hunger, den er hatte, schmeckte ihm das zähe Fleisch doch. Er zog das Fell ab, denn das hatte ihn hauptsächlich dazu veranlasst, die Löwin zu erlegen.

Schnell hatte er den großen Pelz abgezogen, darin hatte er sich oft genug an kleineren Tieren geübt. Als er seine Arbeit beendet hatte, trug er seine Trophäe auf einen hohen Baum, legte sich dort mit wohlgefülltem Magen in eine Gabelung und fiel bald in einen tiefen, traumlosen Schlaf.

Infolge seiner Anstrengungen schlief Tarzan so fest, dass er erst am nächsten Mittag erwachte. Sofort begab er sich zu den Überresten Sabors zurück, fand aber nur noch die Knochen, denn andere Bewohner des Dschungels hatten bereits alles Fleisch abgenagt.

Eine halbe Stunde lang ging er gemütlich durch den Wald, als ihm ein junges Wild zu Gesicht kam. Noch ehe das Tier wusste, dass ein Feind in der Nähe ist, war es von einem kleinen Pfeil im Nacken getroffen worden.

Das Gift wirkte so schnell, dass das Tier, bevor es noch ein Dutzend Sprünge gemacht hatte, kopfüber tot ins Unterholz fiel. Tarzan aß nun noch einmal, aber dieses Mal legte er sich nicht wieder zum Schlaf nieder.

Er ging sofort zu der Stelle, an der sich sein Stamm aufhielt, und dort breitete er das Fell Sabors, der Löwin, stolz vor seinen Kameraden aus.

Seht! rief er ihnen zu, Affen Kerschaks, seht, was Tarzan, der mächtige Kämpfer getan hat! Wer von euch hat jemals einen von Numas Stamm erschlagen? Tarzan ist der mächtigste unter euch, denn Tarzan ist kein Affe. Tarzan ist – doch hier stockte er, denn in der Sprache der Menschenaffen gibt es kein Wort für Mensch, und Tarzan konnte das Wort bloß auf Englisch schreiben, aber er konnte es nicht aussprechen.

Der Stamm hatte sich um ihn versammelt, um den Beweis seiner Macht zu betrachten und seinen Worten zuzuhören.

Nur Kerschak hielt sich zurück, denn er war schäumte vor Wut.

Plötzlich aber schoss ein Gedanke durch das Hirn des Menschenaffen. Mit einem fürchterlichen Gebrüll sprang er mitten unter die Versammlung.

Beißend und mit seinen riesigen Händen schlagend, verstümmelte er ein halbes Dutzend von ihnen, bevor sie sich auf die Baumwipfel hatten flüchten können.

In seiner Wut schäumend und schreiend, sah er sich nach dem um, den er am meisten hasste, als er ihn auf einem nahen Ast erblickte.

Komm herunter, Tarzan, großer Held, rief Kerschak ihm zu. Komm herunter, und du wirst die Zähne eines Größeren spüren! Fliehen mächtige Kämpfer, wenn ihnen Gefahr droht? Und dann stimmte Kerschak sein herausforderndes Gebrüll an.

Ruhig ließ Tarzan sich herunter auf den Boden. Atemlos schaute der Stamm aus luftiger Höhe hinunter, als Kerschak, noch immer brüllend, auf die verhältnismäßig kleine Gestalt zum Angriff überging.

Kerschak war fast sieben Fuß hoch. Seine ungeheuren Schultern und sein kurzer Nacken waren eine einzige Masse stählerner Muskeln.

Seine zurückgeworfenen mürrischen Lippen entblößten seine großen Fangzähne, und seine kleinen, blutrünstigen Augen glühten vor Wut.

Tarzan erwartete ihn. Er war selbst muskulös, aber seine Höhe von sechs Fuß und seine Stärke schienen doch einem Kampf gegen einen so riesigen Affen nicht gewachsen zu sein.

Sein Bogen und seine Pfeile lagen in einiger Entfernung – da, wo er sie hingelegt hatte, während er seinen Kameraden Sabors Fell zeigte – so dass er Kerschak nur mit seinem Jagdmesser und seinem überlegenen Verstand gegenübertreten konnte.

Als sein Feind brüllend auf ihn zukam, zog Tarzan sein langes Messer aus der Scheide, und mit demselben herausfordernden Brüllen stürzte er vorwärts, um dem Angriff zu begegnen.

Er war zu klug, sich von den langen, haarigen Armen seines Feindes umfassen zu lassen, und gerade als ihre Körper fast zusammenstießen, erfasste Tarzan eines der Handgelenke des Affen, und etwas auf die Seite springend, stieß er ihm sein Messer bis zum Heft ins Herz.

Ehe er die Klinge wieder herausziehen konnte, hatte der Affe ihm durch eine plötzliche Bewegung die Waffe entrissen.

Kerschak führte mit der flachen Hand einen so fürchterlichen Schlag gegen Tarzans Kopf, dass er ihn sicher zerschmettert hätte, wenn die Pranke ihr Ziel getroffen hätte.

Aber Tarzan war flink, und während er auswich, rammte er seine Faust in Kerschaks Magengrube.

Der Affe schwankte, und mit der tödlichen Wunde wäre er fast zusammengebrochen, aber er nahm mit einer gewaltigen Anstrengung seine Kräfte zusammen, befreite seinen Arm von Tarzans Griff und packte ihn.

Während er ihn an sich heranzog, versuchte er, ihn in den Hals zu beißen, aber bevor seine Zähne in die glatte, braune Haut eindringen konnten, hatte der junge Lord ihn an der Gurgel gepackt.

So rangen sie miteinander – der Affe wollte seinen Gegner mit seinen schrecklichen Zähnen töten, während Tarzan versuchte, dem Affen die Luftröhre zuzudrücken.

Die größeren Kräfte des Affen bekamen allmählich die Oberhand, und die Zähne des wilden Tieres waren kaum noch eine Handbreit von Tarzans Gurgel entfernt, als der schwere Körper plötzlich zusammenzuckte und schlaff zu Boden fiel.

Kerschak war tot!

Tarzan zog das Messer, mit dem er schon so oft einen mächtigen Feind überwunden hatte heraus; dann setzte er den Fuß auf den Nacken seines besiegten Gegners, und wieder einmal erscholl der wilde Schrei des Siegers durch den Wald.

So wurde der junge Lord Greystoke der König der Affen.

Der menschliche Verstand

Nur einer von Tarzans Stamm stellte seine Autorität in Frage, und das war Terkop, der Sohn Tublats, aber er fürchtete das scharfe Messer und die tödlichen Pfeile seines neuen Herrn, und deshalb begnügte er sich damit, seine Unzufriedenheit durch kleine Widerspenstigkeiten zu äußern. Tarzan wusste jedoch, dass er nur auf eine Gelegenheit lauerte, um ihm durch einen unerwarteten Streich die Königswürde zu rauben. Deshalb war er immer auf der Hut vor Überraschungen.

Monatelang nahm das Leben des kleinen Trupps wieder seinen gewohnten Lauf, mit dem Unterschied jedoch, dass Tarzan sie dank seiner größeren Intelligenz und seiner Gewandtheit als Jäger reichlicher mit Nahrung versorgte als es je zuvor geschehen war. Die meisten Affen waren daher mit dem Herrscherwechsel sehr zufrieden.

Tarzan führte sie des Nachts auf die Felder der Schwarzen, aber auf seine Anweisung nahmen sie nur, was sie verzehrten konnten, während andere Affen das, was sie nicht hatten auffressen können, verwüsteten.

So wurden die Schwarzen, wenn sie auch über die fortgesetzten Diebstähle auf ihren Feldern sehr verärgert waren, doch nicht entmutigt, sie weiter zu bebauen, was sicher geschehen wäre, wenn Tarzan seinem Volk erlaubt hätte, die Pflanzen mutwillig zu verwüsten.

In dieser Zeit besuchte Tarzan das Dorf öfter des Nachts, um seinen Vorrat an Pfeilen zu erneuern. Bald bemerkte er, dass immer Speisen am Fuße des Baumes standen, und deshalb fing er an, alles aufzuessen, was dort hingestellt wurde.

Als die Schwarzen sahen, dass das Essen über Nacht verschwand, gerieten sie in große Angst und Bestürzung, denn es ist etwas ganz Anderes, ob man Speisen hinstellt, um einen Gott oder Teufel zu versöhnen, oder ob der Geist wirklich ins Dorf kommt und sie aufisst.

Diese erfüllte ihre abergläubischen Köpfe mit allen möglichen Befürchtungen.

Das regelmäßige Verschwinden ihrer Pfeile und die von unsichtbarer Hand verübten seltsamen Streiche hatten in ihnen eine solche Unruhe hervorgerufen, dass ihnen das Leben im Dorf zur Last geworden war, und so fingen Mbonga und seine Häuptlinge an, darüber zu sprechen, das Dorf zu verlassen und sich einen Ort für eine neue Niederlassung weiter im Dschungel zu suchen.

Die schwarzen Krieger begannen nun, auf ihrer Jagd weiter südlich in das Innere des Waldes vorzudringen, um sich nach einem Platz für eine neue Siedlung umzusehen.

Dabei wurde Tarzans Stamm oft gestört. Die Stille der wilden Einsamkeit des Urwaldes wurde durch neue, fremdartige Schreie unterbrochen. Für die Tiere gab es keine Sicherheit mehr. Der Mensch war gekommen ...

Schwächere Tiere flohen aus der unmittelbaren Nähe ihrer größeren Nachbarn, und kehrten zurück, sobald die Gefahr vorüber war.

Wenn Menschen kommen, verlassen viele größere Tiere instinktiv die Gegend und kehren nur selten zurück. So ist es auch bei den großen Menschenaffen: sie fliehen vor den Menschen.

Eine kurze Zeit verweilte Tarzans Stamm noch in der Nähe des Strandes, weil ihr neuer König sich nicht entschließen konnte, die Hütte mit ihrem kostbaren Inhalt für immer zu verlassen. Aber als eines Tages ein Mitglied seines Stammes die Schwarzen in großer Zahl am Ufer des Flusses entdeckte, der schon seit Generationen die Wasserstelle der Affen war, und er bemerkte, dass sie im Begriff waren, eine Lichtung in den Dschungel zu schlagen und viele Hütten dort zu errichten, wollten die Affen nicht mehr länger bleiben. Tarzan führte sie tief in den Wald hinein, in eine Gegend, die noch kein Mensch betreten hatte.

Einmal im Monat schwang Tarzan sich durch die Äste, um einen Tag bei seinen Büchern zu verbringen und seinen Vorrat an Pfeilen zu ergänzen.

Diese letztere Aufgabe wurde aber immer schwieriger, denn die Schwarzen pflegten jetzt ihre Vorräte des Nachts in Kornkammern oder in ihren bewohnten Hütten zu verstecken. Tarzan musste jetzt bei Tag beobachten, wohin sie ihre Pfeile brachten.

Schon zweimal war er des Nachts in eine Hütte geschlichen, während die Insassen auf ihren Matten schliefen, und hatte die Pfeile von der Seite der Krieger gestohlen. Er sah aber ein, dass dieser Weg zu gefährlich war.

Bis zu Tarzans Hütte am fernen Strand waren die Schwarzen noch nicht gekommen, aber er lebte ständig in der Furcht, sie könnten seine Schätze entdecken und vernichten, während er mit seinem Stamm fort war.

So kam es, dass er immer mehr dort verweilte und nur wenig bei seinem Stamm war. Die Affen hatten unter seiner Vernachlässigung zu leiden, denn oft entstanden unter ihnen Zank und Streit, die nur der König schlichten konnte. Deshalb sprachen einige ältere Affen mit Tarzan darüber, und er blieb dann einen Monat ständig bei seinem Stamm.

Die Pflichten des Königs unter den Menschenaffen waren weder vielfältig noch sehr anstrengend.

Am Nachmittag kam vielleicht Thaka, um sich zu beklagen, dass der alte Mungo ihm sein neues Weibchen gestohlen habe. Dann musste Tarzan alle zusammenrufen, und wenn er fand, dass das Weibchen seinen neuen Herrn liebhatte, dann befahl er, dass die Angelegenheit auf sich beruhen bliebe oder dass Mungo, wenn möglich, dem Thaka eine seiner Töchter im Austausch gebe.

Wie auch seine Entscheidung ausfallen mochte, die Affen nahmen sie an und kehrten zufrieden zu ihrer Beschäftigung zurück.

Dann kam Tana, schreiend und ihre Seite haltend, von der das Blut herabfloss. Gunto, ihr Mann, hatte sie gebissen! Gunto wurde nun vorgeladen. Er erklärte, Tana sei faul, sie wolle ihm keine Nüsse und Käfer bringen und ihm den Buckel nicht kratzen.

Tarzan erteilte beiden eine Rüge. Gunto drohte er, er werde mit einem todbringenden Pfeil Bekanntschaft machen, wenn er Tana noch einmal misshandle, und Tana musste ihrerseits versprechen, in Zukunft ihre Pflichten besser zu erfüllen.

So ging es weiter. Es handelte sich meist um kleine Familiendifferenzen, die aber, wenn sie nicht beigelegt worden wären, weiter um sich gegriffen und schließlich zu einer Spaltung des Stammes geführt hätten.

Tarzan wurde dieser Streitigkeiten bald überdrüssig, zumal er sah, dass sein Amt ihn in seiner Freiheit beschränkte. Er sehnte sich nach der kleinen Hütte und dem sonnenbeschienenen Meer, nach dem kühlen Innern des wohlgebauten Hauses und nach den vielen Büchern mit ihren nicht endenden Wundern.

Je mehr er heranwuchs, desto mehr fand er, dass er sich seinem Volk entfremdete.

Seine Interessen und die der Affen gingen mittlerweile weit auseinander. Sie hatten nicht Schritt gehalten mit ihm, und sie konnten nichts von den vielen wunderbaren Träumen verstehen, die den regen Geist ihres menschlichen Königs beschäftigten. Ihr Wortschatz war so begrenzt, dass Tarzan nicht über die vielen neuen Erkenntnisse und die Gedanken, den die Lektüre ihm eröffnet hatte, mit ihnen sprechen oder sie gar mit dem Streben seiner Seele bekannt machen konnte.

Unter dem Stamm hatte er keine Freunde und Vertraute mehr, wie in früheren Tagen. Ein kleines Kind mag bei einfachen Geschöpfen Anschluss finden, aber ein erwachsener Mann kann sich mit jemanden anderem nur befreunden, wenn die Anschauungen wenigstens annähernd gleich sind.

Wäre Kala noch am Leben, hätte Tarzan alles andere aufgeopfert, um bei ihr bleiben zu können, aber nun, da sie tot war und die Freunde seiner Kindheit zu großen wilden Tieren herangewachsen waren, zog er immer mehr den Frieden und die Einsamkeit seiner Hütte den lästigen Pflichten seiner Häuptlingswürde unter der wilden Horde vor.

Allein der Hass und die Eifersucht Terkops, des Sohnes Tublats, verzögerten Tarzans Absicht, auf seine Königswürde zu verzichten, denn er konnte sich nicht entschließen, vor einem so boshaften Gegner zurück zu weichen.

Er wusste sehr wohl, dass Terkop an seiner Stelle zum Führer gewählt zu werden wünschte, denn schon wiederholt hatte das wilde Tier Anspruch auf seine Herrschaft über die wenigen männlichen Affen, die es gewagt hatten, ihm zu widerstehen, erhoben.

Tarzan wollte den grässlichen Kerl kleinkriegen, ohne zum Messer oder zu den Pfeilen zu greifen. Seine Stärke und seine Gewandtheit hatten so zugenommen, dass er den furchtbaren Terkop in einem Kampf Mann gegen Mann meistern wollte, wenn die schrecklichen Zähne dem Menschenaffen nicht eine so große Überlegenheit verschafft hätten.

Die ganze Sache erledigte sich eines Tages zufällig so, dass er für die Zukunft freie Hand hatte, und ohne dass seine Ehre in irgendeiner Weise befleckt wurde:

Der Stamm war gerade beim Futtersuchen über ein weites Gebiet zerstreut, als sich – in einiger Entfernung östlich von der Stelle, wo Tarzan versuchte, mit seiner flinken braunen Hand einen Fisch zu fangen – ein großes Geschrei erhob.

Der ganze Stamm eilte zu dem Ort, von wo das erschreckende Geschrei herkam, und da fand man Terkop, der ein altes Weibchen am Pelz festhielt und mit seiner großen Hand unbarmherzig auf sie einschlug.

Als Tarzan herankam, gab er Terkop ein Zeichen, dass er aufhören solle, denn das Weibchen war nicht das seinige, sondern gehörte einem armen alten Affen, der wehrlos war und deshalb seine Familie nicht mehr beschützen konnte. Terkop wusste, dass es gegen die Gesetze seines Stammes war, das Weibchen eines anderen zu prügeln, aber da er die Schwäche ihres Mannes kannte, hatte er sie dafür gezüchtigt, dass sie sich weigerte, ihm ein junges Nagetier abzutreten, das sie gefangen hatte.

Als Terkop Tarzan ohne seine Pfeile herannahen sah, fuhr er fort, das arme Weibchen zu schlagen, um den verhassten Häuptling zu ärgern.

Tarzan wiederholte seine Warnung nicht, sondern stürzte sich direkt auf den wartenden Terkop.

Die beiden hatten kaum ein Dutzend Sekunden miteinander gekämpft, als sie sich schlagend, beißend und stoßend auf den Boden rollten – zwei große wilde Tiere, die auf Leben und Tod rangen.

Terkop hatte ein Dutzend Messerstiche am Kopf und in der Brust, und auch Tarzan blutete, denn er hatte auf den Schädel einen solchen Schlag erhalten, dass ihm ein großes Hautstück über dem Auge hing und ihn am Sehen hinderte.

Aber nachdem der junge Engländer imstande gewesen war, die schrecklichen Zähne von seinem Hals fernzuhalten, und beide jetzt einen Augenblick weniger angestrengt kämpften, um etwas Atem zu schöpfen, hatte Tarzan einen schlauen Gedanken. Er versuchte, hinter den Rücken des Affen zu kommen und ihm das Messer so lange in den Leib zu stoßen, bis es mit Terkop vorbei wäre.

Das Manöver gelang leichter, als Tarzan erwartet hatte, denn das dumme Tier, nicht wissend, was sein Gegner beabsichtigte, machte keine Anstrengungen, es zu verhindern.

Als Terkop endlich merkte, dass sein Gegner sich so an ihm festhielt, dass er mit seinen Zähnen und Fäusten nichts ausrichten konnte, warf er sich plötzlich so heftig auf die Erde, dass Tarzan ihn loslassen musste. Durch einen weiteren Schlag wurde ihm das Messer entrissen und er war unbewaffnet.

Tarzan legte seinen Arm von hinten unter Terkops Arm und mit der Hand und dem Unterarm hielt er dessen Nacken umschlungen. Es war der Halb-Nelson-Griff der modernen Ringkämpfer, auf den Tarzan gestoßen war – und sofort erkannte er den Wert seiner Entdeckung.

So bemühte er sich, mit der linken Hand dasselbe zu erreichen, und in wenigen Augenblicken knackte Terkops Nacken unter einem Voll-Nelson.

Das Ringen war beendet. Die beiden lagen still auf dem Boden, Tarzan auf Terkops Rücken. Der Kopf des Affen wurde ihm immer mehr auf die Brust gedrückt.

Tarzan wusste, was geschehen würde. Im Nu konnte er seinem Feind den Nacken brechen. Dann aber kam Tarzan ein Gedanke.

Er sagte sich: Welchen Vorteil habe ich davon, wenn ich ihn töte? Verliert der Stamm dadurch nicht bloß einen großen Kämpfer? Und wenn Terkop tot ist, weiß er nichts mehr von meiner Überlegenheit, während er lebend den anderen Affen immer ein Beispiel sein wird.

Ka-goda? flüsterte Tarzan Terkop ins Ohr. Das heißt in der Affensprache ungefähr so viel wie: Ergibst du dich?

Terkop antwortete nicht, und Tarzan verstärkte den Druck etwas, so dass das große Tier einen lauten Schmerzensschrei ausstieß.

Ka-goda? wiederholte Tarzan.

Ka-goda! schrie Terkop.

Hör zu! sagte Tarzan, wobei er einen Augenblick aufatmete, aber ohne von der Umklammerung abzulassen. Ich bin Tarzan, König der Affen, ein mächtiger Jäger, ein mächtiger Kämpfer. Im ganzen Dschungel ist keiner so groß. Du hast zu mir gesagt: Ka-goda! Der ganze Stamm hat es gehört. Streite nun nicht weiter mit deinem König oder deinem Volk, denn das nächste Mal werde ich dich töten. Hast du mich verstanden?

Huh! antwortete Terkop.

Und bist du einverstanden?

Huh! antwortete der Affe wiederum.

Tarzan ließ ihn nun los, so dass er sich wieder erheben und frei bewegen konnte.

Nach wenigen Minuten waren alle Affen wieder bei ihrer gewöhnlichen Beschäftigung, als ob nichts geschehen wäre. In den Urwald war wieder Ruhe eingekehrt.

Tief in das Gehirn der Affen war aber die Überzeugung eingedrungen, dass Tarzan ein mächtiger Kämpfer und ein sonderbares Geschöpf sei. Sonderbar, weil er es in seiner Gewalt hatte, seinen Feind zu töten und ihn doch verschont hatte.

Tarzan wusch seine Wunden in dem klaren Wasser des Flusses. Gegen Abend, als der Stamm wie gewohnt zusammenkam, rief Tarzan die alten Männchen zu sich.

Ihr habt heute wieder gesehen, sagte er zu ihnen, dass Tarzan der größte unter euch ist.

Huh! antworteten alle einstimmig, Tarzan ist groß.

Dann fuhr er fort:

Tarzan ist kein Affe. Er gleicht eurem Volk nicht. Seine Wege sind nicht eure Wege, und deshalb wird Tarzan weggehen, zu dem Lager seiner Artgenossen am Wasser des großen Sees, der sich endlos weit ausdehnt. Ihr müsst nun einen anderen wählen, der euch regieren soll, denn Tarzan wird nicht zurückkehren.

Damit tat der junge Lord Greystoke den ersten Schritt zu dem Ziel, das er sich gesteckt hatte: andere weiße Menschen zu finden.

Von seiner Art

Der schwere Kampf mit Terkop hatte Tarzan stark mitgenommen, aber obwohl er noch erschöpft war, ging er am folgenden Morgen nach Westen, in Richtung Küste.

Er ging nur langsam und schlief die Nacht über im Dschungel. Spät am folgenden Morgen gelangte er zu seiner Hütte.

Einige Tage lang blieb er dort. Er ging nur soweit weg, wie es nötig war, um Nüsse und andere Früchte zu finden, mit denen er seinen Hunger stillen konnte.

Nach einigen Tagen hatte er sich wieder völlig erholt, aber am Kopf hatte er noch die erst halb verheilte Wunde, die sich vom linken Auge ausgehend über den Schädel hinzog bis zum rechten Ohr. Es war das Mal, das Terkop ihm hinterlassen hatte, als er ihm einen Streifen der Kopfhaut abriss.

Während seiner Erholung hatte Tarzan versucht, sich aus dem Fell Sabors, das während der ganzen Zeit in der Hütte gelegen hatte, einen Mantel herzustellen, aber er bemerkte, dass die Haut trocken und hart geworden war wie ein Brett, und da er nichts vom Gerben wusste, war er gezwungen, seinen Plan aufzugeben.

Darum entschloss er sich, sich einige Kleidungsstücke von einem der schwarzen Männer aus Mbongas Dorf anzueignen, denn nichts schien ihm ein deutlicheres Merkmal von Menschenwürde zu sein als Schmuck und Kleidung.

Vorerst hing er sich die goldene Kette mit dem diamantenbesetzten Medaillon seiner Mutter, Lady Alice um den Hals. Seinen Köcher mit Pfeilen trug er an einem über der Schulter hängenden Ledergurt auf dem Rücken.

Um die Hüfte trug er einen Gürtel aus dünnen Streifen einer ungegerbten Haut, die er ebenfalls für die selbstgemachte Scheide des Jagdmessers zurechtgeschnitten hatte. Der lange Bogen, der Kulonga gehört hatte, hing über seiner linken Schulter.

So sah der junge Lord Greystoke wirklich wie ein wilder Krieger aus, zumal ihm die Fülle seines schwarzen Haares über die Schultern fiel, während er das über die Stirn herabhängende Haar mit seinem Messer abgeschnitten hatte, um nicht am Sehen gehindert zu sein.

Seine starke, gut entwickelte Gestalt war muskulös wie die eines römischen Gladiators, in der sich Kraft, Geschmeidigkeit und Schnelligkeit verkörperten.

Sein schöner Kopf über den breiten Schultern mit dem hübschen Gesicht und der lebhafte Blick seiner hellen klaren Augen zeugten von Intelligenz.

Aber solche Gedanken lagen Tarzan fern. Er war betrübt, dass er keine Kleider hatte, um dem Dschungelvolk zu zeigen, dass er ein Mensch und kein ein Affe war.

Das Haar fing an, ihm auch im Gesicht zu wachsen. Alle Affen hatten Haare im Gesicht, aber die Schwarzen waren, mit sehr wenigen Ausnahmen, bartlos.

Allerdings hatte es in seinen Büchern Bilder von Männern gegeben, die eine Menge Haare um die Lippen, an den Backen und dem Kinn hatten, aber er schärfte täglich sein Messer und versuchte, damit seinen sprießenden Bart, das entwürdigende Zeichen des Affen, abzukratzen.

So lernte er mit viel Mühe sich zu rasieren.

Als Tarzan sich wieder gestärkt fühlte, begab er sich auf den Weg zu Mbongas Dorf. Anstatt sich auf den Bäumen fortzubewegen, folgte er sorglos einem gewundenen Pfad durch den Dschungel, als er plötzlich einem schwarzen Krieger begegnete.

Das erstaunte Gesicht des Schwarzen war geradezu komisch, und noch ehe Tarzan seinen Bogen zur Hand nehmen konnte, hatte der Mann kehrtgemacht und lief davon, wobei er laute Hilferufe ausstieß, um die anderen zugleich zu warnen.

Tarzan kletterte in die Höhe, um auf den Bäumen die Verfolgung fortzusetzen. In wenigen Minuten erblickte er die Wilden, die zu entkommen versuchten.

Es waren drei, die sich – einer hinter dem anderen – durch den dichten Urwald hindurcharbeiteten.

Tarzan überholte sie schnell. Sie merkten nicht, dass er sich über ihren Köpfen fortbewegte, und sie bemerkten ihn auch nicht, als er sich über einen unteren Ast duckte, der sich über ihren Pfad erstreckte.

Die beiden ersten ließ Tarzan durch, als aber der dritte kam, warf er seine Schlinge herunter, die den Schwarzen genau um den Hals traf. Ein fester Ruck – und die Schlinge war zu.

Das Opfer stieß einen röchelnden Schrei aus, und als sich seine Kameraden umdrehten, sahen sie, wie er in der Luft baumelte und wie durch Zauberkraft in das dichte Laubwerk der Bäume hinaufgezogen wurde.

Vor Entsetzen schreiend liefen sie weiter.

Tarzan tötete seinen Gefangenen schnell und ruhig. Er nahm ihm seine Waffen und Schmuck ab und – was ihn am meisten freute – ein zierliches Schurzfell, das er sich nun selbst umband.

Jetzt war er wenigstens wie ein Mensch angezogen. Nun konnte niemand mehr an seiner Abstammung zweifeln. Wie gern wäre er jetzt zum Affenstamm zurückgekehrt, um sich ihren erstaunten Blicken in seinem ganzen würdevollen Aufzug zu zeigen.

Den Leichnam des Schwarzen nahm er auf die Schulter und ging dann leise damit zum Dorf, wo er sich die Pfeile holen wollte.

Als er sich der Umzäunung näherte, sah er eine aufgeregte Gruppe um die zwei Flüchtenden, die, vor Schrecken und Erschöpfung zitternd, kaum imstande waren, die Einzelheiten ihres fürchterlichen Abenteuers wiederzugeben.

Mirando – so erzählten sie – der etwas vorausgegangen war, habe plötzlich laut schreiend kehrtgemacht und ihnen zugerufen, ein furchtbarer weißer nackter Krieger verfolge ihn. Alle drei seien dann so schnell, wie ihre Beine sie tragen konnten, zum Dorf gelaufen. Dann aber habe ein tödlicher Schrei Mirandos sie veranlasst, zurück zu schauen, und da hätten sie etwas ganz Entsetzliches gesehen: den Körper ihres Kameraden aufwärts zu den Bäumen fliegend; die Arme und die Beine hätten in der Luft gezappelt, und aus dem offenen Mund habe die Zunge herausgehangen. Keinen anderen Ton habe man mehr gehört, und es sei auch kein Geschöpf zu sehen gewesen.

Nun gerieten auch die schwarzen Dorfbewohner in eine furchtbare Angst, aber der weise alte Mbonga schien der ganzen Geschichte zweifelnd gegenüber zu stehen. Er dachte, das Ganze sei bloß eine Erfindung, weil sie vor irgendeiner realen Gefahr davongelaufen seien.

Ihr erzählt uns da eine tolle Geschichte, sagte er zu den beiden, weil ihr es nicht wagt, uns die Wahrheit zu sagen. Ihr seid nicht so mutig, zu gestehen, dass, als ein Löwe Mirando angriff, ihr davongelaufen seid und ihn im Stich gelassen habt. Ihr seid Feiglinge!

Kaum hatte Mbonga dies gesagt, als ein Krachen in den Zweigen der Bäume die Schwarzen zum Aufschauen veranlasste. Bei dem Anblick, der sich ihnen bot, erschauerte auch der weise alte Mbonga, denn der Leichnam Mirandos kam aus der Höhe heruntergestürzt und landete direkt vor ihren Füßen.

Sofort waren alle Schwarzen auf den Beinen. Sie liefen aber nicht in ihre Hütten, sondern verschwanden im dunklen Dschungel.

Nun kam Tarzan in das Dorf herunter und holte sich wieder die benötigten Pfeile. Er aß auch die Speisen auf, die die Schwarzen ihm wieder hingelegt hatten, um seinen Zorn zu besänftigen.

Bevor er sich entfernte, trug er den Leichnam Mirandos an das Dorftor und band ihn an dem Zaun fest. So schien das tote

Gesicht um die Ecke auf den Pfad zu schauen, der in den Dschungel führte.

Dann kehrte Tarzan zur Hütte am Strand zurück.

Die zitternden Schwarzen machten wohl ein Dutzend Anläufe, ehe sie in ihr Dorf zurückkehrten, da sie an dem schrecklich grinsenden Gesicht ihres toten Genossen vorbeigehen mussten. Als sie nun die Speisen und Pfeile verschwunden fanden, wussten sie, was sie befürchtet hatten, nämlich, dass Mirando den bösen Geist des Dschungels gesehen hatte.

Sie konnten sich jetzt alles erklären. Nur die starben, die den furchtbaren Geist des Dschungels gesehen hatten, denn es war kein Lebender im Dorf, der ihn je erblickt hatte. Also mussten ihn die, die durch seine Hand getötet worden waren, gesehen haben.

Tarzan wollte die Schwarzen nicht weiter belästigen, solange sie ihn mit Pfeilen und Nahrung versorgten. Mbonga befahl, dass dem Geist ab jetzt nicht bloß ein Speiseopfer dargebracht werden, sondern auch Pfeile beigelegt werden solle, und das geschah dann auch seither.

~~~

Als Tarzan wieder zur Küste mit der Hütte kam, beobachtete er verwundert ein ganz ungewohntes Schauspiel.

Auf dem ruhigen Wasser der Bucht schwamm ein großes Schiff, und am Strand lag ein kleines Boot.

Aber das Aufregendste war die Anzahl weißer Männer, die sich zwischen dem Strand und seiner Hütte bewegten. Tarzan sah, dass sie in mancher Hinsicht aussahen wie die Männer in seinen Bilderbüchern. Er kroch vorsichtig durch die Bäume, bis er dicht bei ihnen war.

Es waren zehn Männer, sonnengebräunte, unfreundliche Gestalten. Sie waren jetzt bei dem Boot versammelt und sprachen laut aufeinander ein, wobei sie erregt mit Händen und Fäusten umherfuchtelten.

Da legte einer von ihnen, ein kleiner, schwarzbärtiger Kerl mit hässlichem Gesicht, dessen Haltung Tarzan an Pamba, die Ratte, erinnerte, seine Hand auf die Schulter eines Riesen, der nahe bei ihnen stand und mit dem sich alle anderen gezankt hatten.

Der Kleine zeigte landeinwärts, so dass der Große sich von den anderen abwendete, um in die angegebene Richtung schauen zu können. Als er sich umdrehte, zog der kleine hässliche Kerl einen Revolver aus seinem Gürtel und schoss den Riesen in den Rücken.

Der Getroffene griff mit den Händen nach seinem Kopf, seine Knie brachen zusammen, und ohne einen Laut von sich zu geben, stürzte er nieder. Er war tot.

Der Knall des Schusses, der erste, den Tarzan gehört hatte, erstaunte ihn zwar, aber der ungewohnte Klang rief kein Entsetzen in ihm hervor.

Am meisten war er über das Verhalten der weißen Fremden verwirrt. Mit gerunzelter Stirn dachte er über alles nach. Er sagte sich, es sei doch gut, dass er seinem ersten Einfall, diesen weißen Männern entgegen zu gehen und sie als seine Brüder zu begrüßen, nicht gefolgt sei. Sie waren offenbar nicht anders als die Schwarzen, nicht gesitteter als die Affen und nicht weniger grausam als Sabor.

Einen Augenblick standen die anderen da und schauten auf den kleinen hässlichen Kerl und auf den am Strand liegenden Riesen.

Dann lachte einer von ihnen und gab dem Kleinen einen Klaps auf den Rücken. Das geschah aber offenbar nicht in einer feindlichen Absicht.

Gleich darauf setzten sie das Boot ins Wasser; alle sprangen hinein und ruderten zu dem großen Schiff, auf dessen Deck Tarzan andere Gestalten sah.

Als sie an Bord geklettert waren, kam Tarzan von seinem Baum herunter und schlich sich zu seiner Hütte und zwar so, dass diese immer zwischen ihm und dem Schiff war.

Er ging durch die Tür und fand, dass im Innern alles durchwühlt worden war. Seine Bücher und seine Bleistifte lagen auf dem Boden, seine Waffen und Schilde und seine anderen Sachen waren ringsum zerstreut.

Als er sah, was hier angerichtet worden war, erfasste ihn ein großer Schrecken, und eine lebhafte Röte überzog sein gebräuntes Gesicht.

Er eilte zu dem Schrank und durchsuchte das Fach, in dem er das Kästchen verborgen hatte, das seine wertvollsten Schätze enthielt. Erleichtert atmete er auf, als er es noch vorfand.

Das Bild des jungen Mannes und das kleine schwarze Buch lagen noch unversehrt darin.

Doch was war das?

Sein aufmerksames Ohr hatte einen schwachen, aber ungewohnten Ton gehört.

Er stürzte zum Fenster und schaute hinaus zur Bucht. Da sah er, dass von dem großen Schiff ein Boot zu dem anderen heruntergelassen worden war, das schon im Wasser lag. Zugleich kletterten mehrere Personen von dem großen Schiff in die Boote herunter.

Einen Augenblick später wurden eine Anzahl Kisten und Ballen in die wartenden Boote heruntergelassen, die dann vom Schiff abstießen.

Tarzan ergriff ein Stück Papier, und mit einem Bleistift schrieb er darauf einige Zeilen.

Diesen Zettel befestigte er mit einem kleinen Holzsplitter an der Tür. Dann nahm er sein Kästchen, seine Pfeile und so viele Bogen und Speere, wie er tragen konnte, stürmte damit zur Tür hinaus und verschwand im Wald.

Als die beiden Boote auf dem Sand des Ufers aufgelaufen waren, stieg eine sonderbare Gesellschaft von Menschen an Land.

Es waren im ganzen zwanzig Personen, fünfzehn davon rohe, hässliche Seeleute. Die anderen Mitglieder der Gruppe waren sehr verschieden.

Der eine von ihnen war ein älterer Mann mit weißem Haar und großer Hornbrille. Sein Rücken war schon etwas gebeugt. Er trug einen schlecht sitzenden, aber sauberen Gehrock, der ebenso wenig wie der glänzende Zylinderhut in den afrikanischen Dschungel passte.

Das zweite Mitglied der Gesellschaft war ein schlanker junger Mann in weißer Hose, hinter dem ein anderer, älterer Mann mit hoher Stirn kam.

Dann folgte eine riesige Schwarze, die so farbenprächtig gekleidet war, wie einst König Salomo. Ihre großen rollenden Augen richtete sie in offensichtlicher Furcht auf den Dschungel und dann auf die fluchende Bande von Matrosen, die im Begriff war, die Kisten und Ballen aus den Booten heraus zu holen.

Das letzte Mitglied der ans Land gekommenen Gesellschaft war ein Mädchen von ungefähr neunzehn Jahren. Ein junger Mann, der am Bug des Boots stand, hob sie hoch und stellte sie an Land. Sie dankte ihm mit einem freundlichen Lächeln, doch wurde zwischen den beiden kein Wort gewechselt.

Schweigend ging die Gesellschaft zur Hütte. Erst die Matrosen mit den Kisten und Ballen und dann die fünf so ungleichen Leute.

Die Männer setzten ihre Last nieder, da bemerkte einer von ihnen die Notiz, die Tarzan an der Tür angebracht hatte.

Hey Kameraden! rief er. Was ist das? Dieser Zettel war vor einer Stunde noch nicht da!

Die anderen drängten sich heran, reckten den Kopf in die Höhe, aber da die meisten von ihnen gar nicht oder kaum lesen konnten, wandte sich einer von ihnen schließlich zu dem alten Herrn im Gehrock und hohen Hut und sagte zu ihm:

Herr Professor, kommen Sie mal her und lesen Sie diesen schönen Zettel!

Der Gerufene kam langsam heran, gefolgt von den anderen Mitgliedern der Gesellschaft. Seine Brille zurechtsetzend, betrachtete er einen Augenblick den Zettel, wandte sich dann ab und ging weiter, wobei er vor sich hinmurmelte:

Sonderbar! Höchst sonderbar!

He, altes Fossil, rief ihm der Mann zu, der ihn herbeigerufen hatte, glauben Sie, wir hätten Sie gerufen, bloß damit Sie den Zettel für sich lesen sollten? Kommen Sie mal wieder her und lesen Sie ihn laut vor!

Der alte Herr kehrte zurück und sagte: Gewiss, liebe Leute, entschuldigen Sie vielmals. Es war ganz gedankenlos von mir. Aber es ist wirklich sonderbar, ganz sonderbar.

Er betrachtete die Notiz wieder und las sie durch, und sicherlich wäre er wieder weitergegangen, um darüber nachzudenken, wenn nicht der Matrose ihn am Kragen gepackt und ihm ins Ohr geschrien hätte:

Lesen Sie es laut, alter Idiot!

Gewiss, gewiss! antwortete der Professor sanft, und nachdem er seine Brille nochmals zurechtgesetzt hatte, las er laut:

Dies ist Tarzans Haus, der wilde Tiere und viele Schwarze getötet hat. Man bleibe weg von den Dingen, die Tarzan gehören. Tarzan wacht.

Tarzan, der Affenmensch

Wer zum Teufel ist Tarzan? fragte der Mann, der zuerst gesprochen hatte.

Er spricht offenbar Englisch, sagte der junge Mann.

Aber was heißt Tarzan, der Affenmensch? fragte das junge Mädchen.

Ich weiß es nicht, Miss Porter, antwortete der junge Mann. Vielleicht haben wir einen flüchtigen Affen aus dem Londoner zoologischen Garten entdeckt, der eine europäische Erziehung in dieses Dschungelheim mitgebracht hat. Was halten Sie davon, Herr Professor Porter? fügte er hinzu, wobei er sich an den alten Herrn wandte.

Professor Archimedes Q. Porter rückte wieder seine Brille zurecht.

Ach ja, in der Tat. Ja, wirklich sehr sonderbar, sagte der Professor, aber ich kann dem nichts hinzufügen, als was ich schon gesagt habe. Und damit drehte er sich um, um wieder in den Dschungel zu gehen. Aber Papa, rief das junge Mädchen, du hast ja bisher noch gar nichts darüber gesagt.

Schon gut, schon gut, Kind! antwortete Professor Porter in mildem, nachgiebigen Ton. Plage nur deinen kleinen Kopf nicht mit so schweren, sonderbaren Problemen. Und wieder ging er in einer anderen Richtung fort, seine Blicke auf den Boden gerichtet, die Hände hinterm Rücken, unter den herabfallenden Schößen seines Mantels.

Ich wette, der Alte weiß auch nicht mehr als wir, murmelte der hässliche Matrose.

Seien Sie ein bisschen höflicher, schrie ihn der junge Mann an, der über den beleidigenden Ton des Matrosen wütend war. Sie haben unsere Offiziere ermordet, und Sie bestehlen uns. Wir sind zwar in Ihrer Gewalt, aber wenn Sie Professor Porter und seine Tochter nicht anständig behandeln, breche ich Ihnen mit meinen bloßen Händen das Genick. Dabei trat der junge Mann so dicht an den Matrosen heran, dass sich dieser beschämt entfernte, obwohl er zwei Revolver und einen Dolch im Gürtel hatte.

Verfluchter Feigling! schrie der junge Mann. Wage es nur nicht, auf jemand zu schießen! Und entschlossen drehte er ihm den Rücken zu und ging scheinbar gleichgültig weg.

Die Hand des Matrosen griff heimlich nach einem seiner Revolver. Seine bösen Augen glänzten vor Rache, als der junge Engländer davonging. Die Blicke seiner Kameraden waren neugierig auf ihn gerichtet, aber er zögerte, denn er war ein noch größerer Feigling, als William Cecil Clayton es sich vorgestellt hatte.

Im Laub eines nahen Baumes hatten zwei scharfe Augen alle ihre Bewegungen verfolgt. Tarzan hatte gesehen, welches Aufsehen sein Zettel erregt hatte. Er konnte diese sonderbaren Menschen nicht verstehen konnte, aber ihre Bewegungen und der Ausdruck ihrer Gesichter sagten ihm umso mehr.

Tarzan war entrüstet, als er sah, dass der kleine Matrose mit dem Rattengesicht einen seiner Kameraden erschoss, und als er nun bemerkte, dass dieser sich mit dem fein aussehenden jungen Mann stritt, wurde sein Ärger noch größer.

Noch nie hatte er die Wirkung einer Feuerwaffe gesehen, obwohl er in seinen Büchern manches darüber gelesen hatte, aber als er bemerkte, dass der Matrose nach einem Revolver griff, dachte er an die Szene, die er kurz vorher beobachtet hatte, und er glaubte, jetzt werde auch der junge Mann ermordet werden.

Er nahm deshalb einen vergifteten Pfeil aus seinem Bogen und zielte auf den Matrosen, aber das Laub war so dicht, dass er sich sagte, der Pfeil werde durch die Blätter oder die Zweige abgelenkt werden, er nahm deshalb einen schweren Speer, den er aus seiner luftigen Höhe herabschleuderte.

Clayton war erst ein Dutzend Schritte weit gegangen. Der Matrose hatte seinen Revolver halb herausgezogen. Die anderen standen da und harrten der Dinge, die da kommen sollten.

Professor Porter war schon im Dschungel verschwunden, und auch der aufgeregte Samuel T. Philander, sein Sekretär und Assistent, war ihm dorthin gefolgt.

Esmeralda, die Schwarze, war eifrig beschäftigt, das Gepäck ihrer Herrin aus dem neben der Hütte hingeworfenen Haufen von Kisten und Ballen heraus zu suchen.

Miss Porter hatte sich abgewandt, um Clayton zu folgen, drehte sich aber gerade wieder zu den Matrosen um.

Und da geschahen nun drei Dinge fast gleichzeitig: Der Matrose hatte seine Waffe gezogen und feuerte sie auf Claytons Rücken ab; Miss Porter stieß einen lauten Warnruf aus, und gleichzeitig kam wie ein Blitz aus heiterem Himmel ein langer Speer geflogen und traf den Matrosen in die rechte Schulter.

Der Revolverschuss war in die Luft gegangen; er hatte sein Ziel verfehlt.

Clayton wandte sich rasch um und lief zurück.

Die Matrosen standen erschrocken zusammen und hielten ihre Waffen bereit, während sie gleichzeitig den Dschungel beobachteten.

Der Verwundete lag auf dem Boden und krümmte sich schreiend vor Schmerzen.

Unbemerkt hob Clayton den Revolver auf, den der Matrose hatte fallen lassen, und steckte ihn heimlich ein. Dann trat er zu den Matrosen, die noch immer mit ihren Blicken den Dschungel absuchten.

Wer kann das gewesen sein? flüsterte Jane Porter, und der junge Mann drehte sich um, und sah, wie sie mit großen erstaunten Augen neben ihm stand.

Ich glaube, es war dieser Tarzan, der Affenmensch, der auf uns aufpasst, sagte er in einem etwas zweifelnden Ton. Ich frage mich nur, für wen der Speer eigentlich bestimmt war. Wenn für Snipes, dann ist unser Affenfreund wirklich ein guter Freund. Aber um Himmelswillen, wo ist denn Ihr Vater und Mr. Philander? Im Dschungel treibt sich jemand herum, jemand, der bewaffnet ist. – Hallo, Professor! Mr. Philander!

rief der junge Clayton in den Wald, aber es kam keine Antwort.

Was ist da zu tun, Miss Porter? fragte der junge Mann besorgt und unentschlossen. Ich kann Sie nicht hier allein mit den Mordgesellen lassen, und Sie können nicht mit mir in den Dschungel gehen. Es muss aber jemand Ihren Vater suchen gehen. Er ist imstande, ganz sorglos weiter zu gehen, ohne auf die Gefahren zu achten und ohne auf die Richtung aufzupassen, und Mr. Philander ist auch nicht viel praktischer als er. Entschuldigen Sie meine Offenheit, aber unser aller Leben steht hier auf dem Spiel, und wenn wir Ihren Vater finden, dann muss etwas geschehen, um ihm die Gefahren klar zu machen, denen er Sie und sich selbst durch seine Sorglosigkeit und Zerstreutheit aussetzt.

Ich bin völlig einverstanden, antwortete das junge Mädchen, und ich nehme Ihnen Ihre Offenheit nicht übel. Es gibt nur ein Mittel, ihn in Sicherheit zu bringen, und das ist, ihn an einen Baum anzuketten. Der arme teure Vater ist so unpraktisch!

Ich hab's! rief Clayton plötzlich aus. Können Sie mit einem Revolver umgehen?

Ja! Weshalb?

Ich habe einen. Mit ihm werden Sie und Esmeralda in dieser Hütte verhältnismäßig sicher sein, während ich Ihren Vater und Mr. Philander suchen gehe. Kommen Sie, rufen Sie Esmeralda, und ich eile in den Dschungel. Sie können noch nicht sehr weit gegangen sein.

Jane Porter tat, wie er es ihr vorgeschlagen hatte, und als Clayton sah, dass die Tür fest hinter ihnen verschlossen war, wandte er sich zum Dschungel.

Mehrere Matrosen hatten ihrem verwundeten Kameraden den Speer aus der Schulter gezogen. Als nun Clayton herankam, fragte er, ob er von einem von ihnen einen Revolver geliehen bekommen könne, weil er im Dschungel nach dem Professor suchen wolle.

Der vom Speer getroffene Matrose hatte seine Fassung wiedergefunden, und mit einem Hagel von Schimpfworten verweigerte er dem jungen Mann im Namen seiner Kameraden eine Waffe.

Der Mensch namens Snipes hatte offensichtlich die Rolle des Anführers übernommen, seitdem er den anderen ermordet hatte, und keiner seiner Genossen hatte seine Autorität in Frage gestellt.

Clayton antwortete nicht, zuckte nur mit der Schulter. Beim Fortgehen hob er den Speer auf, der Snipes die Schulter durchbohrt hatte, und ging in den dichten Dschungel.

Dort angekommen rief er laut die Namen der Gesuchten. Die beiden Frauen in der Hütte hörten das Echo seiner Stimme immer schwächer und schwächer, bis es zuletzt unter der Myriade von verschiedenartigen Urwald-Geräuschen unterging.

Als sich Professor Archimedes Q. Porter und sein Assistent Samuel T. Philander auf vielfaches Drängen des letzteren zur Rückkehr entschlossen hatten, hatten sie sich bereits im wilden Labyrinth des Dschungels verirrt, ohne auch nur zu ahnen, wo sie waren.

Es war reiner Zufall, dass sie die Richtung zur Westküste einschlugen – statt nach Sansibar auf der entgegengesetzten Seite des schwarzen Weltteils zu laufen.

Als sie nach kurzer Zeit an den Strand kamen, aber keine Hütte fanden, war Philander überzeugt, dass sie nördlich davon seien, während sie tatsächlich etwa zweihundert Meter südlich davon waren.

Diesen unpraktischen Theoretikern fiel es gar nicht ein, laut nach ihren Freunden zu rufen, um deren Aufmerksamkeit auf sich zu lenken. Stattdessen nahm Mr. Samuel T. Philander mit der ganzen Sicherheit, die eine Schlussfolgerung aus seiner falschen Voraussetzung ergibt, den Herrn Professor Archimedes Q. Porter fest am Arm und führte den nur schwach widersprechenden alten Herrn in Richtung Kapstadt, das fünfzehnhundert Meilen weiter südlich lag.

Als Jane Porter und Esmeralda sich in der Hütte befanden, war der erste Gedanke der Schwarzen, die Tür von innen zu verrammeln. Sie wandte sich deshalb um, um nach geeigneten Gegenständen dafür zu suchen, aber beim ersten Blick in das Innere der Hütte stieß sie einen Schrei des Entsetzens aus, und wie ein erschrockenes Kind lief die große schwarze Frau zu ihrer Herrin und verbarg ihr Gesicht zwischen ihren Schultern.

Bei dem Schrei hatte sich Jane Porter umgedreht und die bleichen Gebeine auf dem Boden liegen sehen, und gleich darauf erblickte sie auch das Skelett auf dem Bett.

An welchen schrecklichen Ort sind wir geraten! murmelte das erschrockene Mädchen, das sich trotzdem zu beherrschen versuchte.

Zuletzt befreite sie sich von der Umarmung Esmeraldas, die noch immer schrie, ging durch den Raum zu der kleinen Wiege und fand auch darin ein Skelett.

Welch schreckliche Tragödie musste sich in dieser Hütte abgespielt haben! Das Mädchen schauderte bei dem Gedanken an die Gefahren, denen sie und ihre Freunde in dieser schrecklichen Hütte ausgesetzt sein konnten.

Sie versuchte sich von diesen düsteren Ahnungen zu befreien, und mit ihrem kleinen Fuß ungeduldig auf den Boden stampfend, bat sie Esmeralda, doch mit Weinen aufzuhören.

Hör auf, Esmeralda, sofort! rief sie ihr zu. Du machst es nur schlimmer!

Sie schlug nun einen sanfteren Ton an, und ihre Stimme zitterte, als sie an die drei Männer dachte, auf deren Schutz sie angewiesen waren, und die nun in dem schrecklichen, tiefen Wald umherirrten.

Als das Mädchen sah, dass die Tür im Innern mit einer starken hölzernen Stange versehen war, versuchte sie diese mit Hilfe Esmeraldas als Riegel vorzuschieben, und das gelang denn auch mit vereinten Anstrengungen.

Dann setzten sie sich Arm in Arm auf die Bank und warteten.

Die Schrecken des Dschungels

Die Matrosen waren Meuterer der »Arrow«. Sobald Clayton im Dschungel verschwunden war, beratschlagten sie über ihre weiteren Pläne. Sie hielten es für das Beste, schleunigst auf die vor Anker liegende »Arrow« zurück zu kehren, wo sie wenigstens vor den Speeren des unsichtbaren Feindes sicher waren. Während sich Jane Porter und Esmeralda in der Hütte verbarrikadierten, ruderten die feigen Meuterer in den zwei Booten zu ihrem Schiff zurück.

Tarzan hatte an diesem Tag so viel Wunderliches gesehen, dass es ihm im Kopf brummte. Aber das wundervollste von allem, was er gesehen hatte, war das Gesicht des schönen weißen Mädchens.

Sie war eine von seiner Art, dessen war er sicher. Auch der junge Mann und die zwei älteren Herren waren so, wie er sich sein eigenes Volk vorgestellt hatte.

Die Tatsache, dass von der ganzen Gesellschaft nur sie unbewaffnet waren, konnte ein Beweis dafür sein, dass sie niemanden getötet hatten. Wenn sie Waffen gehabt hätten, hätten sie sich aber vielleicht auch ganz anders verhalten.

Tarzan hatte gesehen, wie der junge Mann den Revolver des verwundeten Snipes aufgehoben hatte und ihn an der Brust verbarg, und er hatte auch beobachtet, wie er ihn dem Mädchen vorsichtig zusteckte, als es in die Hütte trat.

Er verstand nichts von den Beweggründen all der Geschehnisse, die er beobachtet hatte, aber aus irgendeinem unbestimmten Grund mochte er den jungen Mann und die zwei alten Männer, und zu dem jungen Mädchen zog ihn eine seltsame Sehnsucht hin, die er nicht verstand. Was aber die schwarze Frau betraf, so stand sie offenbar in irgendeiner Beziehung zu dem Mädchen, und deshalb mochte er auch sie.

Auf die Matrosen, und besonders gegen Snipes, hatte er einen großen Hass. Aus ihren drohenden Gebärden und dem Ausdruck ihrer üblen Gesichter hatte er erraten, dass sie den Anderen gegenüber feindlich gesinnt waren, und so beschloss er, sie scharf zu beobachten.

Tarzan wunderte sich, dass die fremden Männer in den Dschungel gegangen waren. Er kam gar nicht auf den Gedanken, dass sich jemand in dem Labyrinth von Unterholz verlieren könne, mit dem er so vertraut war, wie der Leser mit der Hauptstraße seiner Heimatstadt.

Als die Matrosen zum Schiff ruderten und er wusste, dass das Mädchen mit seiner Begleiterin sicher in der Hütte war, beschloss er, dem jungen Mann in den Dschungel zu folgen, um zu erfahren, was er dort eigentlich vorhatte. Er schwang sich deshalb schnell in der Richtung, die Clayton eingeschlagen hatte, und bald hörte er in der Ferne die jetzt nur noch vereinzelten Rufe des Engländers nach seinen beiden Freunden.

Nach kurzer Zeit hatte Tarzan den weißen Mann erreicht, der sich, schon ermüdet, an einen Baum lehnte und sich den Schweiß von der Stirn wischte. Hinter dichtem Laub versteckt, konnte der Affenmensch ihn aufmerksam betrachten.

Von Zeit zu Zeit rief Clayton noch immer, und zuletzt fiel es Tarzan ein, dass er wohl nach den alten Männern suchte.

Tarzan war schon soweit, herunter zu gehen, um selbst nach ihnen zu suchen, als er den gelben Schimmer eines glatten Fells sah, der sich vorsichtig durch den Dschungel auf Clayton zu bewegte.

Es war Sheeta, der Leopard. Jetzt hörte Tarzan, wie das wilde Tier das Gras niedertrat, und er wunderte sich, dass der junge weiße Mann dadurch nicht gewarnt wurde. Hatte er denn das Geräusch nicht gehört? Dabei trat Sheeta so plump auf, wie Tarzan es noch nie zuvor erlebt hatte.

Nein, der weiße Mann hörte es offenbar nicht. Sheeta duckte sich schon, um zum Sprung anzusetzen, als plötzlich das furchtbare Geschrei durch die Stille des Dschungels erscholl, wie es die Menschenaffen bei der Herausforderung zu einem Kampf ausstoßen. Sheeta war dadurch so verblüfft, dass er sich umwandte und sich durch das krachende Unterholz entfernte.

Clayton aber war wie erstarrt. Noch nie in seinem Leben war ihm ein so fürchterlicher Schrei in die Ohren gedrungen. Er war kein Feigling, aber wenn je ein Mensch die eisigen Finger der Furcht auf seinem Herzen gespürt hat, so war es William Cecil Clayton, der älteste Sohn des Lord Greystoke aus England, an diesem Tag in der Wildnis des afrikanischen Dschungels.

Er konnte nicht wissen, dass er diesem Schrei sein Leben zu verdanken hatte, und dass das Geschöpf, das diese schrecklichen Töne von sich gegeben hatte, sein eigener Vetter war.

Der Nachmittag neigte sich schon dem Ende zu, und Clayton, betrübt und entmutigt, wusste nicht, was er tun sollte. Weiter nach Professor Porter suchen und sich damit während der Dschungel-Nacht einer erhöhten Todesgefahr aussetzen, oder zur Hütte zurückkehren, wo er Jane Porter gegen die von allen Seiten drohenden Gefahren beschützen könnte.

Er kehrte nicht gerne zu ihr zurück, ohne ihren Vater gefunden zu haben – noch mehr aber entsetzte ihn der Gedanke, sie allein in den Händen der Meuterer der »Arrow« zu lassen oder sie den hundert unbekannten Gefahren des Dschungels preis zu geben.

Dann aber sagte er sich, der Professor und Philander seien vielleicht schon zur Hütte zurückgekehrt. Das schien ihm sogar das Wahrscheinlichste zu sein. Er entschloss sich also zur Rückkehr und bahnte sich mühsam einen Weg durch das dicke Gestrüpp in der Richtung, in der er die Hütte wiederzufinden glaubte.

Zu Tarzans Überraschung ging der junge Mann Richtung Mbongas Dorf. Tarzan konnte das kaum fassen, denn er war überzeugt, dass dies sein Verderben wäre.

Das Verhalten des jungen Mannes war ihm unverständlich, denn er sagte sich, es werde sich doch niemand zum Dorf der grausamen Schwarzen wagen, wenn er nur mit einem Speer bewaffnet war, zumal er diesen noch so ungeschickt trug, dass man schon daraus ersehen konnte, dass diese Waffe für ihn ungewohnt war.

Tarzan war überzeugt, dass der Fremde sehr schnell zur Beute der wilden Tiere werden würde, wenn er nicht bald zur Bucht zurücklaufen würde.

Und da war auch schon Numa, der Löwe, der an den weißen Mann heranschlich und nur noch ein Dutzend Schritte von ihm entfernt war.

Clayton hörte auf seiner rechten Seite die Bewegung des Tieres, und schon erscholl das fürchterliche Gebrüll des Löwen durch die Stille des Abends. Der Mann blieb stehen und hielt den Speer bereit, wobei er in das Gestrüpp starrte, aus dem die schrecklichen Töne kamen. Schon senkten sich die Schatten und es wurde immer dunkler.

Ach Gott, hier alleine sterben – zwischen den Zähnen eines wilden Tieres, den warmen Atem der Bestie im Gesicht zu spüren und die Tatze auf der Brust! Bei lebendigem Leib zerrissen zu werden!

Einen Augenblick lang war alles still, Clayton merkte nur an einem leisen Geräusch im Gebüsch, dass sich dort etwas bewegte. Der Löwe bereitete sich auf den Sprung vor. Zuletzt erblickte Clayton keine zwanzig Schritte entfernt den langen geschmeidigen Körper, den gelbbraunen Kopf und die Mähne eines Löwen. Die Bestie hielt sich so geduckt, dass ihr Leib den Boden berührte, ihre Bewegungen waren kaum wahrzunehmen. Als ihr Blick Claytons Augen traf, zog sie vorsichtig den Hinterleib an sich.

Der Mann war in Todesangst; er wagte es weder den Speer zu werfen, noch zu fliehen.

Da hörte er ein Geräusch im Baum über sich. Wieder eine neue Gefahr! dachte er, aber er wagte es nicht, den Blick von den gelbgrünen Augen vor sich abzuwenden. Er hörte ein Geräusch wie das Schwirren einer zerrissenen Saite, und im selben Augenblick sah er schon, dass die gelbe Haut des geduckten Löwen von einem Pfeil getroffen war.

Brüllend vor Schmerz und Schrecken sprang das Tier auf. Clayton schwankte, stolperte. Als er wieder aufsah, erschrak er bei dem Anblick, der sich ihm bot. Im selben Augenblick, als der Löwe wieder angreifen wollte, war ein großer nackter Mensch vom Baum herunter- und direkt auf den Rücken des Löwen gesprungen.

Mit blitzartiger Schnelligkeit hatte er den gewaltigen Nacken mit seinem muskulösen Arm umfasst, und hob das große Tier hoch, als ob es sich um einen Hund handelte. Der Löwe aber brüllte und fuchtelte mit den Vordertatzen in der Luft herum.

Es war eine Szene im Dämmerlicht des afrikanischen Dschungels, die sich für immer in das Gedächtnis des Engländers eingrub.

Der Mann vor ihm war die Verkörperung körperlicher Stärke. Und doch konnten seine Muskeln auf Dauer nicht mit denen Numas mithalten. Die Überlegenheit des Mannes beruhte auf seiner Gewandtheit, seinem Verstand und seinem langen Messer.

Sein rechter Arm hatte den Nacken des Löwen umschlungen, während die linke Hand immer wieder das Messer in die ungeschützte Seite hinter der linken Schulter stieß. Das wütende Tier richtete sich auf, so dass es auf den Hinterbeinen stand, und mühte sich in dieser unnatürlichen Stellung ohnmächtig ab.

Hätte der Kampf noch länger gedauert, hätte er wohl einen anderen Ausgang gehabt, aber plötzlich sank der Löwe leblos zu Boden.

Die eigentümliche Gestalt, die ihn besiegt hatte, löste sich von dem leblosen Körper, und während sie den Kopf zurückbog, stieß sie wieder dieses fürchterliche Gebrüll aus, das Clayton schon vorhin so erschreckt hatte.

Vor sich sah er einen jungen Mann, nackt, mit Ausnahme eines Lendentuches und einiger Schmuckstücke an Armen und Beinen, während auf seiner schmutzig-braunen Brust ein kostbares, diamantenbesetztes Medaillon glänzte.

Der Mann hatte das Jagdmesser schon wieder in die Scheide gesteckt, und hob Bogen und Köcher auf, die er von sich geworfen hatte, als er den Löwen angriff.

Clayton redete den Fremden auf Englisch an. Er dankte ihm für seine Hilfe und beglückwünschte ihn zu seiner wunderbaren Stärke und Gewandtheit, aber er erhielt keine Antwort. Der Retter starrte ihn nur an und zuckte mit seiner mächtigen Schulter, was entweder bedeutete, dass seine Hilfe nichts Besonderes wäre, oder dass er seine Sprache nicht verstand.

Der Wilde – denn für einen solchen hielt ihn Clayton – hatte kaum seinen Bogen und Köcher umgehängt, als er sein Messer wieder herauszog und ein Dutzend breite Streifen aus dem Fleisch des Löwen herausschnitt. Dann hockte er sich hin, fing an zu essen und lud Clayton mit einer Geste ein, das Gleiche zu tun.

Offenbar schmeckte es ihm vorzüglich, denn seine starken weißen Zähne bissen eifrig in das rohe, blutige Fleisch. Clayton konnte es aber nicht über sich bringen, das ungekochte Fleisch mit seinem sonderbaren Gastgeber zu teilen. Er schaute ihm zu, und dabei kam er zur Überzeugung, dass dies wohl der Affenmensch sei, dessen Zettel sie am Vormittag an der Tür der Hütte gefunden hatten.

Dann musste er aber doch Englisch sprechen!

Clayton versuchte deshalb nochmals, mit dem Wilden Englisch zu sprechen, aber die Antwort, die er jetzt erhielt, glich dem Geschnatter der Affen, vermischt mit dem Knurren wilder Tiere.

Nein, das konnte nicht Tarzan, der Affenmensch sein, denn es war jetzt klar, dass er kein Englisch verstand.

Als Tarzan seine Mahlzeit beendet hatte, stand er auf, zeigte in eine ganz andere Richtung, als Clayton sie bisher verfolgt hatte, und ging voran.

Clayton war verwirrt und zögerte, ihm zu folgen, weil er dachte, er würde ihn nur noch tiefer in den Urwald führen; aber als der Affenmensch bemerkte, dass er ihm nicht folgen wollte, kehrte er zurück, fasste ihn am Arm und zog ihn mit sich, bis er sah, dass Clayton seine Absicht verstanden hatte. Dieser folgte ihm dann auch willig.

Der Engländer hielt sich für einen Gefangenen, und dachte, es bliebe ihm nichts Anderes übrig, als dem Wilden zu folgen. Die Nacht war nun vollständig hereingebrochen, man hörte im Dickicht nur die leisen Tritte weicher Pfoten, ein Knistern von Zweigen und das Geschrei wilder Tiere.

Plötzlich hörte Clayton in der Ferne einen Knall. Es war ein einzelner Schuss, auf den gleich wieder völlige Ruhe eintrat.

~~~

In der dunklen Hütte am Strand saßen zwei ängstliche Frauen aneinander gedrückt auf einer niedrigen Bank. Die Schwarze schluchzte aufgeregt und verwünschte den Tag, an dem sie ihr teures Maryland verlassen hatte, während das andere Mädchen zwar nicht weinte und äußerlich ruhig schien, aber in ihrem Innern doch voller Angst war. Mehr als für sich selbst fürchtete sie sich um die drei Männer, die im unergründlichen Labyrinth des Urwaldes umherirrten, aus dem jetzt ununterbrochen Geschrei, Gebrüll, Gebell und Geknurre kam.

Plötzlich hörte sie draußen an der Wand der Hütte ein Geräusch wie von einem schweren Körper, der sich daran bewegte. Sie hörte Schritte auf dem Boden. Dann war einen Augenblick alles ruhig, aber gleich darauf hörte sie deutlich ein Tier draußen an der Tür schnuppern, keine zwei Fuß von der Stelle, wo sie zusammengekauert saßen. Instinktiv zuckte das Mädchen zusammen und drückte sich fester an die schwarze Frau.

Still! flüsterte sie. Still, Esmeralda! Das Schluchzen und Heulen der Schwarzen schien das Tier an der dünnen Wand draußen angelockt zu haben.

Jetzt hörten sie ein leises Kratzen an der Tür. Das Tier versuchte, herein zu kommen, dann trat wieder Ruhe ein. Man hörte die schweren Pfoten rings um die Hütte. Wieder hielten sie inne – diesmal unter dem Fenster, auf das die angstvollen Blicke des jungen Mädchens gerichtet waren.

Oh Gott! murmelte sie, denn in dem vom Mond erleuchteten kleinen Viereck des Fensters sah sie den Kopf einer gewaltigen Löwin. Die glühenden Augen waren auf sie gerichtet.

Esmeralda, flüsterte sie, um Himmelswillen, was sollen wir tun?

Esmeralda, die sich noch enger an ihre Herrin gedrückt hatte, warf einen erschrockenen Blick zum kleinen Fenster, gerade als die Löwin ein lautes Knurren ausstieß.

Das war Zuviel. Oh Gabriel! rief sie aus und fiel wie eine leblose Masse zu Boden.

Inzwischen stand die Löwin mit den Vorderpfoten auf dem Fenster und testete mit ihren großen Pfoten die Stärke der Latten, mit denen das Fenster vergittert war.

Jane war fast der Atem ausgegangen, aber glücklicherweise verschwand der Kopf wieder. Sie hörte, wie sich die Schritte der Löwin vom Fenster entfernen. Gleich darauf vernahm sie das Tier aber wieder an der Tür, und bald begann das Kratzen von neuem. Diesmal griff das Tier mit aller Gewalt die Bretter an, um zu seinen wehrlosen Opfern zu gelangen. Hätte Jane Porter gewusst, wie stark diese Tür war, die Stück für Stück zusammengesetzt worden war, hätte sie nicht so sehr zu fürchten brauchen, dass die Löwin sie zerbrechen könnte.

Als John Clayton diese rohe, aber starke Tür anfertigte, dachte er nicht, dass sie zwanzig Jahre später einmal ein amerikanisches Mädchen vor den Zähnen und den Pranken eines wilden Tieres bewahren würde.

Volle zwanzig Minuten lang schnüffelte und zerrte das Tier abwechselnd an der Tür, und ab und zu brüllte es vor Wut laut auf. Zuletzt aber gab es den Versuch auf, und Jane Porter hörte, wie es zum Fenster zurückkehrte. Dort wartete es einen Augenblick, und sprang dann mit seinem gewaltigen Gewicht gegen die Fensterstäbe, die im Laufe der Zeit morsch geworden waren.

Das Mädchen hörte, wie die Holzstäbe unter dem Angriff knackten, doch hielten sie noch stand, und das schwere Tier fiel zu Boden.

Aber jetzt griff die Löwin das Fenster immer wieder an, und schließlich hörte die zu Tode entsetzte Gefangene im Innern der Hütte, dass ein Teil des Gitters nachgab. Gleich darauf erschienen eine Pfote und dann der Kopf des Tieres in dem Fenster.

Mit seinem mächtigen Nacken und seinen starken Schultern drückte es die Stäbe auseinander, immer weiter drang der geschmeidige Körper ins Innere.

Entsetzt sprang das Mädchen auf, die Hand auf die Brust gepresst und die Augen vor Angst weit aufgerissen. Das entsetzliche Tier war jetzt keine zehn Schritte mehr von ihr entfernt. Zu ihren Füßen lag noch immer Esmeralda.

Jane Porter bückte sich, um die schwarze Frau an der Schulter zu rütteln.

Esmeralda! Esmeralda! schrie sie. Hilf mir, oder wir sind verloren!

Langsam öffnete die Schwarze die Augen. Das erste, was sie sah, waren die drohenden Zähne der Löwin.

Mit einem Schrei des Entsetzens richtete sie sich auf Händen und Knien auf und krabbelte auf allen Vieren durch die Hütte, wobei sie mit allen Kräften ihrer Lunge schrie: Oh Gabriel! Oh Heiliger Gabriel!

Die Löwin verhielt sich einen Augenblick ruhig, ihren Blick auf die sich fortbewegende Esmeralda gerichtet. Das Ziel der Schwarzen schien der Schrank zu sein, in dem sie ihren gewaltigen Körper verbergen wollte, aber ehe sie ihn erreicht hatte, brach sie mit einem lauten Schrei wieder ohnmächtig zusammen. Während Esmeralda niedersank, erneuerte die Löwin die Bemühungen wieder, ihren starken Körper durch die Fensterstäbe zu zwängen.

Das Mädchen stand bleich und starr an der Wand und dachte mit steigendem Entsetzen nach, wie sie wohl der Gefahr entrinnen könnte. Während sie die Hand fest auf den Busen presste, fühlte sie plötzlich die harten Umrisse des Revolvers, den Clayton ihr am Vormittag gegeben hatte.

Schnell zog sie ihn heraus, und ihn auf den Kopf der Löwin richtend, drückte sie ab. Ein Feuerstrahl, ein Knall, und ein Schrei des Tieres voller Schrecken und Schmerz.

Jane Porter sah die große Gestalt aus dem Fenster verschwinden, dann sank auch sie ohnmächtig hin, den Revolver neben sich fallen lassend.

Die Löwin war aber noch nicht tot. Die Kugel hatte ihr lediglich eine schmerzhafte Wunde in der Schulter beigebracht. Es war mehr der Schrecken über den Schuss, der sie zu ihrem Rückzug veranlasst hatte.

Sie war noch keineswegs gewillt, den Angriff aufzugeben. Sofort war sie wieder am Fenster und versuchte, mit gesteigerter Wut, in die Hütte einzudringen. Mit der verwundeten Schulter war das jetzt allerdings schwieriger.

Langsam wand sie ihren mächtigen Körper durch das Fenster. Jetzt war ihr Kopf drinnen, nun auch eine Vorderpfote und die Schulter.

Vorsichtig versuchte sie auch die verwundete Schulter hinein zu ziehen. Einen Augenblick später war auch diese drinnen, und nun folgte der lange geschmeidige Körper.

In diesem Augenblick öffnete Jane Porter wieder ihre Augen.

Der Waldmensch

Als Clayton den Knall der Feuerwaffe gehört hatte, bekam er eine entsetzliche Angst. Er dachte, der Schuss wäre von einem der Matrosen abgefeuert worden. Aber da fiel ihm ein, dass er Jane Porter den Revolver dagelassen hatte; in seiner Panik sagte er sich, sie sei vielleicht von einer großen Gefahr bedroht und habe sich gegen einen Menschen oder ein wildes Tier verteidigen müssen. Was die Gedanken seines Führers waren, konnte er nur vermuten, aber dass er den Schuss ebenfalls gehört hatte war klar, denn er bewegte sich jetzt mit großer Schnelligkeit weiter.

Clayton versuchte ihm zu folgen, aber binnen weniger Minuten stolperte er ein Dutzend Mal und gab es daher bald auf, mit ihm Schritt zu halten.

Da er fürchtete, alleine verloren zu sein, rief er dem sich über die Bäume dahinschwingenden Mann laut nach, und sah erleichtert, wie er aus den Zweigen herunterstieg.

Einen Augenblick sah sich Tarzan den jungen Mann aus der Nähe an und überlegte, was er wohl am besten tun könne; dann bückte er sich vor Clayton nieder und zeigte ihm, dass er ihn um den Nacken fassen solle. Als er den Engländer auf dem Rücken hatte, kletterte er wieder auf einen Baum, und nun ging die Reise in luftiger Höhe weiter.

Der junge Engländer hatte so etwas noch nie erlebt, und diese Minuten sollte er auch nie wieder vergessen. Über die sich beugenden Äste wurde er fortgetragen und zwar, wie es ihm schien, mit einer unglaublichen Schnelligkeit, wohingegen Tarzan über das langsame Fortkommen verärgert war.

Von einem hohen Ast schwang sich Tarzan mit Clayton auf dem Rücken mit einem riesigen Satz auf den nächsten Baum; dann wieder liefen seine Füße auf einem Durcheinander von Ästen, wobei er wie ein Seiltänzer hoch über der dunklen Tiefe dahinwanderte.

In den ersten Augenblicken fürchtete sich Clayton, dann aber bewunderte und beneidete er die Muskeln und den Instinkt, die diesen Waldmenschen so leicht und so sicher durch die dunkle Nacht trugen.

Zuweilen kamen sie an eine Stelle, wo das Laub über ihnen weniger dicht war, so dass Clayton im Mondlicht den seltsamen Weg bewundern konnte.

Wenn er in die Tiefe schaute, stand ihm fast der Atem still, denn sie waren oft hundert Fuß über der Erde.

Trotz der scheinbaren Schnelligkeit kamen sie verhältnismäßig langsam vorwärts, denn Tarzan musste immer Äste von genügender Stärke suchen, die auch imstande waren, ein doppeltes Menschengewicht zu tragen.

Endlich waren sie an der Lichtung bei der Küste. Dank seinem geübten Ohr hatte Tarzan das Geräusch gehört, das die Löwin machte, als sie durch das Gitter des Fensters hinein zu dringen versuchte; er stieg mit einer solchen Eile auf den Boden hinunter, dass es Clayton vorkam, als seien sie heruntergeflogen. Und doch berührten sie die Erde mit einem kaum merkbaren Ruck.

Kaum hatte Clayton den Affenmenschen losgelassen, als dieser auch schon wie ein Eichhörnchen zur entgegengesetzten Seite der Hütte eilte.

Der Engländer sprang schnell hinter ihm her, und konnte eben noch sehen, wie der hintere Teil eines gewaltigen Tieres durch das Fenster in der Hütte verschwand.

Als Jane Porter die Augen wieder öffnete und die Gefahr erkannte, die sie jetzt unmittelbar bedrohte, gab ihr tapferes junges Herz die letzte Hoffnung auf. Sie drehte sich um, um nach der Waffe zu greifen, denn sie wollte lieber sich selbst erschießen, als von den grausamen Zähnen der Löwin zerrissen zu werden.

Schon war das Tier fast durch die Öffnung hindurch, als Jane die Waffe fand. Rasch richtete sie den Revolver gegen ihre Schläfe.

Einen Augenblick zögerte sie, um noch ein kurzes stilles Gebet zu ihrem Schöpfer emporzusenden, als ihr Blick auf die arme Esmeralda fiel, die unbeweglich, aber noch lebend, neben dem Schrank lag.

Konnte sie die arme treue Dienerin diesen unbarmherzigen gelben Zähnen überlassen? Nein, sie musste die bewusstlose Frau erlösen, bevor sie die Mündung gegen sich selbst richtete.

Das war zwar ein schrecklicher Gedanke, aber wäre es nicht tausendmal grausamer, wenn die gute Frau, die sie mit mütterlicher Liebe und Sorgfalt großgezogen hatte, unter den Tatzen der großen Katze die Besinnung wiedererlangen würde?

Schnell sprang Jane Porter auf und eilte zu der Schwarzen. Sie drückte die Mündung fest gegen das treue Herz, schloss die Augen und – da stieß die Löwin ein fürchterliches Gebrüll aus.

Erschrocken feuerte Jane den Schuss ab und wandte sich dem Tier zu, während sie die Waffe gegen ihre eigene Schläfe richtete.

Sie feuerte aber keinen zweiten Schuss ab, denn zu ihrem Erstaunen sah sie, dass das gewaltige Tier aus dem Fenster zurückgerissen wurde, und dahinter erblickte sie im Mondlicht die Köpfe und Schultern zweier Männer.

Als Clayton um die Ecke der Hütte geeilt war, bemerkte er, wie der Affenmensch den langen Schwanz mit beiden Händen erfasst hatte und – sich mit den Füßen gegen die Wand stemmend – das Tier mit aller Kraft herauszerrte.

Clayton wollte ihm dabei helfen, aber der Affenmensch rief etwas in einem so bestimmten Ton, dass der Engländer es als einen Befehl auffasste, es zu unterlassen – obwohl er kein Wort davon verstand.

Trotzdem zog auch er an dem Löwen, und endlich gelang es ihren vereinten Anstrengungen, das schwere Tier aus dem Fenster heraus zu ziehen.

Nun erst bekam Clayton einen Begriff von der tollkühnen Tapferkeit seines Gefährten.

Es war in der Tat der höchste Heldenmut eines Menschen, einen wütenden Löwen mit dem Schwanz aus einem Fenster zu ziehen, um ein unbekanntes weißes Mädchen zu retten.

Bei Clayton war es schon etwas ganz anderes, denn das Mädchen war das einzige weibliche Wesen auf der Welt, das er liebte.

Und obwohl er wusste, dass die Löwin kurzen Prozess mit ihnen beiden machen würde, half er mit ganzer Kraft, um sie von Jane Porter fern zu halten. Dann erinnerte er sich an den Kampf zwischen diesem Mann und dem großen Löwen mit der dunklen Mähne, dessen Zeuge er heute gewesen war, und fing an, Vertrauen zu fassen.

Tarzan erteilte noch immer Befehle, die Clayton nicht verstand. Er versuchte, dem dummen weißen Mann zu sagen, er sollte der Löwin die vergifteten Pfeile in den Rücken und die Seiten stoßen und ihr Herz mit dem langen dünnen Jagdmesser, das an seiner Hüfte hing, zu durchbohren, aber der Mann verstand ihn nicht, und Tarzan wagte es nicht, das Tier los zu lassen, denn er wusste, dass der schwächliche weiße Mann nicht imstande wäre, die Löwin auch nur einen Moment lang alleine zu halten.

Langsam kam die Löwin aus dem Fenster heraus. Zuletzt waren auch die Schultern draußen.

Und dann sah Clayton etwas, was er noch nie erlebt hatte. Tarzan hatte sich den Kopf zerbrochen, wie er wohl allein mit dem rasenden Tier fertig werden könne und erinnerte sich an seinen Kamp mit Terkop. Als die Schultern der Löwin aus dem Fenster heraus waren, ließ er das Tier plötzlich los.

Mit der Schnelligkeit einer Schlange stürzte er sich auf den Rücken der Löwin. Er versuchte sie so zu umfassen, wie er es damals in seinem blutigen Ringkampf mit Terkop getan hatte.

Mit den Pfoten schlagend und kratzend, wand sich das Tier hin und her, um den Feind von sich abzuschütteln, aber immer fester drückte sich der eiserne Griff auf ihre Brust.

Immer höher kletterte der Feind ihr am Nacken hinauf, während ihre eigenen Anstrengungen immer schwächer wurden.

Dann sah Clayton im Mondlicht, wie Tarzan mit äußerster Kraftanstrengung der Löwin das Genick brach. Ein scharfes Knacken – und sie war tot.

Im nächsten Augenblick war Tarzan auf den Beinen, und wieder hörte Clayton das wilde Siegesgeschrei.

Jane Porter rief in Todesangst: Cecil ... Mr. Clayton! Was ist das? Was ist das?

Schnell zur Tür eilend, rief Clayton ihr zu, es sei alles Ordnung, und bat sie, zu öffnen. So schnell wie sie nur konnte, entfernte sie die große Stange von der Tür, so dass Clayton eintreten konnte.

Was war das für ein schrecklicher Schrei? fragte sie flüsternd, während sie ängstlich auf ihn zuging.

Es war der Kampfruf aus der Kehle des Mannes, der Ihnen eben das Leben gerettet hat, Miss Porter. Warten Sie, ich will ihn holen, damit Sie ihm danken können.

Das noch immer ängstliche Mädchen wollte nicht allein bleiben und so ging sie mit Clayton zur Hütte hinaus, wo der Körper der Löwin lag.

Aber Tarzan hatte sich schon entfernt.

Clayton rief ihm mehrmals, erhielt aber keine Antwort, und so gingen beide zu ihrer Sicherheit wieder ins Innere der Hütte.

Welch ein schrecklicher Schrei! rief Jane Porter aus. Mir schaudert schon bei dem Gedanken daran. Ich kann nicht glauben, dass eine menschliche Kehle einen so hässlichen, furchtbaren Schrei ausstoßen kann.

Und doch ist es so, Miss Porter, antwortete Clayton, und wenn es keine menschliche Kehle ist, so ist es die eines Waldmenschen.

Dann erzählte er ihr seine Erlebnisse mit diesem sonderbaren Geschöpf, wie der wilde Mann ihm zweimal am Tag das Leben gerettet hatte, er sprach von seiner Stärke, Gewandtheit und Tapferkeit, von seiner braunen Haut und seinem schönen Aussehen.

Ich kann mir das alles nicht erklären, sagte er zum Schluss. Zuerst dachte ich, er könnte wohl Tarzan, der Affenmensch sein, aber er spricht kein Englisch und versteht es auch nicht.

Nun, rief das Mädchen, was er auch sein mag, wir schulden ihm unser Leben. Möge Gott ihn segnen und ihn in diesem wilden Dschungel in seinen Schutz nehmen!

Amen! antwortete Clayton inbrünstig.

Da erblickten sie Esmeralda, die aufrecht auf dem Boden saß. Ihre großen Augen rollten hin und her, als ob sie nicht daran glauben könnte, dass sie noch am Leben sei.

Und dabei wusste sie nicht einmal, dass ihre eigene Herrin sie hatte töten wollen. Der Schrei der Löwin hatte sie gerettet, denn Jane Porter war dadurch so zusammengefahren, dass der Schuss sein Ziel verfehlte und die Kugel nur in den Fußboden drang.

Jetzt machte sich auch bei Jane Porter der Schock bemerkbar. Sie sank auf die Bank und begann bitterlich zu weinen.

»Sehr merkwürdig«

Einige Meilen südlich von der Hütte, auf einem sandigen Streifen des Strandes, standen zwei ältere Männer und verhandelten miteinander.

Vor ihnen lag der Atlantische Ozean, hinter ihnen der schwarze Kontinent mit seinen undurchdringlichen Urwäldern.

Wilde Tiere heulten und knurrten, und auch andere unheimliche Geräusche drangen an ihr Ohr. Sie waren meilenweit gewandert, um ihre Hütte zu suchen, aber immer in der falschen Richtung. Sie waren hoffnungslos verloren. In einer solchen Lage sollten all ihre Gedanken auf die sie bedrohenden Gefahren und auf den Weg gerichtet sein, der sie zur Hütte zurückgeführt hätte.

Dem war aber keineswegs so.

Aber mein lieber Professor, sagte Samuel T. Philander, ich behaupte noch immer, dass, wenn Ferdinand und Isabella im fünfzehnten Jahrhundert nicht über die Mauren in Spanien gesiegt hätten, die Welt heute um tausend Jahre weiter wäre. Die Mauren waren ein wesentlich toleranteres, weitherziges, liberales Volk von Ackerbauern, Handwerkern und Kaufleuten, das wirkliche Muster eines Volkes, das eine Zivilisation, wie wir sie heute in Amerika und in Europa vorfinden, möglich gemacht hätte, während die Spanier ...

Hören Sie auf, lieber Herr Philander, unterbrach ihn Professor Porter, ihre Religion schloss von vornherein die Möglichkeit, von der Sie sprechen, aus. Die Lehre Mohameds wird den wissenschaftlichen Fortschritt immer behindern!

Verzeihung, Professor, sagte Mr. Philander, der seine Blicke in den Dschungel gerichtet hatte, da scheint sich etwas zu nähern.

Professor Archimedes Q. Porter drehte sich in die Richtung, die der kurzsichtige Mr. Philander angedeutet hatte.

Lassen Sie das doch, Mr. Philander, versetzte er ärgerlich. Wie oft muss ich Sie dazu auffordern, all Ihre geistigen Fähigkeiten zu konzentrieren, dass Sie die höchsten Kräfte Ihres Verstandes auf die wichtigsten Weltfragen anwenden, die große Geister allein beschäftigen können? Und jetzt muss ich bemerken, dass Sie so unhöflich sind, mich in meinen gelehrten Auseinandersetzungen zu unterbrechen, um meine Aufmerksamkeit auf einen dummen Vertreter der Felis-Art zu lenken. Aber, was ich sagen wollte, Mr. ...

Herr Professor, ein Löwe! schrie Mr. Philander, während er seine Augen auf eine undeutliche Gestalt richtete, die sich in dem dunkeln tropischen Gebüsch abzeichnete.

Jaja, Mr. Philander, ein Löwe, wenn Sie denn unbedingt in Straßenjargon reden wollen ... Aber, was ich sagen wollte ...

Entschuldigen Sie, Herr Professor, unterbrach ihn Mr. Philander wieder, erlauben Sie mir, zu bemerken, dass die Mauren, die im fünfzehnten Jahrhundert besiegt wurden, zweifellos auch in der gegenwärtigen Zeit noch fortwirken. Aber ehe wir mit der Unterhaltung darüber fortfahren, wollen wir einmal sehen, wieweit sich die Felis carnivora uns schon genähert hat.

In der Zwischenzeit war der Löwe ruhig und würdevoll bis auf zehn Schritte an die Männer herangekommen, die dastanden und ihn neugierig betrachteten.

Das Mondlicht überflutete den Strand, und so hoben sich die Gestalten der beiden merkwürdigen Männer auffallend von dem gelben Sand ab.

Das ist doch nicht in Ordnung, rief Professor Porter ziemlich erregt aus. Noch nie, Mr. Philander, habe ich in meinem Leben gesehen, dass es einem dieser Tiere erlaubt wurde, außerhalb seines Käfigs umher zu streifen. Das ist doch ein ganz ungehöriges Vorgehen, das sich sicher der Direktor des nächsten zoologischen Gartens erlaubt hat.

Das ist richtig, Herr Professor, antwortete Mr. Philander, und es ist am besten, schnell zu handeln. Wir wollen weitergehen.

Indem er den Professor am Arm nahm, schritt Mr. Philander weiter, um aus der Nähe des Löwen fortzukommen. Sie waren erst ein Stück weit gegangen, als Mr. Philander zurückschaute und zu seinem Schrecken feststellte, dass der Löwe ihnen folgte. Er fasste den Professor fester am Arm und beschleunigte seinen Schritt.

Aber was ich sagen wollte, Mr. Philander, ... fuhr Professor Porter fort.

Mr. Philander warf abermals einen Blick rückwärts und sah, dass auch der Löwe seine Gangart beschleunigt hatte und noch immer dicht hinter ihnen blieb.

Er folgt uns! rief Mr. Philander und fing an zu laufen.

Nur langsam, Mr. Philander! sagte der Professor, diese unziemliche Hast gehört sich nicht für Gelehrte. Was werden unsere Freunde denken, wenn sie uns zufällig von der Straße aus sehen und bemerken, dass wir solche Possen treiben? Wir wollen uns doch würdevoller benehmen!

Mr. Philander warf nochmals einen verstohlenen Blick nach hinten.

Oh Schreck! Der Löwe war mit gemächlichen Sprüngen kaum fünf Meter hinter ihnen.

Mr. Philander ließ den Arm des Professors los und fing an, mit solcher Eile zu laufen, als ob er an einem Wettrennen beteiligt wäre.

Wie ich also sagte, hatte Professor Porter wieder angefangen, und er schien jetzt weiter für sich reden zu wollen, aber als er ebenfalls hinter sich schaute, sah er die grausamen gelben Augen und das halb offene Maul der Bestie, und nun fing auch er an, mit fliegenden Rockschößen und seinem glänzenden Seidenhut hinter Mr. Philander her zu laufen.

Kurz vor ihnen streckte sich der Wald auf eine schmale Landzunge vor. Mr. Philander richtete seine Sprünge offenbar dorthin, um in den Schutz der Bäume zu gelangen. Zu gleicher

Zeit schauten zwei Augen aus dem Dunkel dieser Bäume dem Verlauf dieses Wettrennens zu.

Es war Tarzan, der mit lächelndem Gesicht die beiden Männer laufen sah. Er wusste, dass sie von dem Löwen einstweilen nichts zu befürchten hätten, denn wenn dieser sich die leichte Beute entgehen ließ, war das offenbar lediglich dem Umstand zuzuschreiben, dass er vollständig satt war.

Solange er den Bauch gefüllt hatte, tat er ihnen nichts zuleide, und wenn er nicht gereizt wurde, war er es vielleicht bald müde, ihnen zu folgen und kehrte zu seinem Lager im Dschungel zurück.

Die Gefahr bestand aber darin, dass einer der beiden Männer stolpern und stürzen konnte. Der gelbe Jäger würde sofort über ihn herfallen, weil dann der Jagdinstinkt in ihm geweckt wurde.

Als Tarzan die Flüchtlinge näherkommen sah, schwang er sich auf einen niederen Ast. Sowie Mr. Samuel T. Philander zitternd unter dem Baum ankam und hinauf zu klettern versuchte, fasste Tarzan hinunter, ergriff ihn am Kragen und hob ihn neben sich auf den Ast. Gleich darauf kam der Professor. Auch diesen beförderte er hinauf.

Die beiden Männer hielten sich keuchend an dem Ast fest, während Tarzan mit dem Rücken am Stamm des Baumes saß und sie neugierig betrachtete.

Es war der Professor, der zuerst das Schweigen brach.

Ich bin peinlich berührt, Mr. Philander, sagte er, dass Sie so wenig männlichen Mut bei einer so untergeordneten Sache bewiesen haben, und dass Sie mich in Ihrer Furchtsamkeit veranlassten, mich in so ungewohnter Weise anzustrengen. Ich muss aber meine Rede wieder kurz zusammenfassen. Wie ich schon sagte, Mr. Philander, als Sie mich unterbrachen, die Mauren ...

Herr Professor Porter, unterbrach ihn Mr. Philander in eisigem Ton. Die Zeit ist gekommen, wo Geduld zum Verbrechen wird, selbst wenn sie in den Mantel der Tugend gehüllt erscheint. Sie haben mich der Feigheit beschuldigt. Sie geben vor, Sie seien nur gelaufen, um mich einzuholen, nicht aber um den Tatzen des Löwen zu entgehen. Nehmen Sie sich in Acht, Herr Professor! Ich bin ein verzweifelter Mann. Auch ein Wurm windet sich, wenn er getreten wird.

Mr. Philander, Sie vergessen sich!

Ich vergesse mich gar nicht, Herr Professor, sonst könnte ich die hohe Stellung, die Sie in der Wissenschaft einnehmen, und Ihre grauen Haare vergessen.

Der Professor schwieg.

Unter ihnen ging der Löwe noch immer unruhig auf und ab. Das dritte Gesicht auf dem Baum war durch die dichten Blätter verdeckt. Tarzan war ebenfalls still und unbeweglich wie eine geschnitzte Figur.

Endlich sagte der Professor zu Mr. Philander: Sie haben mich sicher gerade rechtzeitig auf den Baum gezogen. Ich möchte Ihnen danken. Sie haben mein Leben gerettet.

Aber ich habe Sie nicht heraufgezogen, Herr Professor, sagte Mr. Philander. Vor lauter Aufregung habe ich vergessen, dass ich selbst von jemandem hier heraufgezogen wurde. Es muss noch jemand hier auf dem Baum sein.

So, stieß Professor Porter hervor, sind Sie dessen ganz sicher, Mr. Philander?

Ganz sicher, Herr Professor, antwortete Mr. Philander, und ich denke, wir müssen uns bei ihm bedanken. Er muss rechts von Ihnen sitzen, Herr Professor.

Was sagen Sie da? fragte der Professor, wobei er etwas näher an seinen Assistenten heranrückte.

Gerade in dem Augenblick dachte Tarzan, Numa habe nun lange genug unter dem Baum gelauert. Er hob seinen Kopf gen Himmel und stieß den fürchterlichen Kampfruf der Menschenaffen aus.

Den beiden alten Herren klang es schauerlich in den Ohren. Zitternd hockten sie in ihrer unbequemen Stellung auf dem Ast. Als sie aber nach dem Löwen schauten, sahen sie, dass sich dieser, als er das schreckliche Geschrei hörte, umdrehte und schnell in den Dschungel verschwand.

Sogar der Löwe zittert vor Furcht, flüsterte Mr. Philander. Sehr merkwürdig, sehr merkwürdig, murmelte Professor Porter, während er ungestüm nach Mr. Philander griff, um das durch den Schrecken verlorene Gleichgewicht zu halten. Unglücklicherweise war es in diesem Augenblick um das Gleichgewicht Mr. Philanders ebenfalls sehr schlecht bestellt, und der liebenswürdige Anstoß des Professors genügte, um eine Katastrophe herbei zu führen.

Einen Augenblick schwankten sie auf ihrem Ast hin und her, und dann fielen beide, sich umarmend und zugleich schreiend, kopfüber vom Baum.

Unten angekommen, dachten beide, dass ein solcher Sturz so viele Gliederbrüche zur Folge haben werde, dass an ein Fortkommen nicht mehr zu denken sei.

Zuerst versuchte Professor Porter ein Bein zu bewegen. Zu seinem Erstaunen war es noch unversehrt. Dann versuchte er auch das andere Bein und streckte es aus.

Merkwürdig, sehr merkwürdig, murmelte er.

Danken Sie Gott, Herr Professor, flüsterte Mr. Philander ihm zu.

Sie sind also nicht tot?

Langsam, langsam, Mr. Philander, antwortete der Professor, ich weiß es noch nicht genau.

Mit unendlicher Sorgfalt bewegte Professor Porter seinen rechten Arm hin und her. Gottlob, er war unversehrt!

Ängstlich zog er dann auch den linken Arm unter seinem Körper hervor. Auch er bewegte sich noch wie früher.

Sehr merkwürdig, sehr merkwürdig! meinte der Professor.

Wem geben Sie eigentlich Signale? fragte Mr. Philander spöttisch.

Professor Porter würdigte ihn aber keiner Antwort. Jetzt hob er auch seinen Kopf vorsichtig vom Boden und nickte damit wohl ein halbes Dutzend mal.

Sehr merkwürdig, meinte er wieder. Er ist noch unversehrt.

Mr. Philander lag noch genau an der Stelle, wo er hingefallen war. Er hatte es noch nicht gewagt, aufzustehen, denn er glaubte, er habe Arme, Beine und Rücken gebrochen.

Er war auf weichen Boden gefallen und verfolgte erstaunt die sonderbaren Bewegungen, die Professor Porter mit seinen Gliedern machte.

Wie ärgerlich! rief Mr. Philander halblaut aus. Gehirnerschütterung, und die Folge davon: geistige Verwirrung. Sehr schlimm, in der Tat.

Professor Porter drehte sich jetzt auf der Erde. Vorsichtig bog er den Rücken, bis er einem Kater vor einem kläffenden Hund ähnelte. Dann richtete er sich auf und befühlte die einzelnen Glieder seines Körpers.

Sie sind noch alle da! rief er aus. Sehr merkwürdig!

Während er sich aufrichtete und einen strafenden Blick auf den noch immer daliegenden Mr. Philander warf, sagte er:

Auf auf, Mr. Philander! Jetzt heißt es nicht länger auf der faulen Haut liegen. Wir müssen weitergehen.

Mr. Philander erhob sich aus dem schlammigen Boden und schaute in wortloser Wut auf Professor Porter. Dann versuchte er aufzustehen, und er war überaus erstaunt, als ihm das ohne weiteres gelang.

Er war aber sehr ungehalten über die ungerechte Verdächtigung des Professors, und er wollte gerade etwas erwidern, als seine Blicke auf eine seltsame Gestalt fielen, die nur wenige Schritte vor ihnen stand und sie aufmerksam betrachtete.

Professor Porter hatte seinen seidenen Hut wiedergefunden, den er beim Hinaufklettern verloren hatte, und setzte ihn wieder auf. Als er nun sah, dass Mr. Philander auf etwas hinter ihm Befindlichen starrte, drehte er sich um und sah den wilden Menschen, der nackt bis auf ein Fell und etwas Metallschmuck unbeweglich vor ihnen stand.

Guten Abend, mein Herr, sagte der Professor, wobei er den Hut lüftete.

Statt einer Antwort gab der Waldmensch ihnen ein Zeichen, sie möchten ihm folgen. Er ging voraus – und zwar in der Richtung, aus der sie vorhin gekommen waren.

Ich denke, es ist am besten, ihm zu folgen, sagte Mr. Philander.

Beileibe nicht, Mr. Philander, erwiderte der Professor. Vorhin behaupteten Sie, die Hütte liege südlich von uns. Ich zweifelte daran, aber schließlich überzeugten Sie mich. Nun bin ich gewiss, dass wir nach Süden gehen müssen, um unsere Freunde wiederzufinden. Deshalb werde ich südlich weitergehen.

Aber, Herr Professor, dieser Mann muss es besser wissen als wir. Er scheint hier einheimisch zu sein. Wir wollen ihm wenigstens einmal ein kurzes Stück folgen.

Nein, Mr. Philander, erklärte der Professor abermals. Mich überzeugt man nicht leicht, aber wenn ich einmal überzeugt bin, dann ist mein Entschluss auch unerschütterlich. Ich werde in meiner Richtung weitergehen und wenn ich um den ganzen afrikanischen Kontinent herumwandern müsste, um mein Ziel zu erreichen.

Eine weitere Auseinandersetzung wurde durch Tarzan unterbrochen. Als er sah, dass die sonderbaren Männer ihm nicht folgten, kehrte er zu ihnen zurück. Er winkte ihnen nochmals, aber da sie immer noch stehen blieben und sich stritten, verlor er die Geduld.

Er fasste den erschrockenen Mr. Philander bei der Schulter, und ehe dieser noch wusste, wie ihm geschah, hatte der Affenmensch ihm das Ende eines Seiles um den Hals geschlungen. Oho, Mr. Philander, sagte der Professor, wie können Sie sich eine so schimpfliche Behandlung gefallen lassen?

Kaum hatte er dies gesagt, als auch er gepackt und mit dem Seil um den Hals versehen wurde.

Dann marschierte Tarzan los, und zwar in Richtung Norden, wohin er den erschrockenen Professor und seinen Sekretär am Seil führte.

Die beiden alten Herren schwiegen. Sie waren müde und entmutigt, und der Weg kam ihnen stundenlang vor.

Als sie endlich auf eine kleine Anhöhe kamen, waren sie hocherfreut, die Hütte circa hundert Meter vor sich liegen zu sehen.

Nun ließ Tarzan sie frei, und auf den kleinen Bau deutend, verschwand er in den Dschungel.

Sehr merkwürdig, sehr merkwürdig! sagte der Professor. Aber Sie sehen, Mr. Philander, dass ich, wie gewöhnlich, recht hatte. Ohne Ihren hartnäckigen Eigensinn wären wir nicht einer ganzen Reihe demütigender, um nicht zu sagen gefährlicher Vorfälle ausgesetzt gewesen. In Zukunft lassen Sie sich also von einem reiferen und praktischeren Geist leiten, wenn Sie einen Rat brauchen.

Mr. Philander fühlte sich durch den glücklichen Ausgang ihres Abenteuers so erleichtert, dass er auf eine Erwiderung verzichtete. Stattdessen nahm er seinen Freund beim Arm und eilte mit ihm auf die Hütte zu.

Die Freude war so groß wie bei einer Gesellschaft geretteter Schiffbrüchiger, die sich wiederfand. Die ganze Nacht hindurch erzählten sie sich ihre Abenteuer, und der Morgen dämmerte schon, als sie damit zu Ende waren.

Vor allem wurden sie nicht müde, über den sonderbaren Beschützer, den sie gefunden hatten, Vermutungen anzustellen.

Esmeralda war überzeugt, dass es niemand anders sei als ein Engel des Herrn, der vom Himmel gesandt wurde, um über sie zu wachen.

Clayton aber sagte lachend: Esmeralda, hätten Sie gesehen, wie er das rohe Fleisch des Löwen verschlang, hätten Sie ihn für einen sehr irdischen Engel gehalten.

Das weiß ich nicht, antwortete Esmeralda, aber wenn er rohes Fleisch gegessen hat, konnte er es offensichtlich nicht kochen. Wahrscheinlich hatte der liebe Gott in der Eile vergessen, ihm Streichhölzer mitzugeben, und ohne Streichhölzer konnte er doch kein Feuer machen.

Es war auch nichts Himmlisches in seiner Stimme, fügte Jane Porter hinzu, und dabei fuhr sie noch unwillkürlich zusammen, als sie daran dachte, wie schrecklich Tarzan gebrüllt hatte, als er die Löwin erlegt hatte.

Es entspricht auch nicht meinen vorgefassten Begriffen von der Würde himmlischer Boten, bemerkte Professor Porter, wenn dieser Herr zwei hochgeachtete Gelehrte am Hals durch den Dschungel führt, als ob sie Kühe wären.

Begräbnis

Als es vollständig hell geworden war, begann die Gesellschaft, sich eine Mahlzeit zuzubereiten, denn keiner von ihnen hatte seit dem vorherigen Tag etwas gegessen.

Die Meuterer der »Arrow« hatten einen kleinen Vorrat an getrocknetem Fleisch, Suppen- und Gemüsekonserven, Zwieback, Mehl, Tee und Kaffee an Land gebracht, und nun machten diese sich darüber her, um ihren Hunger zu stillen.

Die nächste Aufgabe bestand darin, die Hütte bewohnbar zu machen und die grausigen Überreste der Tragödie, die sich vor langer Zeit dort abgespielt hatte, zu entfernen.

Professor Porter und Mr. Philander waren in die Untersuchung der Skelette vertieft. Sie stellten fest, dass die zwei größeren ein männliches und ein weibliches menschliches Skelett waren.

Dem kleinen Skelett schenkten sie weniger Beachtung, denn da es in der Wiege lag, zweifelten sie nicht daran, dass es sich um das Kind des unglücklichen Ehepaares handelte.

Als sie das Skelett des Mannes zur Beerdigung hinauszutragen wollten, entdeckte Clayton einen massiven Ring, der offenbar die Hand geschmückt hatte, denn es lag noch ein dürrer Knochen darin.

Als Clayton ihn aufhob und näher prüfte, stieß er einen Ruf der Überraschung aus, denn der Ring trug das Wappen des Hauses Greystoke.

Zu gleicher Zeit entdeckte Jane Porter die Bücher in dem Schrank, und auf dem Schmutztitel eines dieser Bände sah sie den Namen: John Clayton, London. In einem zweiten Buch, das sie eilig untersuchte, stand bloß der Name Greystoke.

Wie, Mr. Clayton, rief sie, was bedeutet das? In diesen Büchern stehen die Namen Ihrer Familie!

Und hier, erwiderte er ernst, ist der große Ring des Hauses Greystoke, der verloren war, seit mein Onkel John Clayton, verschwand; er ging vermutlich im Meer unter.

Aber, rief das Mädchen, wie können Sie sich dann erklären, dass die Dinge hier in die afrikanische Wildnis gekommen sind?

Dafür gibt es nur eine Erklärung, Miss Porter, sagte Clayton. Der verstorbene Lord Greystoke ist nicht ertrunken. Er starb hier in der Hütte, und diese Gebeine auf dem Boden sind seine sterblichen Überreste.

Dann muss dies Lady Greystoke gewesen sein, sagte Jane Porter ehrfurchtsvoll, wobei sie auf das Häuflein Knochen auf dem Bett zeigte.

Die schöne Lady Alice, fügte Clayton hinzu, von deren Tugenden und persönlichen Reizen meine Eltern oft gesprochen haben. Arme, unglückliche Lady, murmelte er traurig. Ehrfurchtsvoll und feierlich brachte man die Überreste hinaus, nachdem man neben der Hütte ein Grab bereitet hatte.

Als Mr. Philander die zarten Knochen des Kindes in ein Stück Segeltuch legte, betrachtete er den Schädel sorgfältig.

Dann rief er Professor Porter, und beide sprachen mehrere Minuten leise zusammen.

Sehr merkwürdig, sehr merkwürdig! sagte Professor Porter.

Bei Gott, sagte Mr. Philander, wir müssen Mr. Clayton unsere Entdeckung mitteilen.

Nein, Mr. Philander, lassen Sie die Toten ruhen!

So wurden die Gebeine von Lord und Lady Greystoke der Erde übergeben, und zwischen sie legte man das winzige Skelett des Kindes der Äffin Kala.

Der weißhaarige alte Herr sprach die Totengebete, während seine vier Begleiter mit entblößten Häuptern dastanden.

Von den Bäumen herunter beobachtete Tarzan die Feier, aber am meisten betrachtete er das liebliche Gesicht und die reizende Gestalt Jane Porters.

In seiner Brust regten sich wieder diese neuen Gefühle, die er nicht ergründen konnte. Er wunderte sich, warum er diesen Menschen so viel Teilnahme entgegenbrachte und warum er sich solche Mühe mit diesen drei Männern gegeben hatte. Aber er wunderte sich nicht, dass er Sabor von dem zarten Körper des fremden Mädchens gerissen hatte.

Die Männer waren offensichtlich dumm, lächerlich und feige. Sogar Manu, der Affe, war klüger als sie. Wenn dies Geschöpfe seine Artgenossen waren, dann musste er sich fragen, ob sein früherer Stolz auf seine Abstammung berechtigt war. Aber das Mädchen ... Er wusste, dass sie geschaffen war, um beschützt zu werden, und er war erschaffen, um sie zu beschützen.

Er wunderte sich, warum man ein großes Loch in die Erde gegraben hatte, bloß um dürre Knochen zu einzugraben. Das hatte doch keinen Sinn, denn es fiel ja niemandem ein, trockene Knochen zu stehlen. Wäre noch Fleisch daran gewesen, hätte er es verstehen können, denn nur durch Vergraben konnte man seinen Fleischvorrat vor Dango, der Hyäne, und den anderen Raubtieren des Dschungels sichern.

Als das Grab mit Erde aufgefüllt war, kehrte die kleine Gesellschaft zur Hütte zurück. Esmeralda weinte noch immer ausgiebig um die Menschen, die schon vor zwanzig Jahren gestorben waren und von denen sie erst heute gehört hatte.

Als sie aber zufällig zum Strand schaute, versiegten ihre Tränen sofort.

Seht, da unten, sie segeln davon, sie verlassen uns!

Tatsächlich fuhr die »Arrow« langsam aus der Bucht in die offene See hinaus.

Sie versprachen uns, Waffen und Munition zurück zu lassen, sagte Clayton. Diese Halunken!

Das haben wir sicher dem Burschen zu verdanken, den sie Snipes nannten, sagte Jane Porter. King war zwar auch ein Schurke, aber er hatte doch etwas menschliches Gefühl. Wenn sie ihn nicht getötet hätten, hätte er gewiss dafür gesorgt, dass wir reichlich mit Vorräten versehen worden wären, ehe man uns unserem Schicksal überlässt.

Professor Porter ging langsam auf den Dschungel zu, seine Hände unter den langen Rockschößen und die Augen auf den Boden gerichtet.

Seine Tochter sah ihm lächelnd nach, und dann sagte sie zu Mr. Philander:

Bitte, lassen Sie ihn nicht alleine gehen. Wir verlassen uns darauf, dass Sie ihn im Auge behalten.

Er wird von Tag zu Tag schwieriger, erwiderte Mr. Philander seufzend und kopfschüttelnd. Ich vermute, dass er jetzt zum Direktor des zoologischen Gartens gehen will, um ihm zu melden, dass einer seiner Löwen in der vergangenen Nacht ausgebrochen ist. Oh Miss Jane, Sie glauben gar nicht, was ich bei ihm auszustehen habe!

Doch, ich weiß es, Mr. Philander, aber obwohl wir ihn alle lieben, eignen Sie sich am besten dazu, mit ihm umzugehen, denn was er Ihnen auch sagen mag – er schätzt Ihre große Gelehrsamkeit und hat ein ungeheures Vertrauen in Ihr Urteilsvermögen. Der Ärmste kann zwischen Gelehrsamkeit und Klugheit nicht unterscheiden.

Mit einem verlegenen Ausdruck auf dem Gesicht folgte Mr. Philander Professor Porter und dachte darüber nach, ob er sich durch Fräulein Porters doppelsinnige Ansprache geschmeichelt oder gekränkt fühlen sollte.

Tarzan hatte die Bestürzung auf den Gesichtern der kleinen Gruppe wahrgenommen, als die »Arrow« abfuhr. Da das Schiff eine Neuheit für ihn war, beschloss er, zur Landspitze nördlich vom der Bucht zu eilen, um sich das Fahrzeug näher anzusehen. Eilig schwang er sich durch die Bäume und erreichte die Landspitze gerade in dem Augenblick, als das

Schiff aus der Bucht herausgefahren war, so dass er einen guten Ausblick auf dieses fremdartige schwimmende Haus hatte.

Es waren etwa zwanzig Mann, die auf dem Deck hin- und herliefen und an Tauen zogen.

Es wehte eine leichte Brise und das Schiff war unter gerefften Segeln durch die Bucht gesteuert worden, aber jetzt, da es draußen war, wurden alle Segel gehisst, um so schnell wie möglich in See zu stechen.

Tarzan war entzückt von den Bewegungen des Schiffes und er wünschte sich, an Bord zu sein.

Da bemerkten seine scharfen Augen nördlich am fernen Horizont dünnen Rauch, und er wunderte sich, dass so etwas aus dem großen Wasser aufsteigen konnte.

Zur selben Zeit musste aber auch der Ausguck der »Arrow« den Rauch bemerkt haben, denn wenige Minuten später sah Tarzan, dass die Segel gerefft und der Kurs wieder zurück zur Küste ging.

Ein Mann am Bug hielt ständig ein Seil ins Wasser, an dessen Ende ein Ding hing, das Tarzan nicht sehen konnte. Er fragte sich, was das wohl sein mochte.

Zuletzt kam das Schiff direkt in den Wind. Der Anker wurde fallen gelassen und die Segel wurden eingeholt. Es gab ein großes Hin- und Herrennen auf Deck.

Ein Boot wurde heruntergelassen und eine große Kiste darauf verladen. Dann ergriffen ein Dutzend Matrosen die Riemen und ruderten schnell auf den Punkt zu, wo Tarzan auf seinem Baum saß.

Als das Boot näherkam, sah Tarzan, dass auch der Mann mit dem Rattengesicht dabei war.

Einige Minuten später lief das Boot schon auf den Strand auf. Die Männer sprangen heraus und hoben die große Kiste auf den Sand. Sie waren an der Nordseite der Landzunge, so dass sie von den Leuten in der Hütte nicht gesehen werden konnten.

Es gab eine heftige Auseinandersetzung zwischen den Matrosen. Einige von ihnen stiegen auf die kleine Anhöhe, auf der der Baum stand, auf dem Tarzan saß. Sie schauten einige Minuten um sich.

Hier ist ein guter Platz, sagte der Mann mit dem Rattengesicht, wobei er auf eine Stelle in der Nähe des Baumes zeigte.

Er ist so gut wie jeder andere, sagte einer seiner Genossen. Wenn man uns mit dem Schatz an Bord erwischt, wird er beschlagnahmt. Wir wollen ihn lieber hier vergraben, und wenn einer von uns dem Galgen entgeht, kann er hierher zurückkommen und ihn holen.

Der Mann mit dem Rattengesicht rief nun den Männern, die im Boot zurückgeblieben waren, etwas zu und diese kamen mit Hacken und Schaufeln herbei.

Vorwärts! rief Snipes.

Oho! antwortete ihm einer in ärgerlichem Ton. Du bist doch kein Admiral, du ... Lump.

Aber ich bin der Kapitän, verstehst du Lümmel? schrie Snipes ihn an, und ließ einen Hagel von Flüchen auf ihn niederprasseln.

Ruhig, Jungs! sagte einer von den anderen. Wir wollen uns vertragen. Was sollen wir uns herumzanken?

Gut, antwortete der andere, der sich gegen Snipes aufgelehnt hatte, aber dann soll der da sich auch anständig benehmen.

Snipes zeigte eine Stelle, wo gegraben werden sollte.

Während ihr grabt, soll Peter eine Skizze von diesem Ort machen, damit wir die Stelle wiederfinden können. Tom und Bill, ihr beide holt die Kiste herauf.

Und was machst du, großer Herr? fragte Tarant ihn.

Es war der Matrose, der ihm schon einmal widersprochen hatte.

Das geht dich nichts an, knurrte Snipes. Euer Kapitän soll wohl noch mit der Schaufel mitarbeiten!

Alle schauten ärgerlich auf, denn keiner von ihnen mochte Snipes leiden. Seitdem er King, den eigentlichen Rädelsführer der Meuterer, ermordet hatte, versuchte er ständig, sich als Anführer aufzuspielen, und das vergrößerte ihren Hass nur noch.

Du willst wohl damit sagen, du hast es nicht nötig, hier mit Hand anzulegen? Das würde dir aber nicht mehr Mühe machen als uns, antwortete Tarant.

Fällt mir gar nicht ein! versetzte Snipes, wobei er seinen Revolver erregt in die Hand nahm.

Dann, bei Gott, wenn du keine Schaufel nehmen willst, sollst du die Hacke kriegen! antwortete ihm Tarant. Gleichzeitig hatte er seine Hacke erhoben und schlug Snipes damit den Schädel ein. Die anderen schauten zu und schwiegen eine Weile. Dann sagte einer: Na, der Kerl wird uns nichts mehr befehlen!

Man kümmerte sich nicht weiter um ihn und fing an, den Boden auszugraben. Die Erde war weich, so dass die Arbeit schnell voranging. Von dem Erschlagenen war keine Rede mehr.

Als sie ein Loch gegraben hatten, das für die Kiste groß genug war, machte Tarant den Vorschlag, es zu vertiefen, so dass sie Snipes Leiche auf die Kiste legen könnten.

Wenn einer zufällig hier graben sollte, meinte er, wird er dann nicht weitersuchen.

Die anderen hielten das für einen guten Einfall, und so erweiterten sie das Loch so, dass auch die Leiche hineinpasste. In der Mitte gruben sie es noch so viel tiefer aus, dass sie die Kiste hineintun konnten. Sie schlugen sie in Segeltuch ein und versenkten sie in der Grube, obendrauf warfen sie Erde, die sie feststampften.

Dann rollten zwei Männer die Leiche ihres rattenköpfigen Kameraden in die Grube, aber erst, nachdem sie ihm seine Waffen und sonstigen Sachen abgenommen hatten, die sie unter sich aufteilten.

Hierauf füllten sie die Grube gänzlich mit Erde und traten sie fest, damit die Stelle ebenerdig war. Was an loser Erde übrig blieb, zerstreuten sie. Dann warfen sie Reisig und Laub darauf, damit man nicht erkennen sollte, dass hier etwas vergraben worden war.

Als die Matrosen ihre Arbeit vollendet hatten, kehrten sie zu dem kleinen Boot zurück und ruderten schnell wieder zur »Arrow«.

Der Wind hatte stark zugenommen, und da jetzt die Rauchfahne am Horizont schon weit größer geworden war, beeilten sich die Meuterer, mit vollen Segeln nach Südwesten abzufahren.

Alle diese Vorgänge hatte Tarzan von seinem Sitz aus beobachtet. Er dachte nun darüber nach, was das alles zu bedeuten hatte.

Er sagte sich, die Menschen seien doch verrückter und grausamer als die Tiere im Dschungel.

Tarzan fragte sich, was die Kiste, die dort eingegraben worden war, wohl enthalten mochte. Wenn die Männer sie nicht behalten wollten, weshalb warfen sie sie denn nicht einfach ins Wasser? Das wäre doch viel einfacher gewesen.

Ah, sagte er sich, sie wollten sie nicht wegwerfen. Sie haben sie hier verborgen, weil sie später zurückkehren wollen, um sie zu holen. Tarzan stieg von seinem Sitz herunter und fing an, die Erde ringsum zu untersuchen. Er wollte sehen, ob diese Menschen nicht irgendetwas hatten liegen lassen, was er brauchen konnte. Da entdeckte er einen Spaten im Gebüsch, den sie hatten stehen lassen.

Er nahm ihn und begann damit zu graben, wie es die Matrosen getan hatten. Als die Erde soweit entfernt hatte, dass die Leiche zum Teil frei lag, zog er sie aus dem Grab und legte sie beiseite.

Dann grub er weiter, bis er auch die Kiste freigelegt hatte. Auch diese hob er heraus und stellte sie neben die Leiche. Das kleinere, von der Kiste verursachte Loch füllte er mit Erde, legte die Leiche darauf und warf Erde darüber. Das Ganze bedeckte er wieder, so wie es gewesen war, und beschäftigte sich nun mit der Kiste.

Vier Matrosen hatten unter ihrer Last geschwitzt; Tarzan aber hob sie auf, als ob es eine leere Kiste wäre, band einen Strick darum und hob sie mit dem Spaten auf den Rücken. Dann trug er sie in den dichtesten Teil des Dschungels.

Mit der unbequemen Last konnte er nicht auf die Bäume steigen, aber er folgte dem von den großen Tieren durch das Dickicht gebahnten Pfad.

Er war schon mehrere Stunden lang gewandert, als er an einen undurchdringlichen Wall von Gestrüpp kam. Hier musste er auf die untersten Äste steigen, und sich auf diesen weiterbewegen. Nach einer Viertelstunde gelangte er in das Amphitheater, in dem die Affen ihre Versammlungen und ihre Dum-Dum-Feier abzuhalten pflegten.

Nahe am Mittelpunkt der Lichtung, nicht weit von der sogenannten Trommel, fing er an zu graben. Das war eine schwerere Arbeit, als die frisch aufgeworfene Erde aus dem Grab zu entfernen, aber Tarzan ließ nicht nach, bis das Loch so tief war, dass die Kiste hineinging und gut verborgen war.

Tarzan sagte sich, die Kiste müsse irgendetwas Wertvolles enthalten, denn sonst hätten die Männer sie nicht versteckt. Seine natürliche Neugier trieb ihn dazu, die Kiste zu öffnen und ihren Inhalt zu untersuchen.

Aber die Kiste hatte ein schweres Schloss und starke eiserne Bänder, und so war es ihm nicht möglich, seine Neugier zu befriedigen.

Er musste sich also damit begnügen, sie einstweilen dort zu verbergen. Jedenfalls war sie jetzt gegen Zugriffe von anderen geschützt.

Wie schon so oft, schlug er nun den Weg zur Hütte ein. Unterwegs jagte er, was er eben erreichen konnte, und verzehrte es auf der Stelle.

Als er in die Nähe der Hütte kam, war es schon dunkel. Im Inneren brannte ein Licht. Clayton hatte eine gefüllte Ölkanne gefunden, die zu den Sachen gehörte, die der Schwarze Michel den Claytons überlassen hatte. Zwanzig Jahre lang hatte die Kanne unberührt dort gestanden. Auch die Lampen waren noch brauchbar, und so war das Innere der Hütte hell erleuchtet.

Tarzan war ganz verblüfft darüber. Er hatte sich oft gefragt, welchen Zweck die Lampen eigentlich hätten. Zwar hatte er in den Büchern darüber gelesen und Bilder davon gesehen, aber er konnte nicht verstehen, wie sie ein so wundervolles Licht verbreiten konnten.

Als er sich dem der Tür zunächst gelegenen Fenster näherte, sah er, dass die Hütte durch Äste und Segeltuch in zwei Räume geteilt worden war.

Im vorderen Raum befanden sich die drei Männer, die beiden älteren waren in einer lebhaften Auseinandersetzung, während der jüngere, auf einen Stuhl zurückgelehnt, in einem von Tarzans Büchern zu lesen schien.

Diese drei Männer interessierten Tarzan nicht sonderlich, desto mehr aber, was er durch das andere Fenster sah. Dort erblickte er das junge Mädchen! Es war wirklich eine prachtvolle Gestalt. Und wie zart ihre weiße Haut war!

Sie schrieb etwas an Tarzans Tisch. In der Ecke des Raumes lag die Schwarze auf einem Grasbett am Boden und schlief.

Eine ganze Stunde lang heftete Tarzan seine Augen auf Jane, während sie am Schreiben war. Wie gern hätte er mit ihr gesprochen, aber er wagte es nicht, denn er war überzeugt, sie würde ihn ebenso wenig verstehen wie der junge Mann, und er fürchtete auch, er könnte sie erschrecken und verscheuchen.

Schließlich stand sie auf. Das Geschriebene ließ sie auf dem Tisch liegen. Sie ging auf das Bett zu, auf dem verschiedene Schichten weiches Gras lagen und schüttelte sie auf. Dann löste sie die weiche Fülle ihres goldenen Haares. Wie ein von der Sonne vergoldeter Wasserfall fiel das üppige Haar um ihr ovales Gesicht und ihre Gestalt.

Tarzan war wie durch einen Zauber gebannt.

Dann löschte sie die Lampe, und in der Hütte war alles wieder in Dunkelheit gehüllt.

Ruhig wartete Tarzan draußen. Unter dem Fenster saß er eine halbe Stunde lang in geduckter Haltung. Aus den regelmäßigen Atemzügen des Mädchens erriet er, dass es eingeschlafen sei.

Vorsichtig streckte er nun die Hand zwischen den Stäben des Fensters hindurch und tastete auf dem Tisch herum. Zuletzt fand er die Blätter, auf die Jane Porter geschrieben hatte. Er ergriff sie und zog den Arm wieder heraus.

Tarzan faltete die Blätter zusammen und steckte sie in den Köcher zu den Pfeilen. Dann huschte er leise wie ein Schatten in den Dschungel zurück.

Die Entführung in den Dschungel

Als Tarzan am nächsten Morgen in aller Frühe erwachte, galt sein erster Gedanke dem kostbaren Schatz, den er mitgenommen hatte.

Er holte die Blätter augenblicklich hervor, denn er hoffte, das lesen zu können, was das schöne weiße Mädchen am vorhergehenden Abend geschrieben hatte.

Beim ersten Anblick erlebte er aber eine bittere Enttäuschung. Noch nie hatte er sich so sehr nach etwas gesehnt, als jetzt danach, das Schriftstück von der Hand dem goldhaarigen Mädchen, das so plötzlich in sein Leben getreten war, zu verstehen.

Das Schriftstück war zwar nicht an ihn gerichtet, aber es enthielt den Ausdruck ihrer Gedanken, und das genügte Tarzan.

Und jetzt wurde er aufgehalten durch die sonderbar geschriebenen Buchstaben, die ihm so ungewohnt waren. Die Buchstaben standen schräg, im Gegensatz zu denen in den gedruckten Büchern und sahen auch anders aus.

Er hatte sich früher bemüht, sie in dem geschriebenen schwarzen Buch zu entziffern, und wenn er auch die Buchstaben lesen konnte, so vermochte er doch damals den Sinn der Worte nicht zu erfassen.

Lange brütete er darüber, aber allmählich erkannte er, dass es dieselben Buchstaben waren, die er schon kannte; nur waren sie seltsam verzerrt und verkrüppelt.

Bald gelang es ihm, hier und dort ein Wort zu entziffern – da jubelte er vor Freude: er konnte das Geschriebene lesen! Es ging zwar langsam, aber allmählich fand er es immer leichter, und schließlich konnte er alles verstehen.

Er las Folgendes:

An Miss Hazel Strong,
Baltimore, MD

An der Westküste von Afrika,
um den 10. Grad südl. Breite
(nach Mr. Claytons Angabe)

3(?). Februar 1909

Liebe Freundin!

Es hat zwar keinen Sinn, Dir einen Brief zu schreiben, den Du nie zu Gesicht bekommen wirst, aber ich muss Dir einfach Einiges von den schrecklichen Abenteuern erzählen, die wir erlebten, seit wir auf der »Arrow« von Europa abgefahren sind.

Sollten wir nie wieder in die zivilisierte Welt zurückkehren, wie es jetzt nur zu sehr den Anschein hat, so ist es umso mehr ein Grund, einen kurzen Bericht über die Ereignisse zu erstatten, die uns ins Verderben gestürzt haben.

Wie Du weißt, wollten wir eine wissenschaftliche Expedition in den Kongo unternehmen. Papa sollte eine seltsame Mutmaßung untersuchen, wonach vor ewigen Zeiten ein zivilisiertes Volk im Kongo gelebt habe, dessen Überreste noch dort im Boden verborgen seien. So hieß es vor unserer Abfahrt, aber als wir dann auf hoher See waren, kam die Wahrheit heraus.

Wie es scheint, hatte ein alter Bücherwurm, der einen Bücher- und Antiquitätenladen in Baltimore besaß, zwischen den Blättern einer sehr alten spanischen Handschrift einen im Jahr 1550 geschriebenen Brief gefunden, in dem die Abenteuer der gemeuterten Mannschaft einer spanischen Galeone erzählt werden, die mit einem ungeheuren Schatz von Dublonen und Piastern von Spanien nach Südamerika fuhr. Der Schatz gehörte vermutlich einmal Seeräubern.

Der Schreiber des Briefes hatte zu der Mannschaft gehört und das Schreiben war an seinen Sohn gerichtet, der damals Kapitän eines spanischen Handelsschiffes war.

Viele Jahre waren seit den erzählten Ereignissen vergangen, und der alte Mann war ein achtenswerter Bürger einer wenig bekannten spanischen Stadt geworden. Aber die Liebe zum Gold war noch so groß in ihm, dass er alles daransetzte, seinem Sohn die Möglichkeit zu geben, den fabelhaften Schatz für sie beide zu holen. Der Schreiber erzählte, wie kaum eine Woche nach der Abfahrt aus Spanien die Mannschaft gemeutert und alle Offiziere und Fahrgäste, die sich ihnen entgegenstellten, ermordet hatte. Sie besiegelte dadurch aber auch ihr eigenes Schicksal, denn sie war nicht imstande, ein Schiff auf hoher See zu führen. Zwei Monate lang irrte das Schiff hin und her, bis die Matrosen, krank und sterbend vor Skorbut, Hunger und Durst, auf einer kleinen Insel Schiffbruch erlitten.

Die Trümmer der Galeone waren auf den Strand aufgelaufen, und die zehn Überlebenden konnten nur eine von den Goldkisten retten.

Diese verbargen sie sorgfältig auf der Insel, und lebten drei Jahre lang in der steten Hoffnung auf Rettung.

Einer nach dem anderen erkrankte und starb, bis nur noch einer übrigblieb, der Schreiber des Briefes.

Der Mann hatte sich aus den Trümmern der Galeone ein Boot gebaut, aber da er nicht wusste, wo seine Insel lag, hatte er es nie gewagt, sich seinem Fahrzeug anzuvertrauen.

Als nun alle anderen tot waren, bedrückte das Gefühl des Alleinseins ihn so sehr, dass er es nach einem Jahr nicht mehr länger aushalten konnte. Er bestieg sein Boot, auf die Gefahr hin, damit unterzugehen.

Zu seinem Glück fuhr er nordwärts, und kam nach einer Woche in die Route der zwischen Spanien und West-Indien verkehrenden Handelsschiffe. So wurde er von einem heimwärts fahrenden Schiff aufgenommen.

Auf dem Schiff erzählte er lediglich die Geschichte des Schiffbruchs, ohne etwas von der Meuterei und der vergrabenen Goldkiste zu erwähnen.

Der Kapitän des Schiffes versicherte ihm, dass, wenn man die Stelle, wo sie ihn aufgenommen, und die in der vergangenen Woche vorherrschenden Winde berücksichtige, er auf keiner anderen Insel als auf einer der Cap Verdischen gewesen sein könne, die an der Westküste von Afrika ungefähr im 16. oder 17. Grad nördlicher Breite liegen.

In dem Brief war die Insel genau beschrieben, auch die Stelle, wo der Schatz verborgen war, und es war eine ganz unbeholfen gezeichnete kleine Karte beigefügt, auf der die Bäume und die Felsen mit allerlei komischen Kritzeleien angegeben waren, damit man genau ersehen sollte, wo die Kiste vergraben war.

Als Papa uns den wahren Grund unserer Reise erklärte, sank mein Mut, denn ich fürchtete, dass der phantastische und unpraktische liebe Mann wieder das Opfer eines Betrügers geworden sei, besonders als er mir sagte, er habe für den Brief und das Kärtchen tausend Dollar bezahlt. Zu meiner Bestürzung erfuhr ich noch, dass Papa noch weitere zehntausend Dollar von Robert Canler geliehen und ihm einen Schuldschein darüber ausgestellt hatte.

Mr. Canler hatte keine Bürgschaft verlangt, und Du weißt, liebe Freundin, was das für mich bedeutet, wenn Papa den Schuldschein nicht einlösen kann. Oh, wie hasse ich diesen Menschen!

Wir versuchten zwar die Dinge von der guten Seite zu betrachten, aber Mr. Philander und Mr. Clayton – letzterer schloss sich uns in London an – hegten ebenso große Zweifel wie ich.

Aber – um die Sache kurz zu machen – wir fanden die Insel und den Schatz. Es war eine große, eisenbeschlagene eichene Kiste, die mehrfach von Wachstuch umhüllt und noch so fest *war, dass man nicht vermuten würde, dass sie vor zweihundert Jahren vergraben worden war.*

Sie war gefüllt mit Goldstücken und so schwer, dass vier Männer sie kaum tragen konnten.

Das schreckliche Ding schien aber allen, die damit zu tun hatten, nur Unglück zu bringen, denn drei Tage nach unserer Abfahrt von den Cap Verdischen Inseln meuterte unsere eigene Mannschaft und tötete die Offiziere. Oh, es war das schrecklichste Ereignis, das man sich vorstellen kann. Ich vermag es nicht zu beschreiben.

Sie wollten auch uns töten, aber einer von ihnen, der Anführer, namens King, wollte das nicht zulassen, und so segelten sie südlich längs der Küste, bis zu einer einsamen Stelle, wo sie einen guten Platz zum Landen fanden. Hier setzten sie uns an Land und ließen uns im Stich.

Heute fuhren sie mit dem Schatz ab, aber Mr. Clayton meint, sie würden demselben Schicksal entgegengehen wie die Meuterer der alten Galeone, denn King, der einzige Mann an Bord, der etwas von der Schifffahrt verstand, wurde von einem anderen Matrosen am gleichen Tag, an dem sie uns an Land setzten, in der Bucht ermordet.

Sie sollten Herrn Clayton kennen! Er ist der liebste Mensch, den man sich denken kann, und er scheint sich in meine Wenigkeit verliebt zu haben.

Er ist der einzige Sohn des Lord Greystoke, und er wird eines Tages seinen Titel und sein Vermögen erben. Er ist auch selbst schon vermögend, aber ich bin nicht erbaut davon, dass er ein englischer Lord wird, denn du weißt, was ich immer von den amerikanischen Mädchen gehalten habe, die Ausländer mit hohen Titeln heiraten. Ach, wäre er doch nur ein einfacher amerikanischer Gentleman!

Das ist aber nicht seine Schuld, und abgesehen von seiner Geburt macht er meiner teuren ehemaligen Heimat in jeder Hinsicht alle Ehre, und das ist, glaube ich, das größte Kompliment, das man einem Mann machen kann. Wir haben schon die schlimmsten Dinge erlebt, seitdem wir hier gelandet sind. Papa und Mr. Philander hatten sich im Dschungel verirrt und wurden von einem echten Löwen verfolgt.

Auch Mr. Clayton hatte sich verirrt und wurde zwei Mal von wilden Tieren angegriffen. Esmeralda und ich wurden in einer alten Hütte von einer schrecklichen Löwin angegriffen. Oh, es war einfach fürchterlich.

Aber das Merkwürdigste von allem ist das wunderbare Geschöpf, das uns gerettet hat. Ich habe es nicht gesehen, aber Mr. Clayton, Papa und Mr. Philander haben es gesehen; sie sagen, es sei ein göttlich-schöner junger Mann, dunkelgebräunt, stark wie ein wilder Elefant, behände wie ein Affe und kühn wie ein Löwe.

Er spricht kein Englisch, und jedes Mal, wenn er eine heldenhafte Tat verrichtet hatte, verschwand er so schnell und so geheimnisvoll wie ein Geist.

Wir haben außerdem noch einen anderen, geheimnisvollen Nachbarn, der einen in schönen englischen Buchstaben gezeichneten Zettel auf die Tür der von uns besetzten Hütte befestigt hat, um uns zu ersuchen, nichts von seinen Sachen zu zerstören, und der mit »Tarzan, der Affenmensch« unterschreibt. Wir haben ihn noch nicht zu Gesicht bekommen, aber wir vermuten, dass er irgendwo in der Nähe ist, denn einer von den Matrosen, der Mr. Clayton in den Rücken schießen wollte, wurde von einem Speer in die Schulter getroffen, der von unsichtbarer Hand aus dem Dickicht auf ihn geschleudert wurde.

Die Matrosen haben uns nur einen kleinen Vorrat an Lebensmitteln zurückgelassen. Wir haben auch nur einen Revolver, in dem nur noch drei Patronen sind. Wir wissen auch nicht, wie wir uns Nahrung verschaffen sollen, aber Mr. Philander meint, wir könnten uns beliebig lange von Nüssen und anderen wilden Früchten ernähren, die im Urwald massenhaft vorkommen.

Jetzt bin ich müde und lege mich in mein Bett, das einfach aus Gräsern besteht, die Mr. Clayton für mich gesammelt hat.

Die weiteren Ereignisse will ich von Tag zu Tag den vorstehenden Zeilen hinzufügen.

Deine Dich liebende
Jane Porter

Als Tarzan diesen Brief mühsam entziffert hatte, versank er in düsteres Nachdenken. Er hatte da so viel neue, merkwürdige Dinge erfahren, dass sein Gehirn gar nicht imstande war, das alles auf einmal zu verarbeiten.

Man wusste also nicht, dass er Tarzan war. Nun, das würde er ihnen sagen.

Auf seinem Baum hatte er sich aus Ästen und Blättern ein kleines Schutzdach angefertigt, unter dem er seine wenigen Schätze verborgen hielt, die er aus der Hütte mitgebracht hatte. Darunter waren auch ein paar Bleistifte.

Er nahm einen davon und schrieb unter Jane Porters Unterschrift: Ich bin Tarzan, der Affenmensch.

Er dachte, das würde genügen. Später wollte er den Brief wieder zur Hütte bringen.

Wegen der Ernährung brauchte man nicht besorgt zu sein, dachte Tarzan. Er wollte dafür sorgen.

Am nächsten Morgen fand Jane Porter den vermissten Brief genau an der Stelle wieder, wo er vorgestern Abend gelegen hatte. Sie war ganz erstaunt. Als sie aber den Zusatz Tarzans bemerkte, lief es ihr eiskalt über den Rücken.

Sie zeigte Clayton die letzte Seite des Briefes mit der Unterschrift Tarzans.

Und wenn ich bedenke, sagte sie, dass mir das unheimliche Wesen wahrscheinlich die ganze Zeit, als ich schrieb, zugeschaut hat, dann schaudert es mich.

Er muss aber freundlich sein, beruhigte Clayton sie, denn er hat Ihnen Ihren Brief zurückgebracht, und er belästigt Sie ja auch nicht. Ich glaube sogar, dass er uns einen greifbaren Beweis seiner Freundschaft gegeben hat, denn vor der Tür fand ich einen toten Eber, der vergangene Nacht dorthin gelegt worden ist.

Seitdem verging kaum ein Tag, an dem ihnen nicht ein Wildbret oder sonst ein Nahrungsmittel gebracht wurde. Mal war es ein erlegtes junges Tier, mal sogar eine merkwürdig zubereitete Speise, nämlich Kassawa-Kuchen, die Tarzan aus dem Dorf Mbongas geholt hatte, oder ein erlegter Eber, Leopard und einmal sogar ein Löwe.

Tarzan machte es viel Freude, auf die Jagd zu gehen, um die Fremden zu versorgen. Es schien ihm, als könne es kein größeres Vergnügen geben, als für das Wohlergehen und den Schutz des schönen weißen Mädchens zu sorgen.

Einmal hatte er die Absicht gehabt, am Tag in die Hütte zu gehen und sich mit den Bewohnern durch Vermittlung der ihnen ja auch bekannten Buchstaben zu verständigen, aber es schien ihm zu schwierig, seine Schüchternheit zu überwinden, und so verging ein Tag nach dem anderen, ohne dass er es wagte, seinen Plan auszuführen.

Die Leute in der Hütte wurden immer vertrauensvoller und wanderten immer weiter in den Dschungel hinein, um Nüsse und andere Früchte zu suchen.

Fast jeden Tag streifte Professor Porter in seiner gewohnten Zerstreutheit im Dickicht umher, ohne sich um die wilden Tiere zu kümmern. Mr. Samuel T. Philander, der nie sonderlich kräftig war, war nun nur noch ein Schatten seiner selbst, so sehr hatten ihn die Sorgen um den Professor aufgerieben.

~~~

Ein Monat war vorüber. Tarzan war nun endlich entschlossen, die Hütte bei Tageslicht zu besuchen.

Es war am frühen Nachmittag. Clayton war zum Eingang der Bucht gewandert, um nach Schiffen Ausschau zu halten. Er hatte dort eine große Menge Holz aufgeschichtet, und wollte es in Brand stecken, um so einen vielleicht am Horizont vorbeifahrenden Dampfer oder Segler auf sich aufmerksam zu machen.

Professor Porter war südlich von der Hütte am Strand entlanggewandert; an seiner Seite Mr. Philander, der ihn immer wieder zur Rückkehr mahnte, bevor sie abermals vor irgendeinem wilden Tier fliehen müssten.

Jane Porter und Esmeralda waren in den Dschungel gegangen, um Früchte zu suchen, und hatten sich dabei immer weiter von der Hütte entfernt.

Tarzan wartete schweigend vor der Tür ihres Häuschens auf ihre Rückkehr. Seine Gedanken waren bei dem schönen weißen Mädchen. Er fragte sich, ob es wohl Angst vor ihm haben werde, und er dachte schon daran, seinen Plan wieder aufzugeben.

Während des Wartens schrieb er ihr einen Zettel. Zwar hatte er nicht die Absicht, ihn ihr zu geben, aber es machte ihm Vergnügen, seine Gedanken so in Worten auszudrücken, und er war darin gar nicht so unbewandert.

Er schrieb:

Ich bin Tarzan, der Affenmensch. Ich sehne mich nach Dir. Ich bin Dein, Du bist mein. Wir wollen immer hier zusammen in meinem Haus leben. Ich werde Dir die besten Früchte und das zarteste Fleisch aus dem Dschungel bringen. Ich gehe für Dich auf die Jagd. Ich bin der größte Dschungel-Jäger. Ich will für Dich kämpfen. Du bist Jane Porter. Das habe ich aus Deinem Brief gesehen.

Wenn Du dieses siehst, sollst Du wissen, dass es für Dich bestimmt ist und dass Tarzan Dich liebt.

Als er an der Tür stand und weiter wartete, drang ein bekannter Ton an sein Ohr. Es war ein großer Affe, der durch das Unterholz ging.

Er horchte auf, und da kamen aus dem Dschungel die Schreckensschreie einer weiblichen Stimme. Seinen ersten Liebesbrief auf den Boden fallen lassend, schoss Tarzan wie ein Panter in den Wald.

Auch Clayton, sowie Professor Porter und Mr. Philander hatten den Schrei gehört. In wenigen Minuten erschienen sie zitternd vor der Hütte, während jeder aufgeregte Fragen an den anderen richtete. Ein Blick in das Innere bestätigte ihre Befürchtungen: Jane Porter und Esmeralda waren nicht da! Sofort lief Clayton, gefolgt von den beiden älteren Herren, in den Dschungel, während er laut den Namen des Mädchens rief. Eine halbe Stunde lang stolperten sie im Dickicht umher, bis auf einmal Clayton durch einen Zufall Esmeralda auf dem Boden liegen sah.

Er blieb neben ihr stehen, fühlte ihren Puls und horchte nach ihren Herzschlägen.

Sie war noch am Leben.

Er schüttelte sie.

Esmeralda, schrie er ihr ins Ohr, Esmeralda! Um Himmelswillen, wo ist Miss Porter? Was ist geschehen? Esmeralda! Langsam öffnete die Schwarze ihre Augen. Sie sah Clayton und ringsum das Dickicht.

Oh Gabriel! rief sie aus und stöhnte wieder.

Inzwischen waren Professor Porter und Mr. Philander herangekommen.

Was sollen wir tun, Mr. Clayton? fragte der alte Professor. Wo sollen wir suchen? Gott kann doch nicht so grausam sein, mir jetzt auch noch meine Tochter zu nehmen.

Wir müssen zuerst Esmeralda wieder zu Bewusstsein bringen, erwiderte Clayton. Sie kann uns sagen, was passiert ist.

Esmeralda! rief er wieder, während er die Schwarze kräftig an der Schulter rüttelte.

Damit erreichte er aber vorläufig weiter nichts, als dass sie immer wieder laut aufschrie und von dem Teufel sprach, der hinter ihnen her gewesen sei.

Mit viel Mühe richtete sich die schwere Schwarze auf und öffnete die Augen, aber es war immer noch nichts Gescheites aus ihr heraus zu bringen. Aus ihren verworrenen Worten konnte man nur erraten, dass sie verfolgt worden waren. Clayton fragte wieder: Wo ist Miss Porter?

Sie ist entführt worden! schrie die Schwarze und fing aufs Neue an zu heulen.

Wer hat sie entführt? fragte Professor Porter.

Ein großes wildes Tier, ganz mit Haaren bedeckt!

War es ein Gorilla, Esmeralda? fragte der Professor, und der Atem stockte den drei Männern bei diesem furchtbaren Gedanken.

Ein Gorilla oder der Teufel – was weiß ich? Es war jedenfalls ein schreckliches Wesen. Und Esmeralda brach wieder in krampfhaftes Weinen aus.

Clayton begann sofort nach Fußspuren zu suchen, aber er konnte nichts weiter entdecken als in der Nähe etwas zertretenes Gras. Seine Jagdkenntnisse waren so gering, dass er mit Fußspuren nichts anzufangen wusste.

Den ganzen Rest des Tages suchten die Männer im Dschungel, aber als die Nacht hereinbrach, waren sie gezwungen, ihre Nachforschungen aufzugeben, denn sie wussten nicht einmal, in welche Richtung Jane Porter verschleppt worden war.

Niedergeschlagen und hoffnungslos kehrten die Männer zur Hütte zurück, als es schon längst dunkel geworden war.

Eine traurige, sorgenvolle kleine Gesellschaft war es, die diesen Abend in der Hütte saß.

Professor Porter brach zuerst das Schweigen. Er sprach aber jetzt nicht mehr wie ein schulmeisternder Gelehrter, sondern wie ein Mann der Tat.

Ich will nicht zu Bett gehen, sagte der alte Herr, denn ich kann doch nicht schlafen. Aber morgen früh, sobald es hell wird, nehme ich an Essen so viel mit, wie ich tragen kann und suche dann nach Jane, bis ich sie gefunden habe. Ich werde nicht ohne sie zurückkehren.

Die anderen antworteten nicht sofort. Jeder war in seine sorgenvollen Gedanken versunken, und jeder wusste auch, was die letzten Worte zu bedeuten hatten: Professor Porter werde nie aus dem Dschungel zurückkehren!

Endlich stand Clayton auf und legte seine Hand leise auf die gebeugte Schulter des alten Herrn.

Ich gehe mit Ihnen, sagte er.

Ich weiß, dass Sie dazu bereit sind, Mr. Clayton, aber bleiben Sie hier! Kein Mensch kann jetzt Jane helfen. Ich will sie suchen gehen, und wenn ich die wiedergefunden habe, die einst meine liebe Tochter war, dann will ich meinem Schöpfer gegenübertreten. Ich will nicht, dass sie allein und freundlos in dem schrecklichen Dschungel liegen soll. Dieselben Blätter und Ranken sollen auch mich bedecken, und derselbe Regen soll uns beide benetzen, und wenn der Geist ihrer Mutter draußen ist, wird er uns im Tod vereint finden, wie er uns stets im Leben beisammen gefunden hat ... Nein, ich gehe sie alleine suchen, denn sie war meine Tochter, das einzige, was mir noch Liebenswertes auf der Welt geblieben war ...

Ich gehe mit Ihnen, sagte Clayton ganz einfach.

Der alte Mann schaute auf, und schaute in das energische schöne Gesicht Claytons. Vielleicht las er darin etwas von der Liebe, die der junge Mann in seinem Herzen für Jane hegte.

Er war bisher immer zu sehr mit seinen gelehrten Gedanken beschäftigt gewesen, sonst hätte er schon längst aus vielen Äußerungen bemerken müssen, dass die beiden jungen Leute sich immer näherkamen. Jetzt ging ihm auf einmal ein Licht auf.

Wie Sie wünschen! sagte er.

Sie können auch auf mich zählen, sagte Mr. Philander.

Nein, mein teurer alter Freund, erwiderte Professor Porter. Wir wollen nicht alle fortgehen. Es würde mir schwere Sorgen machen, wenn Esmeralda alleine hierbleiben müsste, und drei werden nicht mehr Erfolg haben als einer. Es gibt schon genug Opfer in diesem schrecklichen Wald. Kommen Sie – wir wollen versuchen, doch noch ein wenig zu schlafen.

Die Stimme der Natur

Der Stamm der großen Menschenaffen war, seit Tarzan ihn verlassen hatte, dauernd zerstritten. Terkop war ein grausamer, launischer König, so dass es viele von den älteren und schwächeren Affen – an denen er seine Grobheit auszulassen pflegte – vorzogen, sich mit ihren Familien ins Innere des Dschungels zu flüchten, wo sie Ruhe und Sicherheit fanden.

Terkops Grausamkeit trieb die verbliebenen Affen zur Verzweiflung, bis sich einer von ihnen an die Ermahnung Tarzans erinnerte:

Wenn ihr einen grausamen Häuptling habt, greift ihn nicht alleine an. Stellt euch ihm zu zweit, zu dritt oder viert entgegen, dann wird er klein beigeben.

Der Affe, der sich an diesen Rat erinnerte, teilte ihn mehreren seiner Kameraden mit, die sofort zustimmten.

Als Terkop zu seinem Stamm zurückkehrte, wurde ihm ein Empfang bereitet, wie er ihn nicht erwartet hatte.

Kaum war er bei der Gruppe angekommen, sprangen ihm fünf riesige Tiere entgegen und schlugen auf ihn ein.

Im Grunde war Terkop ein Feigling – bei den Affen ist es nicht anders als bei den Menschen – er ließ es gar nicht erst auf einen Kampf ankommen, sondern rannte, so schnell er konnte, davon und floh in das schützende Dickicht.

Er versuchte noch zwei Mal, sich dem Stamm wieder zu nähern, doch wurde er jedes Mal wieder davongejagt. Schließlich gab er auf und kehrte vor Hass und Wut schäumend in die Einsamkeit des Dschungels zurück.

Mehrere Tage wanderte er ziellos umher und suchte nach irgendeinem schwachen Wesen, an dem er seinen Zorn auslassen konnte.

In dieser Verfassung befand sich der schreckliche Menschenaffe, als er plötzlich zwei Frauen im Dschungel sah.

Jane Porter bemerkte ihn erst, als sein großer, haariger Körper neben ihr auf die Erde fiel und sie das furchtbare Gesicht und das knurrende hässliche Maul kaum einen halben Meter entfernt sah.

Ein einziger durchdringender Schrei entrang ihren Lippen, als die große Hand ihren Arm ergriff. Dann wurde sie an die furchtbaren Zähne gezogen, aber während der Affe sie in ihren Hals schlagen wollte, schien er sich plötzlich eines anderen zu besinnen.

Als der Stamm ihn verjagt hatte, waren auch seine Weibchen zurückgeblieben. Da er nun einen Ersatz für sie suchen musste, konnte diese haarlose weiße Äffin die erste Frau in seinem neuen Harem sein. Deshalb warf er sie einfach über seine breite haarige Schulter und erhob sich in die Bäume. So trug er Jane Porter einem Schicksal entgegen, das wohl tausendmal schlimmer war als der Tod.

Esmeralda hatte gleichzeitig mit Jane Porter aufgeschrien, war dann aber, wie gewöhnlich, in Ohnmacht gefallen.

Jane Porter dagegen verlor zwar nicht die Besinnung, aber sie war vor Schreck wie gelähmt.

Das wilde Tier trug sie mit einer erstaunlichen Schnelligkeit durch den Wald, aber sie schrie und sträubte sich nicht. Sie hatte den Eindruck, der Affe trüge sie zur Küste hin, deshalb wollte sie ihre ganze Energie und ihre Stimme aufsparen, bis sie die Hütte sehen würde, um dann nach Hilfe zu rufen.

Sie wusste nicht, dass sie immer tiefer in den undurchdringlichen Wald hineingetragen wurde.

Den Schrei hatten nicht bloß Clayton und die beiden alten Herren gehört, sondern auch Tarzan. Er war sofort zu der Stelle geeilt, wo Esmeralda lag.

Er hielt einen Augenblick inne, um sich davon zu überzeugen, dass sie nicht verletzt war, dann untersuchte er die Spuren auf dem Boden und auf den Bäumen ringsum, und da er nicht nur die Erfahrung der Affen, sondern auch menschlichen Verstand besaß, konnte er sich sehr schnell ein Bild von den Geschehnissen machen, die sich dort abgespielt hatten.

Sofort erhob er sich wieder in die schwankenden Bäume und folgte den Spuren, die er hier entdeckte, und die sicher kein anderes Wesen erkannt hätte.

An den Enden der Äste, von denen die Menschenaffen sich von einem Baum zum anderen schwingen, können Spuren zu erkennen sein, sie verraten aber nicht die Richtung der Flucht; diese kann man eher aus Anzeichen aus dem Innern der Baumkronen erraten. Tarzan sah z. B. eine Raupe, die vom Fuß des Flüchtenden zertreten worden war, und wusste sofort, wo der flache Fuß des Affen seinen nächsten Schritt gesetzt hatte. Oder er bemerkte, dass ein kleines Stück Rinde abgekratzt war, und erriet daraus sofort den von dem Tier eingeschlagenen Weg. Oder irgendein Ast oder der Stamm eines Baumes war von dem haarigen Körper gestreift worden, und die kleinen Haarbüschel zeigten durch ihre Lage, dass Tarzan auf der richtigen Spur war.

All diese Zeichen erkannte Tarzan mit seinem geübten Auge so schnell, dass er dadurch nicht einmal aufgehalten wurde.

Fast geräuschlos folgte der Affenmensch der Spur Terkops und seiner Gefangenen, und das fliehende Tier beschleunigte seine Schritte, sobald es sein Herannahen bemerkte.

Schließlich musste Terkop erkennen, dass es sinnlos war, noch weiter zu fliehen, denn sein Verfolger hatte ihn eingeholt. Nun ließ er sich in einer kleinen Lichtung eilig auf den Boden herab, um die nötige Bewegungsfreiheit für einen Kampf zu haben.

Als Terkop erkannte, dass es Tarzan war, der ihn verfolgt hatte, dachte er, seine Beute – weiß und unbehaart wie Tarzan selbst – wäre dessen Frau und er freute sich, dass er sich nun auf doppelte Weise an seinem verhassten Feind rächen konnte.

Als Jane Porter Tarzan sah, schoss es ihr sofort durch den Kopf, dass das Tarzan sein müsse, denn er entsprach genau der Beschreibung, die Clayton, ihr Vater und Mr. Philander ihr gegeben hatten, und so hoffte sie, dass er auch sie retten würde.

Aber als Terkop sie beiseitestieß, um Tarzans Angriff zu begegnen, und als sie die große Gestalt des Affen mit den gewaltigen Muskeln und den riesigen Zähnen sah, bebte ihr Herz, denn wie sollte er einen so mächtigen Gegner besiegen?

Wie zwei wütende Stiere gingen sie auf einander los. War Tarzan von den gefährlichen Zähnen des Affen bedroht, so hatte er in seinem Messer auch eine wirksame Waffe.

Zitternd verfolgte Jane Porter den Kampf. Ihr schlanker Körper war auf den Stumpf eines großen Baumes gefallen. Sie presste ihre Hände auf ihr pochendes Herz und ihre Augen weiteten sich, wobei sie mal Angst und Schrecken, mal Bewunderung und Entzücken widerspiegelten. So betrachtete sie diesen Kampf eines Urwald-Affen mit einem Urwald-Menschen. Sie wusste, dass es bei diesem Kampf um den Besitz einer Frau – um sie – ging.

Sie sah, wie der Jüngling seine Muskeln anstrengte, wie seine starken Arme versuchten, die gewaltigen Fangzähne des Affen in Schach zu halten, und wie er ihm sein langes Messer ein Dutzend Mal tief ins Herz stieß – bis das Tier schließlich tot auf den Boden fiel.

Jane eilte mit ausgebreiteten Armen auf den Urwald-Menschen zu, der für sie gekämpft und gewonnen hatte.

Und Tarzan?

Er tat, was ein Mann nicht zu lernen braucht. Er nahm die Frau in seine Arme und bedeckte ihre bebenden Lippen mit Küssen.

Einen Augenblick lag sie mit halbgeschlossenen Augen in seinen Armen, und zum ersten Mal in ihrem jungen Leben spürte sie, was Liebe ist.

Aber plötzlich schien ihr ein Schleier von den Augen fortgezogen zu werden und sie fühlte sich so gekränkt, dass sie vor Scham errötete, Tarzan von sich stieß und ihr Gesicht mit den Händen bedeckte.

Tarzan war zuerst erstaunt gewesen, dass sich das Mädchen, das er liebte, in seine Arme warf – und jetzt wunderte er sich, dass sie ihn zurückstieß.

Er trat wieder näher an sie heran und fasste sie am Arm, aber wie eine Tigerin drehte sie sich von ihm weg, wobei sie ihn mit ihren zarten Händen gegen seine Brust stieß.

Das konnte Tarzan nicht verstehen.

Einen Augenblick vorher hatte er die Absicht gehabt, Jane Porter zu ihren Angehörigen zurück zu bringen, aber infolge ihres Verhaltens gab er diesen Plan jetzt auf.

Seitdem er den warmen schlanken Körper in seinen Armen gehalten und seitdem die süßen Lippen seinen Mund berührt hatten, fühlte er ein neues Leben in sich.

Nochmals legte er seine Hand auf ihren Arm, und wiederum stieß sie ihn zurück.

Da tat Tarzan das, was wohl schon der erste Urmensch in dieser Lage getan hätte: er nahm seine Frau auf die Arme und trug sie in den Dschungel.

~~~

Früh am anderen Morgen wurden die vier Personen in der Hütte am Strand durch einen Kanonenschuss geweckt.

Clayton war der erste, der hinauseilte. Und er sah in der Bucht zwei Schiffe vor Anker liegen.

Das eine war die »Arrow«, das andere ein kleiner französischer Kreuzer. Auf diesem konnte man Männer sehen, die alle zur Küste schauten. Clayton und die anderen, die ihn inzwischen eingeholt hatten, waren überzeugt, dass der Kanonen-schuss, den sie gehört hatten, abgefeuert worden war, um ihre Aufmerksamkeit auf das Schiff zu lenken.

Esmeralda hatte ihre rote Schürze losgebunden und wehte damit eifrig über ihrem Kopf hin und her. Clayton aber fürch-tete, das werde alles unbeachtet bleiben. Er lief deshalb zur nördlichen Spitze der Landzunge, wo er den Holzstoß aufge-schichtet hatte.

Der Weg dorthin kam ihm endlos lang vor, und als er aus dem dichten Wald herauskam und die Schiffe wieder in Sicht wa-ren, war er ganz bestürzt zu sehen, dass die »Arrow« wieder unter Segel stand und dass auch der Kreuzer seine Fahrt fort-setzte.

Schnell steckte er den Scheiterhaufen an ein dutzend Stellen an und lief bis an die Spitze der Landzunge. Hier zog er eiligst sein Hemd aus, knüpfte es an einen herumliegenden Ast und schwenkte es hin und her.

Beide Schiffe hielten ihren Kurs noch immer auf die hohe See zu, so dass Clayton schon alle Hoffnung aufgegeben hatte. Da bemerkte der Ausguck des Kreuzers die große, sich wie eine Säule vom Wald abhebende Rauchfahne und gleich darauf richteten sich ein Dutzend Ferngläser auf die Bucht.

Jetzt sah Clayton, dass die beiden Schiffe umdrehten, und während die »Arrow« dann stehen blieb, kam der Kreuzer an den Strand herangedampft.

In einiger Entfernung vom Land machte er Halt. Ein Boot wurde heruntergelassen und ruderte zur Bucht.

Als es ans Ufer gekommen war, stieg ein junger Offizier aus.

Herr Clayton? fragte er.

Gott sei Dank, dass Sie gekommen sind! antwortete Clayton.

Vielleicht ist es noch nicht zu spät!

Zu spät? Wofür? fragte der Offizier.

Clayton erzählte ihm nun von der Entführung Jane Porters und erklärte ihm, dass sie die Hilfe bewaffneter Männer brauchten, um sie zu retten.

Der Offizier war ganz ergriffen. Mein Gott, sagte er, gestern wäre es noch nicht zu spät gewesen. Und heute – wer weiß? Es ist schrecklich!

Inzwischen waren noch andere Boote vom Kreuzer abgelassen worden. Clayton zeigte dem Offizier die Stelle in der Bucht, wo Tarzans Hütte stand, bestieg mit ihm das Boot, das nun dorthin ruderte, gefolgt von den anderen Booten.

Bald waren alle an der Stelle gelandet, wo Professor Porter, Mr. Philander und die weinende Esmeralda standen.

Unter den Offizieren in den Booten war auch der Kommandant des Kreuzers. Als er die Geschichte der Entführung Jane Porters hörte, fragte er sofort, wer bereit wäre, Professor Porter und Clayton bei ihren Nachforschungen zu helfen.

Es meldeten sich sofort alle als Freiwillige.

Der Kommandant wählte zwanzig Mann und zwei Offiziere, Leutnant d'Arnot und Leutnant Charpentier, aus. Dann wurde ein Boot zum Kreuzer gesandt, um Vorräte, Karabiner und Munition zu holen. Alle Mann waren schon mit Revolvern bewaffnet.

Als nun Clayton fragte, wie es kam, dass der Kreuzer dieses Ufer abgesucht und einen Kanonenschuss abgefeuert habe, erzählte ihm Kapitän Dufranne die Geschichte der Begegnung mit der »Arrow«.

Einen Monat zuvor hatten die Franzosen dieses Schiff mit vollen Segeln in Richtung Südwest fahren sehen, und als sie es aufforderten, heran zu kommen, fuhr es schleunigst davon. Sie waren bis Sonnenuntergang in Sichtweite geblieben und hatten ihm mehrere Schüsse nachgefeuert, aber am nächsten Morgen war es nirgends mehr zu sehen.

Sie fuhren dann weiter, kreuzten mehrere Wochen lang vor der Küste auf und ab, bis vor ein paar Tagen der Ausguck früh morgens ein Schiff entdeckte, das von der schweren See hin- und hergeworfen wurde und offenbar ohne Führung war.

Als sie näher heranfuhren, sahen sie zu ihrer Überraschung, dass es dasselbe Schiff war, das ihnen einige Wochen vorher entwischt war. Man hatte offenbar noch versucht, einen bestimmten Kurs einzuhalten, aber die Segel waren vom Sturm zerfetzt und die Taue gerissen.

Als auf dem Deck kein Lebenszeichen entdeckt wurde, beschloss man, zu warten, bis der Wind sich gelegt hätte. Da aber bemerkte man eine Gestalt, die sich an die Reling klammerte und ein schwaches, lautloses Zeichen der Verzweiflung von sich gab.

Sofort wurde eine Mannschaft ausgesetzt, und ihr Versuch, an Bord der »Arrow« zu kommen, gelang.

Der Anblick, der sich den Matrosen bot, als sie über die Schiffswand kletterten, war entsetzlich. Ein Dutzend toter und sterbender Menschen rollten auf dem Deck des Schiffes hin und her.

Die Mannschaft brachte das Schiff wieder vor den Wind und trug die noch Lebenden der Besatzung nach unten in ihre Hängematten. Die Toten wurden, nachdem ihre Persönlichkeiten festgestellt waren, in Segeltuch eingenäht und dann im Meer versenkt.

Keiner der Überlebenden war bei Bewusstsein, als die Marinesoldaten das Deck der »Arrow« betraten. Sogar der arme Teufel, der das verzweifelte Zeichen gegeben hatte, war in Ohnmacht gefallen, noch bevor er den Erfolg seiner Anstrengung gesehen hatte.

Der Offizier fand bald heraus, wodurch die fürchterliche Lage an Bord entstanden war, denn als man nach Wasser und Branntwein suchte, um die Männer zu stärken, stellte es sich heraus, dass keine Getränke und keine Nahrungsmittel mehr vorhanden waren.

Sofort wurde dem Kreuzer ein Signal gegeben, Wasser, Nahrungsmittel und Arzneien zu senden, und gleich darauf unternahm ein zweites Boot die Fahrt zur »Arrow«.

Dank der verabreichten Stärkung erlangten mehrere Matrosen das Bewusstsein wieder, so dass sie die ganze Geschichte erzählen konnten.

Der Kreuzer hatte die Meuterer so erschreckt, dass sie mehrere Tage auf den Atlantischen Ozean hinausfuhren; als sie aber bemerkten, wie gering ihr Vorrat an Wasser und Lebensmitteln war, kehrten sie nach Osten zurück. Da sich niemand an Bord auf die Steuermannskunst verstand, geriet man in Streit über die Frage, wo man sich eigentlich befand, und als nach dreitägiger Fahrt nach Osten kein Land gesichtet wurde, richteten sie ihren Kurs nach Norden, da sie fürchteten, der starke Nordwind habe sie südlich über die äußerste Spitze Afrikas hinausgetrieben.

Zwei Tage lang fuhren sie nord-nordöstlich, als eine Windstille eintrat, die fast eine Woche lang anhielt. Ihr Wasservorrat war zu Ende, und schon am nächsten Tag hatten sie nichts mehr zu essen.

So verschlimmerte sich die Lage sehr schnell. Ein Mann wurde wahnsinnig und sprang über Bord. Ein anderer öffnete sich die Adern und trank sein eigenes Blut.

Als er starb, warfen sie ihn ins Meer, obwohl einige unter ihnen ihn lieber an Bord behalten wollten. Der Hunger verwandelte sie in wilde Tiere.

Zwei Tage, bevor sie vom Kreuzer aufgenommen wurden, waren sie schon zu schwach, um noch etwas für die Führung des Schiffes zu tun, und an demselben Tag starben zwei Leute. Am nächsten Tag konnte man sehen, dass einer der Toten teilweise aufgegessen war.

Die Männer starrten einander wie Raubtiere an, und am anderen Morgen war von beiden Körpern nicht mehr viel übrig.

Aber die Leute fühlten sich von ihrem schrecklichen Mahl nur wenig gestärkt, denn der Wassermangel war bei weitem die größte Qual, die sie auszustehen hatten.

Und dann kam der Kreuzer. Die Geretteten erzählten ihre Erlebnisse, aber den genauen Punkt an der Küste, wo der Professor und seine Begleiter ausgesetzt worden waren, konnten sie dem Kommandanten nicht angeben.

So dampfte der Kreuzer langsam an der Küste entlang. Von Zeit zu Zeit feuerte man einen Kanonenschuss ab und suchte den Strand mit dem Fernglas ab.

Bei Dunkelheit gingen sie vor Anker, um nicht an der Hütte vorüberzufahren.

Die Kanonenschüsse vom Nachmittag vorher waren vom Professor und seinen Begleitern nicht gehört worden, wahrscheinlich, weil sie sich auf der Suche nach Jane Porter im tiefen Wald befanden.

Gerade hatten sich beide Gruppen ihre abenteuerlichen Erlebnisse erzählt, als das Boot des Kreuzers mit Nahrungsmitteln und Waffen zurückkehrte.

Wenige Minuten später zog der kleine, von den zwei Offizieren geführte Matrosentrupp zusammen mit Professor Porter und Clayton in die Wälder um die Vermissten zu suchen.

In der Gewalt des Waldmenschen

Als Jane Porter bemerkte, dass sie nun von dem seltsamen Waldmenschen, der sie aus den Armen des Affen befreit hatte, als Gefangene fortgeschleppt wurde, wehrte sie sich verzweifelt und versuchte, sich von ihm zu befreien. Aber seine starken Arme, die sie so leicht davontrugen, als ob sie ein kleines Kind wäre, hielten sie nur noch fester.

Schließlich gab sie den Versuch auf und bewegte sich nicht mehr, wobei sie mit halbgeöffneten Augen in das Gesicht des Mannes schaute, der so schnell mit ihr durch das dichte Gestrüpp hindurch eilte.

Das Gesicht, das sie betrachtete, war von außergewöhnlicher Schönheit. Es war das vollkommene Abbild männlicher Stärke und weder durch Ausschweifungen, noch durch rohe, entwürdigende Leidenschaften verunstaltet.

Etwas, was Jane an Tarzan aufgefallen war, als er auf Terkop losstürzte, war eine rote Narbe, die auf seiner Stirn vom linken Auge über die Stirn hinauflief, aber jetzt sah sie dort nur noch eine dünne weiße Linie.

Als sie schließlich ruhiger in Tarzans Armen liegen blieb, ließ auch sein Druck nach.

Einmal schaute er ihr in die Augen und lächelte, und als sie ihre Augen schloss, sah sie immer noch sein schönes, anziehendes Gesicht vor sich.

Jetzt schritt Tarzan zwischen den Bäumen hindurch, und Jane Porter wunderte sich, dass sie keine Furcht mehr empfand. In mancher Hinsicht hatte sie sich noch nie in ihrem Leben so sicher gefühlt wie jetzt, wo sie in den Armen dieses starken, wilden Menschen lag, der sie immer tiefer in die Einsamkeit des Urwaldes brachte.

Nein, er würde ihr nichts zuleide tun! Da war sie sich sicher.

Alles, was sie um sich sah, war eine dichte grüne Wand, aber überall schien sich diesem Waldmenschen wie durch eine

Zauberkraft ein Weg zu öffnen, der sich nach seinem Durchgang wieder schloss.

Während Tarzan rüstig weiterlief, durchzogen allerlei sonderbare neue Gedanken sein Gehirn. Eine solche Situation war ihm noch nie begegnet, und er sagte sich, er müsse sich dabei wie ein Mensch, nicht wie ein Affe benehmen. Der anstrengende Marsch durch den Wald hatte die Aufregung seiner ersten wilden Leidenschaft abgekühlt. Er dachte jetzt über das Schicksal nach, das das Mädchen ereilt hätte, wenn er es nicht aus Terkops Fäusten befreit hätte.

Er wusste, weshalb der Affe sie nicht getötet hatte, und er fing an, seine eigene Absicht mit der Terkops zu vergleichen.

Es war im Dschungel die Regel, dass das Männchen das Weibchen mit Gewalt fortnahm, aber durfte Tarzan sich von dem Gesetz der wilden Tiere leiten lassen? War Tarzan nicht ein Mensch? Aber wie würde ein Mann in diesem Fall handeln?

Er war verwirrt, denn er wusste es nicht.

Gern hätte er das Mädchen gefragt, da fiel ihm ein, dass sie ihm schon dadurch geantwortet hatte, dass sie ihn zurückgestoßen hatte.

Nun waren sie an ihrem Ziel angekommen: auf der Lichtung, in der die großen Affen ihre Versammlungen abhielten und ihre wilden Dum-Dum-Tänze aufführten.

Sie hatten schon viele Meilen zurückgelegt, und es war bereits spät am Nachmittag. Über dem Amphitheater breitete sich bereits die Dämmerung aus.

Der grüne Rasen war so weich und kühl und einladend. Die Geräusche des Dschungels schienen jetzt weit entfernt zu sein, und man hörte sie nur noch leise, wie die Brandung einer fernen Küste.

Das Gefühl einer tiefen Ruhe kam über Jane Porter, als sie auf dem Gras lag, auf das Tarzan sie gelegt hatte, und sie zu der großen Gestalt vor sich hinaufschaute.

Als sie ihm nachschaute, wie er über den Halbkreis der Lichtung zu den Bäumen ging, fielen ihr seine geschmeidigen Bewegungen, seine vornehme Haltung und die Ebenmäßigkeit seines Körpers auf.

Welch vollkommenes Geschöpf! In ihm konnte doch keine Grausamkeit oder Bosheit stecken.

Mit einem Sprung verschwand Tarzan zwischen den Bäumen. Jane Porter fragte sich, wohin er wohl gegangen war. Wollte er sie etwa im einsamen Dschungel ihrem Schicksal überlassen?

Ängstlich schaute sie sich um. Jeder Busch schien das Versteck irgendeines wilden Tieres zu sein, jedes Geräusch das Herannahen einer Bestie zu verkünden.

So saß sie einige Minuten in fürchterlicher Angst da, und diese wenigen Minuten kamen ihr wie viele Stunden vor.

Da hörte sie hinter sich ein Geräusch. Mit einem Schrei sprang sie auf, und – sah Tarzan dort stehen, die Arme gefüllt mit reifen Früchten.

Jane Porter taumelte, und sie wäre zu Boden gestürzt, wenn Tarzan, die Früchte fallen lassend, sie nicht in seinen Armen aufgefangen hätte. Sie war nicht ohnmächtig, aber sie drückte sich zitternd an ihn.

Tarzan streichelte ihr weiches Haar und versuchte sie zu beruhigen, so wie Kala es mit ihm gemacht hatte, wenn er durch Sabor, die Löwin, oder Histah, die Schlange erschreckt worden war.

Sanft drückte er seine Lippen auf ihre Stirn; sie rührte sich nicht, sondern schloss die Augen und seufzte.

Sie konnte sich über ihre Gefühle nicht klarwerden, und versuchte es auch gar nicht. Sie war zufrieden, sich in diesen starken Armen sicher zu fühlen, und überließ ihr Schicksal der

Zukunft. In den letzten Stunden hatte sie die Gewissheit erlangt, dass sie diesem merkwürdigen Urmenschen mehr vertrauen konnte als irgendeinem Mann ihrer Gesellschaft.

Und plötzlich fiel ihr ein, dass sie bei dieser Gelegenheit vielleicht etwas kennen gelernt hatte, was sie bisher noch nicht wirklich gekannt hatte, nämlich die Liebe. Sie wunderte sich darüber und lächelte.

Sanft schob sie Tarzan von sich. Mit einem halb lächelnden, halb neckischen Ausdruck, der ihr Gesicht ganz reizend erscheinen ließ, zeigte sie auf die Früchte auf dem Boden, denn der Hunger meldete sich bei ihr.

Tarzan hob die Früchte eilig auf und legte sie ihr zu Füßen. Dann setzte er sich neben sie und schnitt ihr mit seinem Messer die verschiedenen Früchte zurecht.

Während beide aßen, sahen sie sich gelegentlich verstohlen lächelnd an, bis Jane Porter schließlich in lautes Lachen ausbrach, in das Tarzan mit einstimmte.

Ich wünschte, Sie könnten Englisch sprechen, sagte das Mädchen.

Tarzan schüttelte den Kopf, wobei er wehmütig dreinschaute.

Dann versuchte Jane Porter Französisch mit ihm zu sprechen, und dann Deutsch, aber sie musste selbst lachen über den Versuch, den sie mit der deutschen Sprache machte.

Ich sehe, sagte sie dann auf Englisch, dass Sie mein Deutsch nicht besser verstehen, als man es in Berlin verstanden hat.

Tarzan hatte schon lange überlegt, wie er sich weiter benehmen sollte. Er hatte über all das nachgedacht, was er über den Umgang zwischen Mann und Frau in den Büchern gelesen hatte. Er wollte so handeln, wie ein Mann in den Büchern an seiner Stelle gehandelt hätte.

Er stand auf, aber bevor er wegging, versuchte er Jane Porter durch Zeichen zu verstehen zu geben, dass er bald wiederkommen werde. Sie begriff es und erschrak nicht über sein Fortgehen.

Sie schaute aber sehnsüchtig zu der Stelle, an der sie ihn zwischen den Bäumen hatte verschwinden sehen. Als sie ein Geräusch hörte, sah sie ihn mit einem Arm voll belaubter Zweige zurückkehren.

Dann lief er noch ein paar Mal in den Dschungel und brachte jedes Mal einen Haufen Gras, große Blätter und Farne mit. Er bereitete ihr damit ein weiches Lager. Große Gras- und Farnbüschel legte er auf die Erde und steckte die Zweige so in den Boden, dass sie ein Dach bildeten. Das Ganze bedeckte er mit Blättern und schloss das eine Ende dieses zeltartigen Konstruktes.

Als er diese Arbeit vollendet hatte, setzten sich die beiden noch eine Weile auf die Erdtrommel und versuchten durch Zeichen mit einander zu sprechen.

Das prachtvolle Diamanten-Medaillon, das an Tarzans Hals hing, hatte schon lange die Neugier Jane Porters erregt. Sie wies mit dem Finger darauf, und er nahm es sofort vom Hals und gab es ihr.

Sie sah, dass es das Werk eines tüchtigen Goldschmieds war, und dass die Diamanten von großem Glanz waren, aber aus ihrer Form konnte man erkennen, dass sie schon älter sein mussten.

Da bemerkte sie, dass sich das Medaillon öffnen ließ, und als sie es durch einen Druck geöffnet hatte, sah sie im Inneren zwei Elfenbein-Miniaturen.

Die eine stellte eine schöne Frau dar, die andere einen jüngeren Mann, der dem neben ihr sitzenden jungen Mann sehr ähnlich sah.

Er neigte sich zu ihr, um die Bilder verwundert zu betrachten. Offenbar hatte er sie noch nicht gesehen und nicht gewusst, dass sich das Medaillon öffnen ließ. Er nahm es wieder in die Hand und sah die Miniaturen mit lebhafter Teilnahme an.

Jane Porter fragte sich, wie dieser schöne Schmuck wohl in den Besitz dieses wilden Menschen im afrikanischen Dschungel gelangt sein konnte. Das war umso sonderbarer, weil das eine Bildnis wohl den Bruder oder den Vater dieses Waldmenschen darstellte.

Tarzan hatte die beiden Bilder schweigend betrachtet. Dann nahm er seinen Köcher von der Schulter, und nachdem er die Pfeile herausgezogen hatte, holte er unten aus dem Behälter ein kleines Paket, das in weiche Blätter eingewickelt und mit Gräsern zusammengebunden war.

Er öffnete es vorsichtig, entfernte ein Blatt nach dem anderen, bis schließlich eine Fotografie zum Vorschein kam.

Während er mit dem Finger auf das eine Miniaturbildnis zeigte, reichte er Jane Porter diese Fotografie.

Sie sah auf den ersten Blick, dass es offensichtlich derselbe junge Mann war, der auf der Miniatur dargestellt war.

Tarzan sah sie fragend an. Sie zeigte mit dem Finger auf die Fotografie, dann auf die Miniatur und zuletzt auf ihn, um anzudeuten, dass die zwei Bilder Ähnlichkeit mit ihm hätten, aber er schüttelte den Kopf und zuckte die Schultern; dann nahm er die Fotografie, wickelte sie wieder sorgfältig ein und legte sie in den Köcher zurück.

Einige Augenblicke saß er schweigend da, die Augen auf den Boden gerichtet, während Jane Porter noch immer das Medaillon in der Hand hielt, es hin und her drehte und darüber nachdachte, wen die Bilder wohl darstellen könnten.

Zuletzt fiel ihr eine einfache Erklärung ein.

Das Medaillon hatte Lord Greystoke gehört, und die Bilder stellten ihn und Lady Alice dar!

Dieser wilde Mensch hatte es in der Hütte gefunden. Wie dumm, dass sie nicht schon früher auf diesen Gedanken gekommen war!

Aber die sonderbare Ähnlichkeit zwischen Lord Greystoke und diesem Waldmenschen konnte sie sich in keiner Weise erklären.

Eine Weile sah Tarzan ihr zu, wie sie das Medaillon musterte, er erriet ihr Interesse dafür an dem Ausdruck ihres Gesichtes.

Sie bemerkte, dass er sie betrachtete, und sie dachte, er wollte sein Schmuckstück zurück. Sie reichte es ihm, er nahm es, hielt aber die Kette auseinander und hing sie ihr um den Hals, und dabei lächelte er, als er auf ihrem Gesicht den Ausdruck der Verwunderung über dieses unerwartete Geschenk sah.

Jane Porter schüttelte heftig den Kopf und wollte die goldene Kette wieder abnehmen, aber Tarzan wollte dies nicht dulden. Er ergriff ihre Hände und hielt sie fest. Zuletzt gab sie nach, und während sie lächelnd das Schmuckstück an die Lippen führte, stand sie auf und machte einen Knicks vor ihm.

Tarzan wusste nicht recht, was sie damit meinte, aber er nahm an, das sei der Ausdruck ihres Dankes für das Geschenk, und so stand auch er auf, verbeugte sich ernst wie ein Höfling und drückte dann seine Lippen auf dieselbe Stelle, die sie geküsst hatte.

Jetzt war es dunkle Nacht und beide aßen noch einmal von den saftigen Früchten, die ihnen gleichzeitig Speise und Trank waren. Dann stand Tarzan auf, und deutete ihr durch Zeichen an, sie möchte sich zur Ruhe legen.

Anfänglich hatte sie etwas Angst, aber die gemeinsame Zeit mit dem jungen Mädchen hatte Tarzan völlig verändert. Er war jetzt ein ganz anderer Mensch als er es noch am Vormittag gewesen war. Natürlich war aus dem wilden Affenmenschen nicht plötzlich ein vornehmer Gentleman geworden, aber der ererbte Instinkt siegte über die Triebe der Natur. Er hatte nur den einen Wunsch, der geliebten Frau zu gefallen und einen guten Eindruck auf sie zu machen.

Um sie zu beruhigen, zog er sein Jagdmesser aus der Scheide und reichte es ihr.

Sie verstand seine Absicht, nahm das Messer und begab sich in ihr Laubzelt, wo sie es neben sich legte.

Tarzan aber legte sich vor den Eingang ihres Lagers.

Und so fand die aufgehende Sonne sie am folgenden Morgen.

Als Jane Porter aufwachte, konnte sie sich zuerst gar nicht an all die sonderbaren Ereignisse des vergangenen Tages erinnern. Sie wunderte sich über das merkwürdige Dach über sich, über das weiche Gras ihres Lagers und die Öffnung, die sie zu ihren Füßen sah.

Nach und nach erinnerte sie sich wieder an die Einzelheiten, und sie staunte darüber, was sie erlebt hatte. Zugleich aber kam ein mächtiges Gefühl der Dankbarkeit in ihr auf, dass sie aus so großer Gefahr errettet worden und ihr Nichts passiert war.

Sie stand auf, um nach Tarzan zu schauen. Er war nicht da, aber sie war überzeugt, dass er gleich zurückkehren würde.

In dem Gras vor ihrem Lager sah sie die Stelle, wo er die ganze Nacht gelegen hatte, um sie zu bewachen. Der Gedanke, dass er nahe bei ihr war, hatte sie ruhig schlafen lassen.

Was brauchte sie in seiner Nähe zu fürchten? Sie fragte sich, ob es irgendeinen Mann auf der Welt gäbe, bei dem sich ein Mädchen im Herzen dieses wilden afrikanischen Urwaldes so sicher fühlen könnte. Sie brauchte jetzt sogar keine Angst mehr vor Löwen und Pantern zu haben.

Als sie aufschaute, sah sie ihn von einem nahen Baum heruntersteigen. Sobald er sie erblickte, leuchtete in seinem Gesicht das Lächeln, das am Tag zuvor ihr Vertrauen gewonnen hatte.

Je näher er kam, desto schneller schlug ihr Herz und ihre Augen strahlten, wie noch nie beim Herannahen eines Mannes.

Er hatte wieder Früchte gesammelt, und legte sie vor sie hin. Dann setzten sich beide und aßen.

Jane Porter fing jetzt an, sich zu fragen, welche Pläne er wohl habe. Wollte er sie zur Bucht zurückbringen oder wollte er sie hierbehalten? Vorerst machte sie sich deswegen aber noch keine Sorgen. Sie saß neben dem lächelnden Riesen, aß köstliche Früchte tief im afrikanischen Dschungel und war zufrieden und wirklich glücklich.

Als sie ihr Frühstück beendet hatten, trat Tarzan an ihr Nachtlager und nahm sein Messer wieder an sich.

Tarzan winkte ihr, ihm zu folgen. Er führte sie bis zu den Bäumen am Rand der Lichtung; hier nahm er sie auf den Arm und schwang sich mit ihr in die Äste hinauf.

Sie wusste, dass er sie zu ihren Angehörigen zurückbringen würde, und konnte das Gefühl der Trauer, das sie plötzlich überkam, nicht verstehen.

Stundenlang wanderte Tarzan mit ihr durch die Bäume. Er hatte keine Eile. Er wollte so lange wie möglich das Vergnügen haben, sich mit ihren Armen um den Hals durch den Urwald zu schwingen, und deshalb hielt er sich südlich von der geraden Linie zur Bucht.

Mehrere Male ruhten sie eine Weile aus, obwohl Tarzan gar keine Pause brauchte. Am Nachmittag verweilten sie eine Stunde an einem kleinen Bach, wo sie ihren Durst löschten und aßen. So ging die Sonne schon unter, als sie an die Lichtung kamen. Dort stieg Tarzan von einem großen Baum herunter, schritt durch das hohe Dschungelgras und zeigte auf die Hütte. Sie nahm ihn bei der Hand, damit er mit ihr gehen sollte, weil sie ihrem Vater sagen wollte, dass dieser Mann sie vor dem Tod oder noch Schlimmerem gerettet habe.

Aber beim Anblick der menschlichen Wohnung überkam Tarzan wieder die Schüchternheit, und er kehrte kopfschüttelnd um. Sie trat zu ihm heran und schaute ihn mit bittenden Augen an, aber er schüttelte wieder den Kopf, und schließlich zog er sie sanft an sich und beugte sich über sie, um sie zu küssen, aber nicht ohne zuvor ihr in die Augen geschaut zu haben, um zu sehen, ob sie ihn zurückweisen würde.

Einen Augenblick zögerte sie zwar, dann aber schlang sie ihre Arme um seinen Nacken und küsste ihn – ohne sich zu schämen.

Ich liebe dich – ich liebe dich! flüsterte sie.

Aus weiter Ferne hörte man Schüsse. Tarzan und Jane Porter schauten auf.

Aus der Hütte kamen Mr. Philander und Esmeralda.

Von der Stelle aus, wo sie standen, konnten Tarzan und das Mädchen die beiden im Hafen vor Anker liegenden Schiffe nicht sehen.

Tarzan zeigte mit dem Finger in die Richtung, in der die Schüsse gefallen waren, zeigte auf seine Brust und dann wieder in die Ferne. Sie verstand und sagte sich, er vermute wahrscheinlich, dass einer der Ihren in Gefahr sei.

Noch einmal küsste er sie.

Komm wieder zu mir, flüsterte sie, ich warte auf dich!

Er ging, und Jane Porter drehte sich um, um zur Hütte zu gehen.

Mr. Philander war der erste, der sie sah – aber nicht erkannte, denn es war schon dunkel und er war sehr kurzsichtig.

Schnell, Esmeralda, rief er, in die Hütte! Himmel, es ist eine Löwin!

Esmeralda hielt es nicht für nötig, sich von der Richtigkeit der Worte zu überzeugen. Der Ton genügte ihr. Im Nu war sie in der Hütte und hatte die Tür verrammelt.

Wütend lief er dagegen.

Esmeralda! Esmeralda! schrie er. Um Himmelswillen, lassen Sie mich hinein!

Die Schwarze aber glaubte, es sei schon die Löwin, die an der Tür rüttelte, und wie gewöhnlich fiel sie in Ohnmacht.

Mr. Philander warf einen angstvollen Blick hinter sich.

Oh Schreck! Das Tier war schon nahe bei ihm! Er versuchte verzweifelt, auf die Hütte zu klettern.

Jane Porter hatte ihn erstaunt beobachtet. Sie musste lachen, und als Mr. Philander ihr Lachen hörte, drehte er sich um. Jetzt erst erkannte er sie.

Jane! rief er. Jane Porter!

Er konnte nicht glauben, dass sie es war – und noch dazu lebendig!

Gerechter Gott! Wo kommen Sie her? Wo in aller Welt sind Sie gewesen? Wie ...

Um Himmelswillen, Mr. Philander, unterbrach ihn das Mädchen. So viele Fragen!

Sie haben recht, sagte Mr. Philander. Aber ich bin so freudig überrascht, Sie lebend und wohlbehalten zu sehen. Kommen Sie und erzählen Sie mir alles, was Sie erlebt haben!

In den Händen der Kannibalen

Als die kleine Expedition mühsam durch den dichten Dschungel vordrang, um nach Jane Porter zu suchen, hatte man nicht viel Hoffnung auf Erfolg, aber wenn d'Arnot den Schmerz des alten Mannes und den traurigen Blick des jungen Engländers sah, sagte er sich immer wieder, er müsse es einfach versuchen.

Es wäre immerhin möglich, ihre Leiche oder deren Überreste zu finden, denn er war überzeugt, dass sie von einem Raubtier gefressen worden war. Er hatte seine Leute von dem Punkt aus, wo Esmeralda aufgefunden worden war, in Schützenlinie ausschwärmen lassen, und so drangen sie schwitzend und keuchend durch das Gewirr der Ranken und Schlingpflanzen.

Sie kamen nur langsam voran. In der Mittagsstunde waren sie erst ein paar Meilen ins Innere vorgedrungen. Sie hielten eine kurze Rast. Als sie danach ein Stück weiter vorgedrungen waren, entdeckte einer der Männer einen Pfad durch das Dickicht.

Es war der alte Elefantenpfad. Nachdem d'Arnot sich mit Professor Porter und Clayton beratschlagt hatte, beschlossen sie, diesem Weg zu folgen.

Der Pfad wand sich in nordöstlicher Richtung durch die Wälder, aber er war so schmal, dass sie nur hintereinandergehen konnten.

Leutnant d'Arnot marschierte an der Spitze, und er ging schnell, denn der Weg war verhältnismäßig gut ausgetreten. Unmittelbar hinter ihm kam Professor Porter, aber da er mit dem jungen Offizier nicht Schritt halten konnte, war d'Arnot etwa hundert Meter voraus, als er sich plötzlich einem halben Dutzend schwarzer Krieger gegenübersah.

D'Arnot rief seiner Kolonne einen Warnruf zu, aber noch ehe er seinen Revolver abdrücken konnte, war er gefesselt und wurde in den Dschungel verschleppt.

Auf seinen Ruf hin war ein Dutzend Matrosen an Professor Porter vorbeigesprungen, um ihrem Offizier zu Hilfe zu eilen.

Kaum waren sie an der Stelle, wo d'Arnot gefangen genommen worden war, als ein Speer aus dem Dschungel geflogen kam und einen Mann durchbohrte. Gleich darauf ging ein ganzer Hagel von Pfeilen auf sie nieder.

Mit ihren Gewehren feuerten sie dahin, von wo die Wurfgeschosse hergekommen waren.

Inzwischen war der Rest der Mannschaft herbeigeeilt, und eine Salve nach der anderen wurde auf den verborgenen Feind abgefeuert. Diese Schüsse waren es, die Tarzan und Jane Porter gehört hatten.

Leutnant Charpentier, der die Nachhut der Kolonne befehligte, kam jetzt auch herbeigeeilt, und als er die Einzelheiten des Überfalls erfuhr, drang er an der Spitze seiner Leute in das Dickicht hinein.

Schon im nächsten Augenblick kämpften sie Mann gegen Mann mit etwa fünfzig schwarzen Kriegern aus Mbongas Dorf. Pfeile und Kugeln flogen hin und her.

Im Nahkampf benutzten die Schwarzen ihre afrikanischen Messer, die Weißen ihre Gewehrkolben.

Es war ein wildes, blutiges, aber kurzes Gefecht, und bald flohen die Eingeborenen in den Dschungel.

Von den zwanzig Matrosen waren vier tot, ein Dutzend verwundet und Leutnant d'Arnot wurde vermisst.

Die Nacht brach schnell herein, so dass sie den Elefantenpfad nicht wiederfinden konnten. Ihnen blieb nichts Anderes übrig, als an der Stelle zu übernachten. Leutnant Charpentier ließ eine Lichtung schlagen und einen kreisförmigen Verhau von Unterholz um das Lager errichten. Diese Arbeit wurde erst lange nach Einbruch der Dunkelheit beendet. Die Leute machten ein großes Feuer mitten in der Lichtung, um bei dessen Schein arbeiten zu können.

Als alles so gut wie möglich zum Schutz gegen Raubtiere und Wilde fertig war, stellte Leutnant Charpentier Wachen um das kleine Lager auf, und nun legten sich die müden und hungrigen Leute auf den Boden, um zu schlafen.

Das Stöhnen der Verwundeten, vermischt mit dem Brüllen und Knurren der durch den Lärm und das Feuer angezogenen wilden Tiere, machten einen ruhigen Schlaf unmöglich.

So sehnte sich die traurige, hungrige Gesellschaft die ganze Nacht hindurch den Sonnenaufgang herbei.

~~~

Die beiden Schwarzen, die d'Arnot überrumpelten, hatten an dem Kampf nicht mehr teilgenommen. Sie hatten den Offizier sofort fortgeschleppt.

Sie trieben ihn zur Eile an, und je weiter sie sich vom Kampfplatz entfernten, desto mehr nahm der Lärm des Kampfes ab.

Auf einmal sah d'Arnot vor sich eine Lichtung, an deren Ende ein strohbedecktes, eingezäuntes Dorf stand.

Es war schon dunkel, als der Torwächter des Dorfes sah, dass zwei Mann mit einem Gefangenen herankamen.

Innerhalb der Umzäunung erhob sich sofort ein Geschrei und eine ganze Schaar Frauen und Kinder stürzte sich den Ankommenden entgegen.

Und dann begann für den weißen Offizier das Schrecklichste, was einem Menschen auf Erden begegnen kann: der Empfang eines Gefangenen in einem Dorf von afrikanischen Menschenfressern.

Was zur Bosheit der Schwarzen beitrug, waren die bitteren Erinnerungen an die grausamen Verbrechen, die weiße Offizieren von Leopold II. von Belgien an ihnen begangen hatten.

Die Dorfleute fielen über d'Arnot her, schlugen ihn mit Stöcken und Steinen. Seine gesamte Kleidung wurde ihm vom

Leib gerissen, und die unbarmherzigen Schläge fielen auf seinen nackten, zitternden Körper. Aber der Mann stieß nicht einen einzigen Schmerzensschrei aus. Nur ein stilles Gebet stieg zu seinem Schöpfer empor, er möge ihn bald von seiner Qual erlösen.

Aber der Tod, um den er flehte, sollte ihn nicht so schnell erlösen. Bald scheuchten die Männer die Frauen von dem Gefangenen weg. Er sollte für das Kommende geschont werden, und nachdem man die erste Wut an ihm ausgelassen hatte, begnügte man sich damit, ihn zu verhöhnen, zu beschimpfen und anzuspucken.

Jetzt hatten sie die Mitte des Dorfes erreicht. Dort wurde d'Arnot an den Pfahl gebunden, von dem noch niemand jemals wieder lebendig losgebunden worden war.

Eine Anzahl Frauen gingen in ihre Hütten, um Töpfe und Wasser zu holen, während andere Feuerstellen errichteten, auf denen der Schmaus gekocht werden sollte.

Man wartete, bis die anderen Krieger zurückkehren würden, aber es wurde sehr spät, bis der Todestanz um den gefangenen Offizier beginnen konnte.

Vor Schmerz und Erschöpfung halb ohnmächtig, beobachtete d'Arnot das Schauspiel durch seine halbgeschlossenen Augen, das ihm wie ein schrecklicher Alptraum vorkam.

Vor ihm tanzten die Schwarzen, mit hasserfüllten, mit Farbe bemalten Gesichtern, mit gelben, spitz zugefeilten Zähnen, rollenden Augen und nackten, glänzenden Körpern.

Und die wilden, sich drehenden Leiber kamen näher. Plötzlich wurde ein Speer geworfen, der seinen Arm traf. Der stechende Schmerz und das warme Blut ließen ihn die ganze schreckliche Wirklichkeit seiner hoffnungslosen Lage erkennen.

Ein zweiter Speer traf ihn und ein dritter.

Er schloss seine Augen und biss die Zähne zusammen. Er wollte nicht schreien.

Er war ein Soldat, und er wollte diesen Bestien zeigen, wie ein Offizier und Edelmann stirbt.

~~~

Tarzan wusste sofort, was die entfernten Schüsse zu bedeuten hatten. Mit Jane Porters warmen Küssen auf den Lippen schwang er sich unglaublich schnell durch die Bäume – direkt auf Mbongas Dorf zu. Er hielt es nicht für nötig, festzustellen, wo der Überfall stattgefunden hatte. Er sagte sich, den Toten könne er nicht mehr helfen und die Entkommenen brauchten seine Hilfe nicht.

Er beeilte sich, denen zu helfen, die weder getötet noch entkommen waren, und er wusste, dass er sie an dem großen Pfahl in der Mitte von Mbongas Dorf finden werde.

Tarzan hatte oft Beutezüge von Mbongas Schwarzen mit Gefangenen zurückkehren sehen, und jedes Mal fanden dieselben Auftritte um den Pfahl im flackernden Licht der Feuerstellen statt.

Er wusste auch, dass sie selten viel Zeit bei der Ausführung ihres schrecklichen Rituals verloren, und er zweifelte, ob er noch rechtzeitig käme, um den Opfern zu helfen.

Aber dieses Mal war es anders: jetzt erlitten vielleicht weiße Männer wie er diese Todesqualen.

Die Nacht war schon hereingebrochen, und er schwang sich noch immer in schwindelnder Höhe durch die mondbeschienenen, sich sanft neigenden Äste der Baumkronen. Da bemerkte er einen Lichtschein, rechts von seinem Weg. Es musste das Licht vom Lagerfeuer der zwei Männer sein, denn Tarzan wusste nichts von den Matrosen.

Er war sich so sicher, dass er nicht von der eingeschlagenen Richtung abwich.

Kaum hatte er noch eine halbe Meile zurückgelegt, als er bei Mbongas Dorf ankam.

Es war noch nicht zu spät! Oder doch? Er konnte es nicht sicher sagen.

Er konnte zwar genau sehen, wie weit der Tanz vorgeschritten war. Der Todesstoß war noch nicht vollzogen worden. Aber die Gestalt am Pfahl war leblos.

In der nächsten Minute würde Mbongas Messer dem Opfer ein Ohr abschneiden, und das wäre der Anfang vom Ende, denn gleich darauf würde nur noch eine sich krümmende, verstümmelte Fleischmasse übrig sein. Vielleicht war noch Leben in dem Unglücklichen, und der Tod wäre die Erlösung, nach der er sich sehnte.

Da warf Tarzan eine Schlinge und stieß den fürchterlichen Kampfruf der Menschenaffen aus, der das Geschrei der tanzenden Schwarzen übertönte.

Wie erstarrt hielten die Tänzer inne. Das Seil schwirrte pfeifend über ihren Köpfen, aber in dem flackernden Licht des Lagerfeuers war es nicht zu sehen.

D'Arnot öffnete seine Augen. Ein riesiger Schwarzer, der unmittelbar vor ihm stand, fiel plötzlich rückwärts um, als ob er von einer unsichtbaren Hand erschlagen worden wäre.

Kreischend und wild um sich schlagend drehte sich sein Körper von einer Seite zur anderen und wurde blitzschnell in Richtung Wald gezogen. Die Augen der Schwarzen traten dabei vor Schreck fast aus ihren Höhlen.

Sobald sich der Körper unter dem ersten Baum befand, wurde er mit einem Ruck in die Höhe gezogen. Als er oben im Laubwerk verschwand, rannten alle Schwarzen laut aufschreiend zum Dorftor.

D'Arnot war allein.

Er war ein tapferer Mann, aber seine kurzen Haare standen ihm zu Berge, seit er den unheimlichen Schrei über sich gehört hatte.

Als sich dann der Körper des Schwarzen wie durch eine überirdische Gewalt in das dichte Laubwerk erhob, fühlte d'Arnot einen eisigen Schauer seinen Rücken hinunterlaufen.

Die Äste bogen sich wie unter der Körperlast eines Menschen. Ein Krach, der Schwarze fiel wieder zu Boden und blieb dort regungslos liegen.

Unmittelbar darauf erschien ein weißer Körper, der sich aufrecht vom Baum herunterließ.

D'Arnot sah einen gutgebauten jungen Riesen aus dem Schatten auftauchen und schnell auf ihn zukommen.

Was sollte das bedeuten? Wer konnte das sein? War es ein neues Geschöpf, das ihn quälen und töten wollte?

Seine Augen wandten sich nicht von dem Gesicht des Herankommenden ab. Der Blick des Mannes beruhigte ihn, aber noch erlaubte er es sich nicht, an Rettung zu glauben.

Ohne ein Wort zu sagen, zerschnitt Tarzan die Fesseln des Offiziers.

Durch die Leiden und den Blutverlust geschwächt, wäre d'Arnot umgefallen, wenn der starke Arm des Fremden ihn nicht gehalten hätte.

Er fühlte sich plötzlich, als ob er fliegen würde, und dann verlor er das Bewusstsein ...

Auf der Suche nach d'Arnot

Es war eine traurige und mutlose Gruppe, die in dem kleinen Lager mitten im Urwald dem kommenden Tag entgegensah.

Sobald es hell genug war, um die Umgebung zu überschauen, sandte Leutnant Charpentier je drei Mann in die verschiedenen Richtungen, um nach dem Pfad zu suchen. In zehn Minuten war er gefunden, und die Expedition wollte zur Rückkehr in Richtung Küste aufbrechen.

Das ging aber nicht so schnell vonstatten, denn man musste die Leichen von sechs Mann tragen (zwei waren noch in der Nacht gestorben) und mehrere Verwundete mussten gestützt werden.

Charpentier hatte beschlossen, Verstärkung zu holen und zu versuchen, d'Arnot zu befreien.

Es war bereits spät am Nachmittag, als die erschöpften Menschen die Lichtung an der Küste erreichten, aber für zwei von ihnen war die Rückkehr ein so großes Glück, dass ihr ganzes Leid sofort vergessen war.

Als die kleine Gruppe aus dem Dschungel heraustrat, sahen Professor Porter und Cecil Clayton zu ihrem grenzenlosen Erstaunen Jane Porter vor der Tür der Hütte stehen.

Mit einem freudigen Ausruf rannte sie ihnen entgegen, und während sie ihre Arme um den Hals ihres Vaters schlang, brach sie, zum ersten Mal, seit sie an dieser schrecklichen Küste ausgesetzt worden war, in Tränen aus.

Professor Porter versuchte mannhaft seine Gefühle zu unterdrücken, aber die Anspannung und körperliche Schwäche waren Zuviel für ihn, er legte den Kopf auf die Schulter seiner Tochter und schluchzte leise wie ein Kind.

Jane führte ihn zur Hütte, und die Matrosen gingen zum Strand. Mehrere Kameraden kamen ihnen von dort entgegen.

Da Clayton Vater und Tochter allein lassen wollte, gesellte er sich zu den Marinesoldaten und unterhielt sich mit den Offizieren, bis ihr Boot zum Kreuzer zurückruderte, wo Leutnant Charpentier über den unglücklichen Verlauf der Expedition berichten musste.

Clayton kehrte langsam zur Hütte zurück. Er war glücklich, denn die Frau, die er liebte, war gerettet.

Er fragte sich, durch welches Wunder sie gerettet worden war, denn es erschien ihm unglaublich, dass sie noch lebte.

Gerade als er sich der Hütte näherte, trat Jane Porter heraus. Als sie ihn sah, eilte sie ihm entgegen.

Jane, rief er, Gott hat es gut mit uns gemeint. Erzählen Sie mir, wie Sie gerettet wurden!

Er hatte sie noch nie mit ihrem Vornamen angesprochen. Vor zwei Tagen noch wäre sie vor Freude darüber sanft errötet; jetzt aber erschrak sie darüber.

Mr. Clayton, sagte sie ruhig und reichte ihm die Hand. Lassen Sie mich Ihnen zuerst für die ritterliche Treue meinem Vater gegenüber danken. Er hat mir erzählt, wie Sie sich aufgeopfert haben. Wie können wir das je wiedergutmachen?

Clayton bemerkte, dass sie seine vertrauliche Anrede nicht erwiderte, doch es beunruhigte ihn nicht weiter. Sie hatte so viel durchgemacht, da wäre es jetzt nicht angebracht, ihr seine Liebe aufzudrängen, dachte er.

Dass ich Sie und Ihren Herrn Vater gerettet, gesund und wieder beisammen sehe, ist mir Dank genug. Es war so schrecklich, ihn in seinem stillen klaglosen Schmerz zu sehen. Es war die traurigste Erfahrung in meinem Leben, Miss Porter, und dazu kam mein eigener Schmerz, der größte, den ich je gehabt habe. Aber der seinige war so hoffnungslos – es war zum Erbarmen. Er zeigte mir, dass keine Liebe, nicht einmal die eines Mannes für seine Frau, so tief, stark und aufopfernd sein kann wie die Liebe eines Vaters für seine Tochter.

Das junge Mädchen senkte den Kopf.

Wo ist der Waldmensch, der Ihnen zu Hilfe kam? fragte sie. Warum kehrte er nicht zurück?

Clayton wurde durch diese Frage so überrascht, dass er sie verwundert ansah.

Wen meinen Sie? fragte er.

Den Waldmenschen, der Sie und Vater rettete und der mich dem Gorilla entriss.

Oh, rief Clayton überrascht. Er war es, der Ihnen zu Hilfe kam! Sie haben mir noch nichts von Ihrem Abenteuer erzählt. Bitte, berichten Sie mir doch!

Sie aber wiederholte ihre Frage.

Aber den Waldmenschen, haben Sie ihn nicht gesehen? Als wir die Schüsse aus der Ferne hörten, verließ er mich. Wir hatten gerade die Lichtung erreicht, als er in Richtung des Kampfplatzes eilte. Ich weiß, dass er Ihnen zu Hilfe kommen wollte.

Sie sagte das in einem so warmen, fast erregten Ton, dass Clayton sich wunderte, warum sie so besorgt war, den Aufenthalt dieses seltsamen Wesens zu erfahren. Er konnte zwar nicht ahnen, was geschehen war, aber er hatte eine dunkle Ahnung, und so entstand in ihm der Beginn einer, ihm selbst unerklärlichen Eifersucht auf den Affenmenschen, dem er sein Leben verdankte.

Wir sahen ihn nicht, erwiderte er ruhig. Er kam nicht zu uns. Und nach einer gedankenvollen Pause: Vielleicht kehrte er zu seinem Stamm, den Leuten, die uns angegriffen hatten, zurück. Er wusste nicht, warum er dies sagte, denn er glaubte es selbst nicht.

Das junge Mädchen sah ihn mit großen Augen an.

Nein! rief sie heftig. Das kann nicht sein! Das waren Schwarze, und er ist ein Weißer – und ein Gentleman.

Clayton schaute verlegen nach unten.

Er ist ein seltsames, halbwildes Geschöpf des Dschungels, Miss Porter, sagte er. Wir wissen nichts über ihn. Er versteht keine europäische Sprache. Sein Schmuck und seine Waffen sind die der Wilden von der Westküste.

Clayton sprach schnell.

Hunderte von Meilen weit gibt es hier keine anderen lebenden Wesen als Wilde, Miss Porter. Er muss zu den Stämmen gehören, die uns angegriffen haben oder einem ähnlichen wilden Stamm. Er könnte sogar ein Menschenfresser sein.

Jane Porter erbleichte.

Ich kann es nicht glauben, flüsterte sie. Das ist nicht wahr. Sie werden sehen, dass er wiederkommen und Ihnen beweisen wird, dass es nicht wahr ist. Ich sage Ihnen: er ist ein Gentleman!

Clayton war ein großmütiger, ritterlicher Mensch, aber das eifrige Eintreten des Mädchens für den Waldmenschen erregte eine unvernünftige Eifersucht in ihm, so dass er für den Augenblick vergaß, was sie ihm schuldeten, denn er antwortete mit einem höhnischen Lächeln:

Es ist möglich, dass Sie recht haben, Miss Porter, aber ich glaube nicht, dass einer von uns Wert auf die Bekanntschaft mit diesem Geschöpf, das rohes Fleisch isst, legen wird. Wahrscheinlich ist er ein verrückter Ausgestoßener, der uns schnell vergessen wird, so wie wir ihn vergessen werden. Er ist nur ein wildes Dschungeltier, Miss Porter.

Sie antwortete nicht, aber sie fühlte, dass ihr Herz zitterte. Clayton sprach nur aus, was er dachte, und zum ersten Mal begann sie, ihre Liebe einer eingehenden Prüfung zu unterziehen.

Während sie langsam zur Hütte zurückkehrte, versuchte sie sich den Waldmenschen an ihrer Seite in dem Salon eines Ozeandampfers vorzustellen. Sie sah ihn mit den Händen essen, seine Nahrung wie ein Raubtier an sich reißen und seine fettigen Finger an den Schenkeln abwischen. Sie erschauerte.

Sie sah ihn, wie sie ihn bei ihren Freunden einführte – wild, ungebildet, ein Bauer. Es gab dem Mädchen einen Stich ins Herz.

Sie hatte ihr Zimmer erreicht, und als sie auf dem Rand ihres Bettes aus Farnen und Gräsern saß und die Hand auf ihre Brust drückte, fühlte sie die harten Umrisse des Medaillons unter ihrem Mieder.

Sie zog es hervor, hielt es einen Augenblick in der Handfläche und beugte sich darüber. Ihre Augen füllten sich mit Tränen. Dann drückte sie es an ihre Lippen, vergrub ihr Gesicht in dem weichen Farn ihres Bettes und schluchzte:

Er soll ein Tier sein? murmelte sie. Dann, lieber Gott, lass auch mich ein Tier werden, denn – Mensch oder Tier, ich gehöre zu ihm!

An diesem Tag sah sie Clayton nicht mehr. Esmeralda brachte ihr das Abendessen, und sie ließ ihrem Vater sagen, dass sie sich wegen der Aufregung unwohl fühle und allein bleiben wolle.

Am nächsten Morgen ging Clayton früh mit der Mannschaft auf die Suche nach Leutnant d'Arnot. Diesmal waren es zweihundert Bewaffnete mit zehn Offizieren und zwei Wundärzten. Neben Lebensmitteln für den Bedarf einer ganzen Woche hatte man auch Bettzeug und Hängematten für den Transport der Kranken und Verwundeten mitgenommen.

Es war eine entschlossene Mannschaft, die sich der Schwere einer Hilfs- und Strafexpedition wohl bewusst war.

Da sie jetzt einem bekannten Pfad folgten und mit dem Auskundschaften keine Zeit verloren, erreichten sie die Stelle, wo das Scharmützel stattgefunden hatte, schon kurz nach Mittag.

Von dort führte sie der Elefantenpfad geradewegs zu Mbongas Dorf. Es war erst zwei Uhr, als die Spitze der Kolonne am Rand der Lichtung Halt machte.

Leutnant Charpentier, der den Befehl führte, sandte sofort einen Teil seiner Streitkräfte durch den Dschungel zur entgegengesetzten Seite des Dorfes. Eine andere Abteilung wurde zu einem Punkt vor dem Dorftor beordert, während er mit dem Rest auf der Südseite der Lichtung blieb.

Es war abgemacht, dass der Teil, der die Stellung auf der Nordseite einnehmen und sie deshalb zuletzt erreichen würde, den Sturm beginnen und dass ihr Eröffnungsfeuer das Zeichen für das gemeinsame Vordringen in das Dorf sein sollte, das man gleich beim ersten Angriff erstürmen wollte.

Eine halbe Stunde lagen die Leute mit Leutnant Charpentier, ungeduldig wartend, im dichten Buschwerk des Dschungels. Sie konnten die Eingeborenen auf den Feldern sehen. Einzelne gingen ruhig durch das Dorftor ein und aus.

Endlich kam das Signal: ein scharfes Gewehrfeuer. Sofort folgte eine Salve von der West- und Südseite.

Die Eingeborenen auf dem Feld warfen ihr Arbeitsgerät hin und stürzten auf den Dorfzaun zu. Die Kugeln mähten sie nieder, und die Matrosen sprangen über ihre Leichen den Dorftoren entgegen.

Der Angriff war so plötzlich und unerwartet erfolgt, dass die Weißen die Tore erreichten, bevor die entsetzten Eingeborenen sie schließen konnten. In einer Minute war die Dorfstraße erfüllt vom Handgemenge der Kämpfenden.

Einige Augenblicke behaupteten sich die Schwarzen am Eingang der Dorfstraße, aber die Soldaten töteten mit ihren Gewehren, Revolvern und Säbeln die nur mit ihren Speeren und Pfeilen bewaffneten Eingeborenen. So ging der Kampf in ein wildes Gemetzel über, zumal die Matrosen Teile der Uniform d'Arnots bei schwarzen Kriegern wiedererkannten.

Die Truppe schonte Kinder und Frauen, soweit sie sich nicht am Kampf beteiligten. Als sie schließlich keuchend, schwitzend und blutbedeckt einhielten, war im ganzen Dorf kein wehrfähiger Mann mehr, der sich ihnen entgegenstellen konnte.

Sorgfältig durchsuchten sie alle Hütten und Winkel des Dorfes, aber nirgends konnten sie eine Spur von d'Arnot entdecken. Sie befragten die Gefangenen durch Zeichen, erhielten aber keine Auskunft. Schließlich sagte ein Matrose, der im französischen Kongo gedient hatte, er beherrsche die Mischsprache, die im Verkehr zwischen den Weißen und den Küstenstämmen gebraucht wird; er versuchte, sich mit den Gefangenen zu verständigen, aber auch ihm gelang es nicht, Genaues über das Schicksal d'Arnots zu erfahren.

Auf alle Fragen antworteten die Schwarzen nur mit lebhaften Gebärden und Ausdrücken der Furcht, und so waren die Weißen überzeugt, ihr Kamerad sei abgeschlachtet und verzehrt worden.

Zuletzt gaben sie alle Hoffnungen auf, und bereiteten sich vor, die Nacht über im Dorf zu lagern. Die Gefangenen wurden in drei Hütten zusammengebracht, die scharf bewacht wurden. Wachen wurden an den verrammelten Toren aufgestellt. Schließlich kehrte in dem Dorf nächtliche Ruhe ein, die nur durch das Wehklagen der eingeborenen Frauen um den Tod ihrer Männer unterbrochen wurde.

~~~

Am nächsten Morgen schickte sich die Truppe zum Rückmarsch an. Anfangs hatte man die Absicht gehabt, das Dorf in Brand zu stecken, aber man gab diesen Plan auf und ließ die Gefangenen zurück.

Langsam kehrte die Expedition auf demselben Weg zurück, auf dem sie gekommen war. Zehn beladene Hängematten verzögerten den Marsch. In acht lagen Verwundete, in zweien Tote.

Clayton und Leutnant Charpentier marschierten an der Spitze des Zuges. Der Engländer schwieg aus Achtung vor dem Schmerz seines Begleiters, denn d'Arnot und Charpentier waren seit ihrer Kindheit unzertrennliche Freunde gewesen. Clayton konnte sehr wohl verstehen, dass der Schmerz des Leutnants umso größer war, da d'Arnot sich vergeblich aufgeopfert hatte. Jane Porter war aus der Gefahr befreit worden, noch bevor d'Arnot in die Hände der Wilden fiel, und er hatte sich zudem für eine ihm unbekannte Fremde aufgeopfert. Aber als er das sagte, schüttelte Leutnant Charpentier den Kopf.

Nein, mein Herr, sagte er, ich wünschte, Sie hätten ihn besser gekannt. Er war in der Tat ein Offizier und ein Edelmann. Er starb nicht umsonst, denn sein Tod für ein fremdes, amerikanisches Mädchen wird uns, seinen Kameraden, ein Ansporn sein, dem Tode wacker ins Auge zu schauen – wo er uns auch erreichen mag.

Clayton schwieg, aber seine Achtung vor dem Offizier war seither umso größer.

Es war schon spät, als die Truppe in die Nähe der Hütte am Strand kam. Ein einzelner Schuss, bevor man aus dem Dschungel trat, deutete den Leuten in der Hütte wie auf dem Schiff an, dass die Expedition zu spät gekommen war. Man hatte vorher vereinbart, dass ein Schuss bedeuten sollte, die Expedition sei fehlgeschlagen, während drei Schuss den Erfolg ankündigen sollten und zwei, man habe weder eine Spur von d'Arnot noch von den Schwarzen entdeckt.

Man erwartete feierlich ihre Ankunft. Nur wenige Worte wurden gesprochen, als die Toten und Verwundeten vorsichtig in die Boote verladen wurden, um zum Kreuzer gebracht zu werden.

Clayton war erschöpft von dem fünftägigen Marsch durch den Dschungel und der Aufregung der zwei Gefechte mit den Schwarzen. Er ging zur Hütte, um etwas zu essen und sich dann, nach den zwei in den Wäldern verbrachten Nächten, auf seinem Graslager auszuruhen.

Bei der Tür stand Jane Porter.

Der arme Leutnant! sagte sie. Haben Sie keine Spur von ihm gefunden?

Wir kamen zu spät. Miss Porter, antwortete er traurig.

Sagen Sie mir was vorgefallen ist!

Ich kann nicht. Miss Porter, es ist zu schrecklich.

Sie wollen doch nicht sagen, man habe ihn gemartert, flüsterte sie.

Wir wissen nicht, was man mit ihm gemacht hat, bevor man ihn tötete.

Es sind doch nicht ...

Sie dachte an das, was Clayton über die vermutliche Zugehörigkeit des Waldmenschen zu einem Stamm gesagt hatte, aber sie konnte das schreckliche Wort nicht aussprechen.

Jawohl, Miss Porter, es sind Menschenfresser, sagte er in bitterem Ton, aber da dachte er gerade an den Waldmenschen, und ihn überkam wieder die sonderbare Eifersucht wie vor zwei Tagen. Und dann fügte er in boshafter Rohheit hinzu:

Als Ihr Waldmensch Sie verließ, eilte er wahrscheinlich zu dem Schmaus.

Eigentlich tat es ihm schon leid, bevor er die Worte ganz ausgesprochen hatte, aber er dachte doch nicht, dass sie das Mädchen so schwer verletzen würden. Er bedauerte, so unredlich gegenüber jemandem zu sein, der jedem Mitglied der Gruppe das Leben gerettet und niemandem etwas Böses getan hatte.

Das Mädchen richtete den Kopf hoch auf.

Hierauf gibt es nur eine passende Antwort, Mr. Clayton, sagte sie eisig kühl, und ich bedaure, dass ich nicht ein Mann bin, sie Ihnen zu geben.

Damit drehte sie sich um und ging in die Hütte.

Er überlegte, welche Antwort sie wohl gemeint haben könnte.

Clayton, mein Junge, ich weiß, du bist erschöpft, aber das ist kein Grund, dich zu blamieren. Es ist am besten, du gehst zu Bett.

Bevor er sich hinlegte, rief er höflich nach Jane Porter, die sich auf der anderen Seite des Segeltuchs befand, das die Hütte in zwei Abteilungen trennte. Er wollte sich rechtfertigen, aber er erhielt keine Antwort.

Dann schrieb er einige Zeilen auf ein Stück Papier und schob es in den anderen Raum.

Jane Porter sah das Notizblatt, ignorierte es aber, denn sie fühlte sich zu sehr gekränkt. Die Neugier trieb sie aber schließlich doch dazu, das Blatt aufzuheben und zu lesen:

Meine liebe Miss Porter!

Ich hatte keinen Grund für die Behauptung, die ich aufgestellt habe. Meine einzige Entschuldigung ist die Anspannung, doch das ist eigentlich keine Entschuldigung. Bitte, nehmen Sie an, ich hätte es nicht gesagt. Ich bin sehr traurig. Um alles in der Welt möchte ich Sie nicht verletzen. Bitte, sagen Sie mir, dass Sie mir verzeihen.

William Cecil Clayton

Der vorletzte Satz hätte sie noch vor einer Woche besonders erfreut, aber jetzt wirkte er niederdrückend auf sie.

Sie wünschte, sie wäre nie mit Clayton zusammengetroffen. Und sie war traurig, dass sie den Waldmenschen je gesehen hatte ...

Nein, sie war glücklich darüber.

Sie dachte auch an die andere Notiz, die sie am Tag nach ihrer Rückkehr aus dem Dschungel im Gras vor der Hütte gefunden hatte, die Liebeserklärung von Tarzan. Wer mochte das sein? War es ein anderer wilder Bewohner dieses schrecklichen Waldes und was würde er alles tun, um Anspruch auf sie zu erheben?

Esmeralda, wach auf! schrie sie plötzlich. Ich kann dich nicht ruhig schlafen sehen, wo du doch weißt, dass die Welt so schrecklich ist!

Die Schwarze schrie auf vor Schrecken, weil sie dachte, es sei wieder ein wildes Tier im Raum sei, aber Jane beruhigte sie und sagte, sie möchte sich wieder hinlegen und weiterschlafen. Sie gab ihr einen Kuss und wünschte ihr eine gute Nacht.

Mitmenschen

Als d'Arnot wieder zu sich kam, sah er, dass er auf einem Lager aus weichen Farnen und Gräsern lag, über dem sich ein aus Ästen gebildetes Dach erhob.

Zu seinen Füßen war eine Öffnung, die einen Blick ins Grüne gewährte, und in geringer Entfernung sah er eine dichte Wand aus Dickicht und Bäumen.

Er fühlte sich elend und schwach, und war den Schmerzen seiner schrecklichen Wunden ausgesetzt. Alle Knochen und Muskeln schmerzten ihn von den Schlägen, die er erhalten hatte.

Selbst jede kleine Bewegung des Kopfes verursachte ihm solche Schmerzen, dass er lange mit geschlossenen Augen unbeweglich dalag.

Er versuchte, sich an die Einzelheiten der letzten Nacht bis zu dem Moment, als er das Bewusstsein verlor, zu erinnern. Vielleicht konnte ihm das erklären wo er jetzt war, denn er wusste nicht einmal, ob er sich bei Freunden oder Feinden befand.

Allmählich erinnerte er sich an die entsetzliche Situation am Marterpfahl, und schließlich auch an die sonderbare weiße Gestalt, in deren Armen er in Ohnmacht gefallen war.

D'Arnot fragte sich, welches Schicksal ihm jetzt wohl bevorstand. Er hörte um sich nur die Geräusche der Wildnis und bald fiel er wieder in einen sanften Schlaf.

Er erwachte erst wieder am Nachmittag, wieder in großer Unruhe. Da sah er durch die Öffnung zu seinen Füßen die Gestalt eines Mannes, der dort hockte.

Der breite, muskulöse Rücken war ihm zugekehrt; obwohl dieser tief gebräunt war, sah d'Arnot doch, dass es ein weißer Mann war und dankte Gott.

Der Kranke rief leise.

Der Mann drehte sich um, stand auf und kam zu ihm. Das Gesicht war wirklich schön, das schönste, das d'Arnot je gesehen hatte, wie er meinte.

Der Fremde bückte sich, kroch zu ihm in sein kleines Zelt und legte ihm die kühle Hand auf die Stirn.

D'Arnot sprach ihn auf Französisch an, aber der Mann schüttelte nur traurig den Kopf.

Dann versuchte d'Arnot es mit Englisch, aber wieder schüttelte der Mann den Kopf. Auch mit Italienisch, Spanisch und Deutsch war nichts auszurichten.

D'Arnot kannte ein paar Worte Norwegisch, Russisch und Griechisch, und er radebrechte auch ein wenig von der Sprache eines Stammes der Westküste, aber der Mann verstand von allem nichts.

Nachdem er die Wunden des Offiziers untersucht hatte, verschwand er.

Nach einer halben Stunde kam er wieder und brachte Obst sowie einen mit Wasser gefüllten ausgehöhlten Kürbis mit. D'Arnot trank und aß ein wenig. Er war erstaunt, dass er kein Fieber hatte. Nochmals versuchte er, sich mit seinem sonderbaren Pfleger zu unterhalten, aber es war wieder vergebens.

Plötzlich eilte der Mann weg, und kam einige Minuten später mit einigen Rindenstücken und – oh Wunder über Wunder! – mit einem Bleistift zurück.

Sich neben d'Arnot hockend, schrieb er einige Minuten lang auf die glatte Innenfläche der Rinde. Dann gab er sie dem Verwundeten.

D'Arnot war erstaunt, als er eine Mitteilung in englischer Sprache las, die in deutlichen Druckbuchstaben geschrieben war:

Ich bin Tarzan, der Affenmensch. Wer sind Sie? Können Sie diese Sprache lesen?

D'Arnot ergriff den Bleistift, zögerte dann aber. Dieser merkwürdige Mann schrieb Englisch; er war also offenbar ein Engländer.

Ja, sagte d'Arnot, ich kann Englisch lesen. Ich spreche es auch. Nun wollen wir uns unterhalten. Zuerst aber lassen Sie mich Ihnen für alles, was Sie für mich getan haben, danken!

Der Mann schüttelte wieder den Kopf und wies auf den Bleistift und die Rinde.

Mein Gott! sagte d'Arnot, wenn Sie ein Engländer sind, wie kommt es dann, dass Sie kein Englisch sprechen können?

Und dann kam ihm plötzlich der Gedanke: Der Mann ist stumm, vielleicht taubstumm.

So schrieb d'Arnot ihm folgende Zeilen auf Englisch auf die Rinde:

Ich bin Paul d'Arnot, französischer Marine-Leutnant. Ich danke Ihnen für das, was Sie für mich getan haben. Sie haben mir das Leben gerettet, und alles, was ich habe, gehört Ihnen. Darf ich fragen, wie es kommt, dass Sie Englisch schreiben, aber es nicht sprechen?

Tarzans Antwort erfüllte d'Arnot mit noch größerem Erstaunen:

Ich spreche nur die Sprache meines Stammes – der großen Affen, die Kerschak gehörten; und von den Sprachen Tantors, des Elefanten, und Numas, des Löwen, und des übrigen Dschungelvolkes verstehe ich ein wenig.

Mit einem Menschen habe ich noch nie gesprochen, ausgenommen einmal durch Zeichen mit Jane Porter. Dies ist das erste Mal, dass ich mit jemand meiner Art durch geschriebene Worte spreche.

D'Arnot war verblüfft. Es schien ihm unglaublich, dass es auf Erden einen erwachsenen Menschen geben könne, der nie mit einem Mitmenschen gesprochen, und – noch unsinniger – trotzdem lesen und schreiben könne.

Er las Tarzans Zeilen nochmals: Ausgenommen einmal durch Zeichen mit Jane Porter. Das war doch das amerikanische Mädchen, das von einem Gorilla in den Dschungel entführt wurde!

Ihm ging jetzt plötzlich ein Licht auf: Dieser Mensch war der vermeintliche Gorilla. Er ergriff den Bleistift und schrieb:

Wo ist Jane Porter?

Tarzan schrieb darunter:

Zurück bei ihren Leuten in Tarzans Hütte.

D'Arnot fragte dann wieder:

Sie ist also nicht tot? Wo war sie? Was geschah mit ihr?

Hierauf antwortete Tarzan:

Sie ist nicht tot. Terkop hatte sie genommen, um sie zu seiner Frau zu machen, aber Tarzan nahm sie ihm weg und tötete Terkop, ehe er ihr ein Leid zufügen konnte. Niemand im ganzen Dschungel kann sich im Kampf gegenüber Tarzan behaupten. Ich bin Tarzan, ein mächtiger Kämpfer.

D'Arnot antwortete:

Ich freue mich, dass sie am Leben ist. Das Schreiben ermüdet mich, ich muss eine Weile ausruhen.

Hierauf Tarzan:

Ja, ruhen Sie Sie sich aus. Wenn Sie wiederhergestellt sind, werde ich Sie zu Ihren Leuten zurückbringen.

D'Arnot lag noch tagelang auf seinem weichen Bett aus Farnkräutern. Am zweiten Tag kam das Fieber. D'Arnot glaubte, es sei eine Vergiftung, und er fürchtete, daran sterben zu müssen.

Da fiel ihm etwas ein, und er wunderte sich, dass er nicht früher daran gedacht hatte.

Er rief Tarzan und bedeutete ihm durch Zeichen, dass er schreiben wolle, und als Tarzan ihm Rinde und Bleistift gebracht hatte, schrieb er:

Können Sie zu meinen Leuten gehen und sie zu mir führen? Ich schreibe Ihnen eine Botschaft, die Sie ihnen bringen können, und man wird dann mit Ihnen gehen.

Tarzan schüttelte den Kopf, nahm die Rinde und schrieb:

Ich hatte schon am ersten Tag daran gedacht, aber ich wage es nicht. Die großen Affen kommen oft an diese Stelle, und wenn sie Sie verwundet und allein fänden, würden sie Sie töten.

D'Arnot legte sich auf die Seite und schloss die Augen. Er wollte noch nicht sterben, aber er fühlte, dass es dem Ende zuging, denn das Fieber stieg immer weiter.

In dieser Nacht verlor er das Bewusstsein.

Drei Tage lang lag er im Fieber, und Tarzan saß neben ihm, badete seinen Kopf und seine Hände und wusch seine Wunden.

Am vierten Tag hörte das Fieber ebenso plötzlich auf, wie es gekommen war, aber d'Arnot fühlte sich sehr schwach, er war nur noch ein Schatten seiner selbst. Tarzan musste ihn aufrichten, wenn er aus dem Kürbis trinken wollte.

Zwei Tage später versuchte d'Arnot zu gehen, doch Tarzan musste ihn stützen, damit er nicht umfiel.

Sie setzten sich in den Schatten eines großen Baumes, und Tarzan suchte eine glatte Rinde, damit sie sich unterhalten könnten.

Zuerst schrieb d'Arnot:

Was kann ich tun, um all das, was Sie für mich getan haben wiedergutzumachen?

Tarzan antwortete:

Lehren Sie mich die Sprache der Menschen!

D'Arnot fing denn auch sofort an, ihm wohlbekannte Gegenstände zu zeigen und ihm ihre französischen Namen zu sagen, denn er dachte, es wäre leichter, diesen Mann in seiner Muttersprache zu unterrichten, da er sie selbst am besten beherrschte. Das war natürlich sinnlos für Tarzan, denn er konnte keine Sprache von der anderen unterscheiden, und als er auf das von ihm geschriebene Wort »man« zeigte, lernte er von d'Arnot, dass es »homme« ausgesprochen wird, und auf dieselbe Weise lernte er für »ape« »singe« und für »tree« »arbre« zu sagen.

Er war ein eifriger Schüler, und in zwei weiteren Tagen konnte er schon so viel Französisch, dass er kleine Sätze sprechen konnte, wie: »Das ist ein Baum«, »Das ist Gras«, »Ich bin hungrig« und ähnliches.

D'Arnot fand aber, dass es schwer sei, ihm die französische Satzbildung auf Basis des Englischen beizubringen.

Der Franzose schrieb kleine Übungen für ihn auf Englisch, und Tarzan musste sie auf Französisch wiederholen, aber eine wörtliche Übersetzung ergab gewöhnlich ein sehr dürftiges Französisch.

D'Arnot erkannte jetzt, dass er einen Fehler begangen hatte, aber es schien ihm zu spät, wieder von vorne zu beginnen, denn dann hätte er Tarzan sagen müssen, er solle alles Gelernte wieder vergessen, und sie näherten sich jetzt schon dem Punkt, wo sie einigermaßen imstande waren, sich zu unterhalten.

Am dritten Tag, nachdem das Fieber aufgehört hatte, fragte Tarzan d'Arnot, ob er sich kräftig genug fühle, sich zur Hütte

224

zurücktragen zu lassen. Tarzan tat dies nicht bloß des Kranken wegen, sondern auch weil er sich danach sehnte, Jane Porter wiederzusehen.

Es war ihm nicht leichtgefallen, all diese Tage bei d'Arnot zu bleiben, und diese Selbstlosigkeit sprach noch mehr für seinen Charakter, als der Mut, mit dem er den Mann aus Mbongas Gewalt befreit hatte.

D'Arnot wäre sehr gern bereit gewesen, zu den Seinigen zurückzukehren, aber er schrieb:

Sie können mich doch nicht den ganzen Weg durch diesen dichten Wald tragen.

Tarzan lachte.

Mais oui (Aber doch), sagte er, und d'Arnot lachte, als er diese Redewendung, die er so oft gebrauchte, von Tarzans Lippen hörte.

So traten sie denn die Reise an, und dabei wunderte sich d'Arnot ebenso sehr, wie es schon Clayton und Jane Porter getan hatten, über die ungewöhnliche Stärke und Gewandtheit des Affenmenschen.

Im Laufe des Nachmittags kamen sie zu der Lichtung, und als Tarzan sich von den Ästen des letzten Baumes herunterließ, schlug sein Herz gewaltig, denn er freute sich, Jane Porter wiederzusehen.

Vor der Hütte war niemand, und d'Arnot war sehr erstaunt, den Kreuzer und die »Arrow« nicht mehr vor der Bucht zu sehen.

Die beiden Männer überkam eine Ahnung, dass alle fort waren. Keiner sagte etwas, aber noch bevor sie die Tür öffneten, ahnten sie, wie sie die Hütte vorfinden würden.

Tarzan hob den Griff und stieß die Tür auf. Es war so, wie sie befürchtet hatten, die Hütte war leer!

Beide sahen einander an.

D'Arnot wusste, dass seine Leute ihn für tot hielten. Tarzan dachte nur an das Mädchen, das ihn in Liebe geküsst hatte und nun von ihm geflohen war, während er einem von ihren Leuten beistand.

Eine große Bitterkeit stieg in seinem Herzen auf. Er wollte tief in den Dschungel hineingehen und zu seinem Stamm zurückkehren. Nie wollte er wieder einen von seiner Art sehen. Er konnte den Gedanken nicht ertragen, die Hütte jemals wieder zu betreten. Alles wollte er dort zurücklassen, auch die Hoffnung, die er gehegt hatte, als er mit Menschen in Berührung kam.

Und d'Arnot? Was sollte aus ihm werden? Er mochte seinen Weg gehen. Tarzan wollte ihn nicht mehr sehen. Er wollte von allem fort, was ihn an Jane Porter erinnern könnte.

Während Tarzan auf der Türschwelle stehen geblieben war, war d'Arnot in die Hütte getreten. Hier sah er, dass man manche Dinge für sie zurückgelassen hatte.

Er erkannte viele Gegenstände vom Kreuzer wieder: einen Feldofen, Küchengeräte, Gewehre und Munition, konservierte Nahrungsmittel, Decken, zwei Stühle, ein Feldbett, sowie einige Bücher und amerikanische Zeitschriften.

Sie müssen die Absicht haben, zurück zu kehren, dachte d'Arnot. Er ging zu dem Tisch, den John Clayton so viele Jahre zuvor als Schreibtisch angefertigt hatte, und darauf fand er zwei Briefe an Tarzan.

Der eine war offensichtlich von männlicher Hand geschrieben, der andere, von Frauenhand, war versiegelt.

Sich zur Tür wendend rief d'Arnot: Hier sind zwei Botschaften für Sie, Tarzan! – aber sein Gefährte war nicht mehr da.

D'Arnot stürzte hinaus. Tarzan war nirgends zu sehen. Er rief laut, bekam aber keine Antwort.

Mein Gott! rief d'Arnot aus, er hat mich verlassen. Er ist in seinen Dschungel zurückgekehrt und hat mich hier alleine zurückgelassen.

Er erinnerte sich an Tarzans Gesichtsausdruck, als sie entdeckten, dass die Hütte leer war. Es war ein Blick, wie der eines verwundeten Rehs.

Der Mann fühlte sich offenbar schwer gekränkt, aber weshalb? D'Arnot konnte es nicht verstehen.

D'Arnot sah sich um. Die Einsamkeit und der schreckliche Ort machten ihn mutlos. Hier bei dem gefahrvollen Dschungel allein gelassen zu werden, niemals eine menschliche Stimme mehr zu hören oder ein menschliches Antlitz zu sehen, in steter Furcht vor wilden Tieren und noch schrecklicheren wilden Menschen – es war entsetzlich!

~~~

Inzwischen eilte Tarzan weit nach Osten zu seinem Stamm zurück. Niemals war er mit so tollkühner Eile durch die Bäume gerast. Er fühlte, dass er wie ein erschrecktes Eichhörnchen vor sich selber, vor seinen Gedanken weglief. Aber es half nichts, so sehr er sich auch beeilte – er wurde seine Gedanken nicht los.

Er sah unter sich den schleichenden Körper einer Löwin, die ihm entgegenkam. Sie geht zur Hütte, dachte Tarzan.

Was konnte d'Arnot gegen Sabor tun, oder gegen Bolgani, den Gorilla, oder Numa, den Löwen, oder den grausamen Sheeta?

Tarzan hielt an.

Was bist du, Tarzan? fragte er laut. Ein Affe oder ein Mensch?

Wenn du ein Affe bist, dann mache es wie die Affen, die einen der ihren im Dschungel sterben lassen, wenn es ihnen einfällt, irgendwo anders hinzugehen.

Bist du aber ein Mensch, dann musst du zurückkehren, um deinen Mitmenschen zu beschützen. Du darfst nicht vor einem Menschen weglaufen und ihn seinem Schicksal überlassen, nur, weil ein anderer Mensch von dir weggelaufen ist!

~~~

D'Arnot schloss die Tür der Hütte. Er war sehr nervös. Auch ein so tapferer Mann wie er fürchtet sich in dieser Einsamkeit. Er lud eines der Gewehre und stellte es in greifbarer Nähe ab.

Dann ging er zum Schreibtisch und nahm den unversiegelten Brief an Tarzan. Vielleicht enthielt er eine Nachricht darüber, dass seine Leute den Strand nur zeitweilig verlassen hatten. Er dachte, man könne es ihm nicht verübeln, den Brief zu lesen, und deshalb öffnete er ihn und las:

An Tarzan!

Wir danken Ihnen für die Benützung Ihrer Hütte und bedauern, dass Sie uns nicht das Vergnügen machten, Sie zu sehen und Ihnen persönlich zu danken.

Wir haben nichts beschädigt, haben aber für Sie manche Dinge zurückgelassen, die dazu beitragen mögen, die Annehmlichkeit und die Sicherheit in Ihrem einsamen Heim zu erhöhen.

Wenn Sie den seltsamen weißen Mann kennen, der unser Leben so oft gerettet hat, danken Sie ihm bitte ebenfalls für seine Güte.

In einer Stunde fahren wir ab, um nie wieder zu kehren.

Mögen Sie und der andere Dschungelfreund davon überzeugt sein, dass wir Ihnen immer dankbar sein werden für alles, was Sie für Fremde an Ihrer Küste getan haben, und dass wir noch unendlich mehr getan hätten, um Sie beide zu belohnen, wenn Sie uns die Gelegenheit dazu gegeben hätten.

Ihr William Cecil Clayton

Um nie wieder zu kehren, stammelte d'Arnot und warf sich mit dem Gesicht auf das Bett.

Eine Stunde später fuhr er hoch und horchte. An der Tür war etwas, was versuchte, herein zu kommen.

D'Arnot griff nach dem geladenen Gewehr und hielt es schussbereit.

Die Dämmerung war bereits hereingebrochen, und im Inneren der Hütte war es schon dunkel – aber man konnte sehen, dass sich der Griff bewegte.

Der Offizier fühlte, dass ihm die Haare zu Berge standen.

Langsam wurde die Tür geöffnet, und durch die schmale Spalte konnte man sehen, dass dort jemand stand.

D'Arnot zielte auf den Spalt – und drückte ab.

Der verschwundene Schatz

Als die Expedition, die d'Arnot hatte befreien wollen, unverrichteter Dinge zurückkehrte, wollte Kapitän Dufranne sobald wie möglich abfahren und alle waren damit einverstanden – alle, außer Jane Porter.

Nein, sagte sie bestimmt, ich gehe nicht mit, und Sie sollten ebenfalls bleiben, denn es sind zwei Freunde im Dschungel, die eines Tages herauskommen und uns hier zu finden hoffen. Ihr Offizier, Kapitän Dufranne, ist der eine, und der Waldmensch, der jedem einzelnen Begleiter meines Vaters das Leben gerettet hat, ist der andere. Er verließ mich vor zwei Tagen am Rand des Dschungels, um meinem Vater und Mr. Clayton zu Hilfe zu eilen, und er ist zurückgeblieben, um Leutnant d'Arnot zu befreien, da können Sie sicher sein. Wäre er zu spät gekommen, um dem Leutnant zu helfen, wäre er bald zurückgekehrt. Die Tatsache, dass er noch nicht zurück ist, ist Beweis genug, dass er aufgehalten wurde, weil Leutnant d'Arnot verwundet ist.

Aber, wandte der Kapitän ein, die Uniform des armen d'Arnot und alles, was ihm gehörte, wurden in dem Dorf gefunden, Miss Porter, und die Eingeborenen waren sehr aufgeregt, als sie über das Schicksal des weißen Mannes befragt wurden.

Gewiss, Kapitän, aber sie haben nicht bestätigt, dass er tot ist, und was seine Kleider und Ausrüstung betrifft, weiß man ja, dass auch zivilisiertere Völker ihren Gefangenen alle Wertgegenstände abnehmen, ob sie die Absicht haben, sie zu töten oder nicht. Sogar die Soldaten aus meinem geliebten Süden haben nicht nur die Lebenden, sondern auch die Toten ausgeplündert.

Es ist möglich, dass Ihr Waldmann selbst von den Wilden gefangen und getötet wurde, wandte Dufranne ein.

Das Mädchen lachte.

Sie kennen ihn nicht, erwiderte sie mit vor Stolz zitternder Stimme.

Er verdient es, dass wir auf ihn warten, dieser Übermensch, sagte der Kapitän lachend. Ich würde ihn gerne sehen.

Dann warten Sie auf ihn, mein lieber Kapitän, drängte das Mädchen, denn ich werde auf ihn warten.

Der Kapitän wäre sehr überrascht gewesen, hätte er den eigentlichen Sinn dieser Worte verstanden.

Während des Gesprächs waren sie vom Strand zur Hütte gegangen, wo eine kleine Gruppe im Schatten eines Baumes auf Feldstühlen saß.

Professor Porter war da, Mr. Philander und Clayton, sowie Leutnant Charpentier und zwei seiner Kameraden, während Esmeralda im Hintergrund hockte und mit der Freiheit einer alten, mit Nachsicht behandelten Familien-Bediensteten ab und zu Bemerkungen machte.

Die Offiziere standen auf und grüßten, als ihr Vorgesetzter nahte, und Clayton überließ Jane Porter seinen Feldstuhl.

Wir haben eben über das Schicksal des armen Paul gesprochen, sagte Kapitän Dufranne. Miss Porter besteht darauf, dass wir keinen eindeutigen Beweis für seinen Tod haben, was den Tatsachen entspricht. Außerdem behauptet sie, die lange Abwesenheit ihres allmächtigen Dschungelfreundes sei ein Beweis dafür, dass d'Arnot seine Hilfe benötige, weil er verwundet sei.

Es ist aber auch bemerkt worden, warf Leutnant Charpentier ein, der wilde Mann könne wohl zu dem Stamm der Schwarzen gehören, die uns überfallen haben, und er wäre dorthin zurückgekehrt.

Jane Porter warf einen Blick auf Clayton, um ihm zu verstehen zu geben, dass sie den Urheber dieser Verdächtigung kannte.

Das scheint auch sehr wahrscheinlich, sagte Professor Porter.

Ich bin nicht Ihrer Ansicht, wandte Mr. Philander ein. Er hätte reichlich Gelegenheit gehabt, uns zu schaden. Stattdessen hat er sich während unseres Aufenthalts stets als Beschützer und Fürsorger erwiesen.

Das ist wahr, fiel Clayton ein, aber dabei dürfen wir die Tatsache nicht übersehen, dass außer ihm selbst innerhalb Hunderten von Meilen keine anderen menschlichen Wesen vorkommen als wilde Menschenfresser. Er war genauso bewaffnet wie sie, was beweist, dass er irgendwelche Verbindungen zu ihnen hatte. Und da er nur einer gegen vielleicht Tausende ist, können diese Beziehungen wohl kaum anders als freundschaftlicher Natur sein.

Es ist allerdings unwahrscheinlich, dass er nicht in Beziehungen zu ihnen steht, bemerkte der Kapitän. Vielleicht ist er ein Mitglied dieses Stammes.

Oder, fügte ein anderer Offizier hinzu, vielleicht hat er aus irgendeinem Grund lange Zeit unter den wilden Tieren und Menschen des Dschungels gelebt, dass er sich eine so hervorragende Kenntnis der Jagd und des Gebrauchs der afrikanischen Waffen angeeignet hat.

Sie beurteilen ihn nur von Ihrem eigenen Standpunkt aus, meine Herren, sagte Jane Porter. Ein gewöhnlicher weißer Mensch wie einer von Ihnen – Verzeihung, das wollte ich so nicht sagen – könnte niemals auch nur ein Jahr allein in diesem Dschungel leben. Aber er übertrifft nicht nur einen erwachsenen Weißen an Stärke und Gewandtheit, sondern er überragt auch unsere trainiertesten Athleten und starken Männer so, wie diese ein kleines Kind übertreffen, und im Kampf hat er den Mut und die Kraft wilder Tiere.

Er hat jedenfalls einen getreuen Verfechter in Ihnen gefunden, Miss Porter, sagte Kapitän Dufranne lächelnd. Ich bin sicher, dass unter uns niemand ist, der nicht bereit wäre, dem Tode hundertmal gegenüber zu treten, wenn er wüsste, dass er eine nur halb so treue und schöne Verfechterin finden würde.

Sie würden sich nicht wundern, dass ich ihn verteidige, sagte das Mädchen, wenn Sie ihn, so wie ich, gesehen hätten. Wie er meinetwegen mit riesigen Tieren gekämpft hat. Hätten Sie sehen können, wie er das Ungeheuer angriff, wie ein Stier einen Bären angreifen würde, ohne ein Zeichen der Furcht oder des Zauderns, dann hätten auch Sie ihn für mehr als menschlich gehalten. Hätten Sie sehen können, wie sich diese gewaltigen Muskeln unter der braunen Haut bewegten, hätten Sie gesehen, wie er die schrecklichen Zähne der Bestie zurückdrängte, dann würden auch Sie ihn für unüberwindlich halten. Und hätten Sie gesehen, welche ritterliche Behandlung er einem fremden Mädchen erwies, würden Sie sicher dasselbe bedingungslose Vertrauen zu ihm haben, wie ich.

Sie haben Ihren Prozess gewonnen, meine schöne Verteidigerin! rief der Kapitän. Der Gerichtshof befindet den Angeklagten für nicht schuldig, und der Kreuzer wird noch einige Tage länger bleiben.

Ums Himmelswillen! rief Esmeralda. Sie wollen damit sagen, dass Sie hier in diesem Land von menschenfressenden Tieren bleiben wollen, wo wir doch alle die Gelegenheit haben, auf dem Kreuzer zu entkommen. Man sollte es nicht für möglich halten!

Wie, Esmeralda! Du solltest Dich schämen, sagte Jane Porter. Ist das deine Art, einem Menschen seinen Dank zu zeigen, der dein Leben zweimal gerettet hat?

Gut, Miss Porter, das ist alles schön und recht, aber dieser Waldmensch hat uns nicht gerettet, damit wir hierbleiben sollen. Er hat uns gerettet, damit wir wieder von hier fortgehen können. Ich glaube, er wird furchtbar böse sein, wenn er herausfindet, dass wir nicht so viel Verstand haben, fortzugehen, nachdem er uns die Gelegenheit dazu gegeben hat. Ich hoffe, dass ich nicht noch eine Nacht in diesem zoologischen Garten schlafen und das langweilige Lärmen des Dschungels anhören muss.

Ich kann Sie nicht tadeln, Esmeralda, sagte Clayton. Sie haben ohne Frage recht, wenn Sie den Radau hier als langweilig bezeichnen.

Sie und Esmeralda täten besser daran, auf den Kreuzer zu gehen und dort zu bleiben, erwiderte Jane Porter zornig.

Beruhige Dich, mein Kind, sagte Professor Porter, Kapitän Dufranne hat ja eingewilligt, zu bleiben, und auch ich bin dazu bereit.

Wir können den morgigen Tag benützen, um die Kiste wieder zu holen, Professor, schlug Mr. Philander vor.

Da haben Sie recht, Mr. Philander, rief der Professor, ich hatte den Schatz beinahe vergessen. Vielleicht können wir von Kapitän Dufranne einige Mann bekommen, die uns helfen, und einen der Gefangenen, damit er uns die Stelle zeigt, wo die Kiste vergraben ist.

Gewiss, mein lieber Professor, wir stehen alle zu Ihrer Verfügung, antwortete der Kapitän.

So wurde vereinbart, dass Leutnant Charpentier am nächsten Tag zehn Mann und einen der Meuterer der »Arrow« als Führer abkommandieren würde, um den Schatz auszugraben, und dass der Kreuzer noch eine ganze Woche in der kleinen Bucht bleiben sollte. Nach Ablauf dieser Zeit wäre anzunehmen, dass d'Arnot wirklich tot sei und dass der Waldmensch nicht zurückkehren wolle, solange sie noch da wären. Dann sollten die beiden Schiffe mit der ganzen Gesellschaft abfahren.

Am nächsten Tag ging Professor Porter nicht mit den Schatzgräbern mit, aber als er sie gegen Mittag mit leeren Händen zurückkehren sah, eilte er ihnen entgegen. Seine übliche Zerstreutheit war völlig verschwunden und hatte einer nervösen Unruhe Platz gemacht.

Wo ist der Schatz? rief er Clayton zu, als er noch hundert Schritte von ihm entfernt war.

Clayton schüttelte den Kopf, und als er näherkam, sagte er einfach:

Verschwunden!

Verschwunden? Das kann doch nicht sein! Wer könnte ihn weggenommen haben? rief der Professor.

Das weiß nur der liebe Gott, Professor, antwortete Clayton. Wir dachten zuerst, der Matrose, der uns führte, hätte uns belogen, aber seine Überraschung und Bestürzung, als die Kiste nicht unter der Leiche des ermordeten Snipes auftauchte, waren zu echt, als dass sie hätten vorgetäuscht sein können. Als wir unter der Leiche weitergruben, sahen wir, dass dort tatsächlich etwas vergraben gewesen war, dass aber das Loch mit loser Erde wieder aufgefüllt worden war.

Aber wer kann das gewesen sein? fragte der Professor.

Der Verdacht muss natürlich auf die Mannschaft des Kreuzers fallen, sagte Leutnant Charpentier. Aber Unterleutnant Janviers hat mir versichert, dass, seitdem wir hier ankern, kein Mann an Land gegangen ist, außer unter dem Befehl eines Offiziers. Ich bin sehr froh, dass kein Verdacht auf unsere Männer fallen kann.

Es liegt mir fern, einen der Leute zu verdächtigen, denen wir so vieles verdanken, sagte der Professor, ich könnte genauso gut meinen lieben Clayton hier oder Mr. Philander verdächtigen.

Der Offizier und die anwesenden Matrosen lächelten. Man konnte sehen, dass eine Last von ihnen genommen war.

Der Schatz ist schon vor längerer Zeit gestohlen worden, fuhr Clayton fort. Als wir die Leiche aufhoben, fiel sie auseinander. Das beweist, dass die Kiste fortgenommen wurde, als die Leiche noch nicht lange tot war, denn diese lag noch unversehrt da, als wir sie freilegten.

Es müssen auf jeden Fall mehrere daran beteiligt gewesen sein, meinte Jane Porter, die hinzugekommen war. Sie erinnern sich, dass vier Mann nötig waren, um die Kiste zu tragen.

Das ist richtig, sagte Clayton, es war offensichtlich eine ganze Anzahl Schwarzer. Wahrscheinlich hatte einer von ihnen gesehen, wie die Kiste vergraben wurde, und ist dann mit seinen Kameraden hergekommen, um sie fortzuschleppen.

Es ist leicht, Mutmaßungen anzustellen, sagte der Professor traurig. Die Kiste ist verloren. Wir werden sie nie wiedersehen.

Nur Jane Porter wusste, was der Verlust für ihren Vater zu bedeuten hatte, aber niemand wusste, was er für sie selbst bedeuten sollte.

Sechs Tage später kündigte Kapitän Dufranne an, dass sie am nächsten Morgen in der Früh abfahren würden.

Jane Porter hätte um ein weiteres Hinausschieben der Abfahrt gebeten, wenn sie nicht selbst angefangen hätte, zu glauben, der Waldmensch werde nicht zurückkehren.

Gegen ihren Willen regten sich in ihr Zweifel und Befürchtungen. Die Gründe, die die unbeteiligten französischen Offiziere anführten, fingen an, sie zu überzeugen.

Dass der Waldmensch ein Menschenfresser sei, wollte sie nicht glauben, aber dass er ein aufgenommenes Mitglied eines wilden Stammes sein könnte, erschien ihr schließlich möglich.

Sie wollte nicht an seinen Tod glauben. Es schien ihr unmöglich, anzunehmen, dass ein so vollkommener Körper, der von einem so starken Leben erfüllt war, gestorben sein sollte.

Nachdem Jane Porter diese Gedanken zugelassen hatte, stiegen noch andere, ebenso unwillkommene, in ihr auf.

Wenn er zu irgendeinem wilden Stamm gehörte, dann hatte er vielleicht eine wilde Frau, oder vielleicht sogar ein Dutzend – und vielleicht wilde Kinder.

Bei diesem Gedanken schauderte sie, und als man ihr sagte, der Kreuzer werde am nächsten Tag abfahren, war sie damit einverstanden.

Sie war es aber, die den Vorschlag machte, Waffen, Munition und allerlei Gebrauchsgegenstände in der Hütte zurück zu lassen, und zwar für die unsichtbare Persönlichkeit, die sich Tarzan nannte, und für d'Arnot, falls er noch am Leben sein sollte, in Wirklichkeit aber, wie sie hoffte, für ihren Waldmenschen.

Zuletzt ließ sie ihm die Botschaft zurück, die ihm durch Tarzan übermittelt werden sollte.

Jane Porter war die letzte, die die Hütte verließ. Als die anderen schon unterwegs zum Schiff waren, kehrte sie unter einem Vorwand nochmal zurück.

Vor dem Bett, in dem sie so manche Nacht gelegen hatte, kniete sie nieder, und betete für das Wohlergehen ihres Urwaldmenschen, und während sie sein Medaillon an die Lippen führte, murmelte sie:

Ich liebe dich, und weil ich dich liebe, glaube ich an dich. Aber auch wenn ich nicht an dich glaubte, würde ich dich doch lieben. Mag Gott meiner Seele gnädig sein! Wärest du zu mir zurückgekommen, wäre ich, wenn kein anderer Weg übriggeblieben wäre, mit dir für immer in den Dschungel gegangen.

Der Vorposten der Kultur

Sofort nach dem Schuss sah d'Arnot die Tür auffliegen und einen Mann in seiner ganzen Länge auf den Boden stürzen.

In Panik wollte er nochmals schießen, da sah er im Halbdunkel, dass dieser Mann ein Weißer war – und er erkannte, dass er seinen Freund und Beschützer Tarzan angeschossen hatte!

Mit einem Schrei des Schreckens sprang d'Arnot auf ihn zu kniete vor ihm hin, seinen Kopf in die Arme und rief laut »Tarzan!«.

Er erhielt keine Antwort. Er drückte sein Ohr auf die Brust des Mannes und zu seiner Freude hörte er, dass das Herz noch schlug.

Vorsichtig legte er Tarzan auf das Feldbett und nachdem er die Tür verschlossen und verriegelt hatte, zündete er eine Lampe an und untersuchte die Wunde.

Die Kugel hatte den Kopf getroffen, aber nur eine Fleischwunde verursacht, ohne den Schädel zu verletzen.

D'Arnot atmete erleichtert auf und wusch das Blut von Tarzans Kopf ab.

Das kühle Wasser brachte Tarzan wieder zu Bewusstsein. Jetzt öffnete er die Augen und schaute d'Arnot erstaunt an.

Dieser hatte die Wunde mit Leinwand verbunden, und als er sah, dass Tarzan wieder bei Bewusstsein war, stand er auf und ging zum Tisch. Er schrieb Tarzan, dass er einen furchtbaren Fehler begangen hatte und dass er glücklich sei, dass die Wunde nicht gefährlich aussehe.

Als Tarzan die Mitteilung gelesen hatte, setzte er sich auf den Rand des Bettes und lachte.

Es ist nichts, sagte er auf Französisch, und da ihm die weiteren Worte fehlten, schrieb er:

Wenn Sie gesehen hätten, wie Bolgani, Kerschak und Terkop mich zugerichtet haben, würden Sie über einen so kleinen Kratzer lachen.

D'Arnot übergab Tarzan die zwei für ihn zurückgelassenen Briefe.

Tarzan las den einen mit traurigem Blick. Den zweiten drehte er hin und her. Er wusste nicht, wie er ihn öffnen sollte, denn er hatte nie einen versiegelten Brief in Händen gehalten.

Er übergab ihn d'Arnot. Diesem erschien es sehr sonderbar, dass ein erwachsener Weißer nicht einmal das Geheimnis eines Briefumschlags kannte. Er öffnete ihn und gab Tarzan den Brief.

Auf einem Feldstuhl sitzend breitete der Affenmensch das Blatt vor sich aus und las:

An Tarzan!

Bevor ich gehe, will ich meinen Dank dem Mr. Claytons hinzufügen für die Güte, die Sie gehabt haben, uns die Benützung Ihrer Hütte zu gestatten.

Wir haben es sehr bedauert, dass Sie nie gekommen sind, um mit uns Freundschaft zu schließen. Wir hätten unseren Gastgeber so gerne gesehen und ihm persönlich gedankt.

Auch noch einem anderen möchte ich danken, aber er kam nicht wieder, obwohl ich nicht glauben kann, dass er tot ist.

Ich kenne seinen Namen nicht. Er ist der große weiße Riese, der ein Diamanten-Medaillon auf der Brust trug.

Wenn Sie ihn kennen und mit ihm sprechen können, danken Sie ihm in meinem Namen und sagen Sie ihm, dass ich sieben Tage lang auf seine Rückkehr wartete.

Sagen Sie ihm auch, dass er in meinem Heim in Amerika, in der Stadt Baltimore, immer willkommen sein wird, wenn er dorthin kommen will.

Ich fand einen Zettel von Ihnen, der unter den Blättern bei der Hütte lag. Ich weiß nicht, wie Sie dazu gekommen sind, mich zu lieben, da Sie nie mit mir gesprochen haben, und es betrübt mich, wenn das, was Sie sagen, wahr ist, denn ich habe mein Herz schon einem anderen geschenkt.

Ich bin aber immer Ihre Freundin,
Jane Porter

Tarzan saß fast eine Stunde lang da, den Blick auf den Boden gerichtet. Es war ihm klar, dass die Schreiberin nicht wusste, dass er und Tarzan ein und dieselbe Person ist.

Ich habe mein Herz schon einem anderen geschenkt, wiederholte er immer und immer wieder.

Dann liebte sie ihn also nicht! Wie konnte sie nur vorgeben, ihn zu lieben, so große Hoffnungen in ihm zu wecken, um ihn dann in einen solchen Abgrund der Verzweiflung zu stürzen?

Vielleicht waren ihre Küsse nur ein Ausdruck der Freundschaft? Wie sollte er das wissen, da er ja nichts von den Gebräuchen der Menschen kannte?

Plötzlich stand er auf, und während er d'Arnot gute Nacht wünschte, wie er es gelernt hatte, legte er sich auf das Lager von Farnen, das Jane Porter als Bett gedient hatte. D'Arnot löschte die Lampe und legte sich auf das Feldbett.

~~~

Eine Woche lang ruhten sie sich aus, während d'Arnot Tarzan im Französischen unterrichtete. Zuletzt konnten sie sich schon ziemlich gut unterhalten.

Eines Abends, als sie in der Hütte saßen, bevor sie zu Bett gingen, wandte Tarzan sich an d'Arnot mit der Frage:

Wo ist Amerika?

D'Arnot zeigte mit dem Finger nach Nordwesten.

Viele tausend Meilen über dem Ozean, sagte er. Weshalb?

Ich will dorthin gehen.

D'Arnot schüttelte den Kopf.

Das ist unmöglich, mein Freund! sagte er.

Tarzan erhob sich und holte von einem Bücherbrett einen stark abgegriffenen Atlanten.

Während er eine Weltkarte aufschlug, sagte er:

Ich habe alles das nie recht verstehen können; erklären Sie es mir, bitte.

D'Arnot zeigte ihm, dass das Blaue das Wasser auf der Erde darstellte, die andersfarbigen Stücke die Länder und Inseln. Da bat ihn Tarzan, ihm die Stelle zu zeigen, wo sie jetzt wären.

D'Arnot tat es.

Und nun zeigen Sie mir Amerika! bat Tarzan.

Als d'Arnot seinen Finger auf Nord-Amerika hielt, lächelte Tarzan, und er legte seine flache Hand auf die Seite, so dass er den ganzen Ozean zwischen den beiden Weltteilen bedeckte. Es ist nicht so sehr weit, sagte er, kaum die Breite meiner Hand.

D'Arnot lachte. Wie konnte er dem Mann das erklären?

Dann nahm er einen Bleistift und zeichnete einen dünnen Punkt auf die Küste von Afrika.

Dieser kleine Punkt, sagte er, ist viel größer auf der Karte als Ihre Hütte es auf der Erde ist. Sehen Sie nun, wie weit es ist?

Tarzan dachte eine ganze Weile darüber nach.

Leben weiße Männer in Afrika? fragte er.

Jawohl.

Welches sind die nächsten?

D'Arnot zeigte eine Stelle an der Küste, nördlich von ihnen.

So nah? fragte Tarzan erstaunt.

Ja, sagte d'Arnot, aber es ist nicht nah!

Haben sie große Boote, um über den Ozean zu fahren?

Ja.

Dann gehen wir morgen zu ihnen.

Wieder lächelte d'Arnot und schüttelte den Kopf.

Es ist zu weit. Wir würden umkommen, lange bevor wir dort ankämen.

Wollen Sie denn immer hierbleiben? fragte Tarzan.

Nein.

Dann wollen wir morgen zusammen fortgehen. Ich will nicht länger hierbleiben. Ich möchte lieber sterben als hierbleiben.

Gut, antwortete d'Arnot, ich weiß nicht, was Sie bewegt, mein Freund, aber auch ich möchte lieber sterben als hierbleiben. Wenn Sie gehen, gehe ich mit Ihnen.

Abgemacht! sagte Tarzan. Morgen gehe ich nach Amerika.

Wie wollen Sie ohne Geld nach Amerika gehen? fragte d'Arnot.

Was ist Geld? fragte Tarzan.

Es dauerte lange, bis d'Arnot ihm das, wenn auch unvollkommen, klargemacht hatte.

Wie erhalten die Menschen Geld? fragte er zuletzt.

Sie arbeiten dafür.

Schön, dann will ich auch dafür arbeiten.

Nein, mein Freund, erwiderte d'Arnot. Um Geld brauchen Sie sich nicht zu sorgen. Ich habe genug davon für zwei, auch für zwanzig. Sie werden alles Nötige erhalten, wenn wir die zivilisierte Welt wieder erreichen.

Am folgenden Tag zogen also beide nordwärts. Jeder von ihnen hatte ein Gewehr mit Munition, Bettzeug, Nahrungsmittel und Kochgeschirr dabei.

Letzteres erschien Tarzan als eine unnötige Last, und er warf das seinige weg.

Aber mein Freund, ermahnte ihn d'Arnot, Sie müssen lernen, gekochte Speisen zu essen. Kein zivilisierter Mensch isst rohes Fleisch.

Es ist noch Zeit genug dazu, wenn wir zu den Menschen kommen, sagte Tarzan. Ich kann dieses Gerät nicht leiden. Es verdirbt nur den Geschmack des guten Essens.

Einen Monat lang wanderten sie nordwärts. Manchmal fanden sie Nahrung in Fülle und andere Male litten sie tagelang Hunger.

Sie sahen keine Spuren von Eingeborenen und wurden auch nicht von wilden Tieren angegriffen.

Tarzan stellte viele Fragen und lernte schnell. D'Arnot unterrichtete ihn in Feinheiten der Kultur, z. B. im Gebrauch von Messer und Gabel, aber Tarzan legte sie oft ärgerlich beiseite und meinte, das seien doch überflüssige Dinge; dann ergriff er das Essen mit seiner braunen Hand und führte es zwischen seine kräftigen Zähne. D'Arnot schalt ihn:

Sie dürfen nicht essen wie ein wildes Tier, Tarzan, denn ich versuche einen Gentleman aus Ihnen zu machen. Mein Gott, ein gebildeter Mensch benimmt sich nicht so – es ist schrecklich!

Tarzan lachte verlegen und nahm Messer und Gabel wieder zur Hand, obwohl er sie im Grunde genommen hasste.

Einmal erzählte er d'Arnot unterwegs von der großen Kiste, die die Matrosen vergraben hatten und die er dann wegnahm, um sie auf dem Sammelplatz der Affen zu verstecken.

Es muss der Schatz von Professor Porter sein, sagte d'Arnot. Das wird ihn in eine böse Verlegenheit gebracht haben; es ist zu dumm, aber Sie konnten es ja nicht wissen.

Da erinnerte sich Tarzan an den Brief, den Jane Porter ihrer Freundin geschrieben hatte, und nun wusste er, was in der Kiste war und was Jane Porter gemeint hatte.

Morgen kehren wir zurück und holen sie, verkündete er d'Arnot.

Zurückkehren? sagte d'Arnot. Aber, lieber Freund, wir sind jetzt drei Wochen unterwegs, und für die Rückkehr brauchen wir doch auch drei Wochen. Und wenn wir die schwere Kiste mitnehmen sollen, die von vier Matrosen getragen wurde, würden wir Monate brauchen, um wieder bis hierher zu kommen.

Es muss aber sein, mein Freund, erklärte Tarzan. Gehen Sie weiter, und ich hole den Schatz. Ich kann alleine schneller laufen.

Ich habe einen besseren Plan, Tarzan, sagte d'Arnot. Wir gehen weiter bis zu der nächsten Niederlassung. Dort mieten wir ein Boot und segeln an der Küste zurück; dann können wir den Schatz leicht transportieren. Das ist einfacher, schneller und sicherer und auf diese Weise brauchen wir uns nicht zu trennen. Was halten Sie von dem Plan?

Er ist gut, meinte Tarzan. Der Schatz läuft nicht weg. Ich könnte ihn ja holen gehen und wäre in ein oder zwei Monaten wieder bei Ihnen, aber es ist mir doch lieber, wenn Sie nicht allein zu gehen brauchen. Wenn ich sehe, wie hilflos Sie sind, d'Arnot, wundere ich mich oft, dass das Menschengeschlecht in all den Zeitaltern, von denen Sie mir erzählten, nicht schon ausgestorben ist. Sabor allein kann tausende von euch vernichten.

D'Arnot lachte und sagte:

Sie werden besser von den Menschen denken, wenn Sie einmal seine Armeen und Schiffe, seine großen Städte und seine mächtigen Industriezentren gesehen haben. Dann werden Sie einsehen, dass es der Verstand und nicht die Muskelkraft ist, die den Menschen auch über das mächtigste Dschungeltier erhebt. Allein und unbewaffnet vermag ein einzelner Mensch den Kampf mit großen Tieren nicht aufzunehmen, aber wenn zehn Mann zusammen sind, können sie ihr Wissen und ihre Kraft vereinigen, um sich gegen die wilden Tiere zu wehren, während die Tiere keinen Verstand haben und deshalb nicht imstande sind, ihre Anstrengungen zu vereinigen. Wenn Sie keinen Verstand hätten, Tarzan, wie lange hätten Sie dann in der Wildnis überlebt?

Sie haben recht, d'Arnot, erwiderte Tarzan. Wäre Kerschak bei dem Dum-Dum in jener Nacht Tublat zu Hilfe gekommen, wäre es mit mir zu Ende gewesen, aber Kerschak konnte nicht so weit denken. Sogar Kala, meine Mutter, konnte nichts im Voraus planen. Sie aß, wenn sie Hunger hatte, und gab es auch manchmal nicht viel, dachte sie doch nicht daran, sich einen Vorrat anzulegen, solange sie reichlich Nahrung fand. Ich erinnere mich noch, dass sie es immer für überflüssig hielt, dass ich auf einem Marsch etwas zu essen mitnahm, und doch war sie froh, mit mir essen zu können, wenn sie selbst nichts fand.

Dann haben Sie also Ihre Mutter gekannt, Tarzan? fragte d'Arnot erstaunt.

Ja, sie war ein großer, schöner Affe, stärker als ich und zweimal so schwer.

Und Ihr Vater? fragte d'Arnot.

Ich habe ihn nicht gekannt. Kala erzählte mir, er sei ein weißer Affe gewesen und unbehaart wie ich selbst. Ich weiß jetzt, dass er ein weißer Mann gewesen sein muss.

D'Arnot schaute lang und ernsthaft auf seinen Begleiter.

Tarzan, sagte er zuletzt, es ist unmöglich, dass Kala Ihre Mutter gewesen ist. Wenn das möglich wäre – was ich aber bezweifle – hätten Sie einige Eigenschaften der Affen geerbt. Das ist aber nicht der Fall. Sie sind ein richtiger Mensch und ich glaube sogar, der Sprössling hochgeborener und intelligenter Eltern. Haben Sie keine Anhaltspunkte für Ihre Vergangenheit?

Nicht die geringsten.

Haben Sie in der Hütte keine Schriftstücke gefunden, aus denen Sie etwas über das Leben ihrer ursprünglichen Bewohner hätten ersehen können?

Ich habe alles gelesen, was in der Hütte war, mit Ausnahme eines Buches, das, wie ich jetzt weiß, in einer anderen Sprache als der englischen geschrieben ist. Vielleicht können Sie es lesen.

Tarzan holte das kleine schwarze Buch aus dem Köcher und reichte es seinem Begleiter.

D'Arnot las die Titelseite und sagte:

Es ist das Tagebuch von John Clayton, Lord Greystoke, eines englischen Adeligen, und es ist französisch geschrieben.

Dann fing er an, das Tagebuch zu lesen, das mehr als zwanzig Jahre zuvor geschrieben worden war und das die Geschichte von den unglücklichen Erlebnissen John Claytons und seiner Frau Alice enthielt, von ihrer Abreise aus England bis eine Stunde bevor er von Kerschak getötet wurde.

D'Arnot las laut. Zuweilen stockte er, weil die Aufzeichnungen allzu traurig und hoffnungslos waren.

Gelegentlich warf er einen Blick auf Tarzan, aber er hockte da wie eine geschnitztes Statue und schaute auf den Boden.

Nur bei der Erwähnung des kleinen Kindes veränderte sich der Ton des Tagebuches, der dann nicht mehr so hoffnungslos klang.

Eine Stelle ließ sogar etwas Zuversicht erkennen:

Heute ist unser Junge sechs Monate alt. Er sitzt auf Alices Schoß neben dem Tisch, auf dem ich schreibe – ein glückliches, gesundes, prächtiges Kind.

Ich sehe ihn schon – aller Wahrscheinlichkeit zum Trotz – als erwachsenen Mann, der seines Vaters Stelle in der Welt einnimmt, und als zweiter John Clayton dem Haus Greystoke neue Ehren einbringen wird.

Und als wollte er meine Ahnung bestätigen, hat er meine Feder in sein rundliches Fäustchen genommen und mit seinen tintenbekleksten Fingern Abdrücke auf diesem Blatt hinterlassen.

Da waren in der Tat am Rand des Blattes verblasste Abdrücke von vier kleinen Fingern und von einem halben Daumen zu sehen.

Als d'Arnot mit dem Lesen des Tagebuches fertig war, saßen die beiden Männer einige Minuten schweigend da.

Nun, Tarzan, was meinen Sie? fragte d'Arnot. Klärt dieses Tagebuch nicht das Geheimnis Ihrer Verwandtschaft auf? Sehen Sie, Sie sind Lord Greystoke!

Tarzan schüttelte den Kopf.

In dem Buch, erwiderte er, ist nur von einem Kind die Rede. Sein kleines Skelett lag in der Wiege, wo es vor Hunger gestorben ist. Seitdem ich es dort fand, blieb es liegen, bis Professor Porters Gesellschaft es mit dessen Vater und Mutter neben der Hütte begrub. Das war das Kind, von dem das Buch spricht, und das Geheimnis meines Ursprungs ist dunkler als zuvor, obwohl auch ich oft an die Möglichkeit gedacht habe, dass ich in der Hütte geboren sein könnte. Ich fürchte, dass

Kala die Wahrheit gesagt hat, fügte er zum Schluss traurig hinzu.

Diesmal schüttelte d'Arnot den Kopf. Er war überzeugt, dass er den Schlüssel des Geheimnisses entdeckt hatte, und hatte die Absicht, die Richtigkeit seiner Annahme zu beweisen.

Eine Woche später kamen die beiden Männer plötzlich zu einer Waldlichtung.

In einiger Entfernung sahen sie mehrere Gebäude, die von Feldern umgeben waren, auf denen Schwarze arbeiteten. Ringsum war ein starker Zaun gezogen.

Die beiden hielten am Rand des Dschungels.

Tarzan spannte seinen Bogen mit einem vergifteten Pfeil, aber d'Arnot hielt die Waffe fest.

Was tun Sie da? fragte er.

Sie werden versuchen, uns zu töten, wenn sie uns sehen, erwiderte Tarzan. Da will ich lieber sie töten.

Sie können uns ja auch freundlich gesinnt sein, meinte d'Arnot.

Es sind Schwarze, war Tarzans Antwort.

Und wieder spannte er den Bogen.

Das dürfen Sie nicht, Tarzan! rief d'Arnot. Weiße Männer töten niemand leichtfertigerweise. Mein Gott, wieviel müssen Sie noch lernen! Wenn ich Sie mit nach Paris nehme, werde ich alle Hände voll zu tun haben, um Sie vor der Guillotine zu bewahren!

Tarzan ließ seinen Bogen sinken und lachte.

Ich verstehe nicht, weshalb ich die Schwarzen dort in meinem Dschungel töten darf, aber hier nicht. Nehmen Sie an, Numa, der Löwe, würde auf uns zuspringen, soll ich dann zu ihm sagen: Guten Morgen, Herr Numa, wie geht es Ihrer Frau?

Wenn Schwarze Sie angreifen, dann mögen Sie sie töten, erwiderte d'Arnot. Aber Sie dürfen einen Menschen nicht für einen Feind halten, ehe er es Ihnen nicht bewiesen hat.

Kommen Sie, sagte Tarzan, gehen wir hin, damit man uns tötet. Und er ging gerade über das Feld, den Kopf hoch erhoben, während die tropische Sonne ihm auf die dunkle Haut schien.

Hinter ihm ging d'Arnot, der die Kleidungsstücke trug, die Clayton abgelegt hatte, als die Offiziere des französischen Kreuzers ihn besser ausstaffierten.

Da schaute einer der Schwarzen auf, und beim Anblick Tarzans schrie er auf, drehte sich um und lief zum Zaun.

Im Nu war die Luft erfüllt von dem Geschrei der entsetzten Schwarzen, die alle davonliefen. Aber noch ehe einer von ihnen bis an den Zaun gelangt war, tauchte ein weißer Mann mit dem Gewehr in der Hand auf, um die Ursache der Aufregung heraus zu finden.

Als er die Fremden sah, legte er das Gewehr an und auch Tarzan wollte seine Waffe zur Hand nehmen, als d'Arnot laut rief:

Nicht schießen! Wir sind Freunde!

Dann bleiben Sie stehen! war die Antwort.

Halt Tarzan! rief d'Arnot. Er glaubt, wir seien Feinde.

Tarzan schlug nun einen langsameren Gang an, und beide schritten auf das Tor zu, wo der weiße Mann stand.

Dieser sah sie sehr erstaunt an.

Woher kommen Sie?

Wir hatten uns lange in den Wäldern verirrt.

Der Mann hatte sein Gewehr gesenkt, und nun kam er ihnen mit ausgestreckter Hand entgegen.

Ich bin Vater Constantin von der französischen Mission hier, sagte er, und es freut mich, Sie willkommen heißen zu können.

Dies ist Herr Tarzan, Vater Constantin, sagte d'Arnot, wobei er auf den Affenmenschen zeigte, und als der Geistliche Tarzan die Hand entgegenstreckte, fügte d'Arnot hinzu: Und ich bin Paul d'Arnot von der französischen Marine.

Vater Constantin ergriff die Hand Tarzans und betrachtete seine prächtige Gestalt.

So kam Tarzan zum ersten Vorposten der Zivilisation.

Eine Woche blieben beide dort, und der Affenmensch, der ein guter Beobachter war, lernte vieles von den Gebräuchen der Menschen.

Schwarze Frauen machten ihm und d'Arnot Kleidungsstücke zurecht, damit sie ihre Reise in ordentlichen Anzügen fortsetzen konnten.

Auf der Höhe der Zivilisation

Einen Monat lang wanderten Tarzan und d'Arnot weiter, da kamen sie zu einer Häusergruppe an der Mündung eines breiten Flusses.

Beim Anblick der vielen Menschen wurde Tarzan wieder von seiner Schüchternheit befallen, aber allmählich gewöhnte er sich an die fremdartigen Gebräuche und die merkwürdigen Gewohnheiten der Menschen, so dass niemand mehr gedacht hätte, dass sich dieser stattliche, französisch sprechende Mann in tadellosem weißem Anzug noch vor zwei Monaten nackt durch die Bäume des Urwaldes geschwungen hatte.

Messer und Gabel, die Tarzan einen Monat vorher so verächtlich beiseite geworfen hatte, wusste er jetzt so gut zu handhaben wie der weltmännische d'Arnot.

Er war ein so begabter Schüler, dass der Franzose eifrig daran arbeitete, aus Tarzan einen gesitteten Gentleman zu machen.

Sobald sie den kleinen Hafen erreicht hatten, teilte d'Arnot seinem Kommando telegrafisch seine Errettung mit und bat um einen Urlaub von drei Monaten, der ihm auch bewilligt wurde. Er hatte auch sein Bankhaus kontaktiert, um Geld zu erhalten.

Nun aber wurden sie gezwungen zu warten, weil sie einen Monat lang kein Boot fanden, das sie hätten mieten können, um zu Tarzans Dschungel zurück zu fahren. Beide waren sehr ungehalten darüber.

Während ihres Aufenthaltes in der Küstenstadt kam Herr Tarzan in den Ruf eines Wundermenschen – wegen verschiedener Ereignisse, die ihm selbst unbedeutend vorkamen.

Als ein riesiger Schwarzer betrunken einen Tobsuchtsanfall bekam und randalierend durch die Stadt lief, führte ihn sein Schicksal zu der Veranda des Hotels, auf der Tarzan gerade umherspazierte.

Mit einem Messer herumfuchtelnd, stieg der Schwarze die breite Treppe hinauf und ging schnurstracks auf eine Gesellschaft von vier Herren zu, die an einem Tisch den unvermeidlichen Absinth schlürften.

Die vier liefen schreiend davon, dann erblickte der Schwarze Tarzan.

Brüllend stürzte er sich auf ihn, während ein halbes Hundert Augen hinter geschützten Fenstern zuschauten, wie der französische Gentleman wohl von dem Schwarzen abgeschlachtet werden würde.

Tarzan erwartete den Angriff mit einem Lächeln auf seinen Lippen.

Kaum war der Schwarze an ihn herangekommen, als Tarzan das Gelenk der mit dem Messer erhobenen Hand erfasst hatte und umklammerte: eine einzige schnelle Drehung, und die Hand hing an dem gebrochenen Knochen herab.

Der Schmerz und der Schreck hatten den Schwarzen mit einem Mal nüchtern gemacht, und schreiend rannte er auf das Eingeborenen-Viertel zu, während Tarzan sich auf einen Stuhl setzte, als ob nichts geschehen wäre.

Ein anderes Mal, als Tarzan und d'Arnot mit einer Anzahl anderer Weißen bei Tisch saßen, kam das Gespräch auf Löwen und die Löwenjagd.

Die Meinungen über die Tapferkeit des Königs der Tiere waren geteilt, manche behaupteten, er sei ein ausgemachter Feigling. Aber darin waren sich doch alle einig: ihr Gefühl der Sicherheit erhöhte sich deutlich, wenn sie nachts ihr Gewehr zur Hand hatten, wenn ein Löwe um ihr Lager schlich.

D'Arnot und Tarzan waren übereingekommen, seine Vergangenheit geheim zu halten, und so wusste außer dem französischen Offizier niemand, dass Tarzan mit den Dschungeltieren so gut vertraut war.

Herr Tarzan hat seine Ansicht noch nicht geäußert, sagte einer von der Gesellschaft. Ein so heldenhafter, mutiger Mann, der – wenn ich richtig informiert bin – schon einige Zeit in Afrika lebt, muss doch auch Erfahrungen mit Löwen gemacht haben.

Oh ja, erwiderte Tarzan trocken. Ich weiß, dass sich jeder von Ihnen ein Urteil über die Eigenschaften der Löwen gemacht hat, denen er begegnet ist. Aber man kann ebenso gut alle Schwarzen nach dem Kerl beurteilen, der vorige Woche wie ein Verrückter herumlief, oder behaupten, alle Weißen seien Feiglinge, weil einer einem weißen Feigling begegnet ist. Es gibt ebenso Unterschiede unter den Tieren wie unter den Menschen. Heute können wir draußen über einen Löwen stolpern, der überaus scheu ist und vor uns Reißaus nimmt. Morgen begegnen wir seinem Onkel oder seinem Zwillingsbruder, und dann wundern sich unsere Freunde, dass wir nicht aus dem Dschungel zurückkehren. Ich für meinen Teil gehe immer davon aus, dass ein Löwe ein wildes Tier ist, und ich bin immer auf der Hut.

Es kann kein großes Vergnügen sein, wenn ein Jäger Furcht vor dem Tier hat.

D'Arnot lächelte. Tarzan sollte sich fürchten!

Ich weiß nicht, was Sie unter Furcht verstehen, sagte Tarzan. Ähnlich wie bei den Löwen ist auch bei den Menschen die Furcht verschieden, aber für mich besteht das einzige Vergnügen an der Jagd darin, dass ich weiß: das Tier, das ich erlegen will, kann mir ebenso viel antun, wie ich ihm. Wenn ich mit zwei Gewehren, einem Gewehrträger und zwanzig oder dreißig Treibern auf die Löwenjagd gehen würde, wüsste ich, dass der Löwe kaum überleben würde, aber dann hätte ich kein Vergnügen an der Jagd.

Ich nehme an, dass Herr Tarzan am liebsten nackt, nur mit einem Messer bewaffnet, in den Dschungel geht, um den König der Tiere zu töten, sagte der andere, lachend, aber mit einem leichten Anflug von Spott.

Und mit einem Seil, fügte Tarzan hinzu.

Im selben Augenblick erscholl aus dem entfernten Dschungel das Brüllen eines Löwen, als ob er jeden herausfordern wollte, der es wagte, den Kampf mit ihm aufzunehmen.

Da ist schon eine Gelegenheit für Sie, Herr Tarzan! neckte der Franzose.

Ich bin nicht hungrig, sagte Tarzan.

Die Männer lachten – außer d'Arnot.

Aber Sie fürchten sich genauso wie jeder von uns, nackt hinaus zu gehen, nur mit einem Messer und einem Seil bewaffnet. Ist es nicht so?

Nein, erwiderte Tarzan. Aber nur ein Narr handelt ohne Grund.

Fünftausend Franc sind ein Grund. Ich wette um diese Summe, dass Sie keinen Löwen unter den genannten Bedingungen – nackt und nur mit einem Messer und einem Seil bewaffnet – aus dem Dschungel bringen werden.

Tarzan sah zu d'Arnot hinüber und nickte mit dem Kopf.

Sagen Sie zehntausend, sagte d'Arnot.

Einverstanden! sagte der andere.

Tarzan stand auf.

Ich werde meine Kleider am Rand der Siedlung zurücklassen, damit ich für den Fall, dass ich nicht vor Tagesanbruch zurückkehre, etwas anzuziehen habe, um durch die Straßen zu gehen.

Sie gehen doch nicht jetzt, in der Nacht? sagte der Wettende.

Warum nicht? fragte Tarzan. Numa geht des Nachts umher – da wird er leichter zu finden sein.

Nein, sagte der andere, ich will meine Hände nicht mit Ihrem Blut beflecken. Es ist tollkühn genug, wenn Sie bei Tage gehen.

Ich werde jetzt gehen, erklärte Tarzan und ging auf sein Zimmer, um Messer und Seil zu holen.

Die Männer begleiteten ihn bis zum Rand des Dschungels, wo er sich auszog und seine Kleider in einem kleinen Schuppen zurückließ.

Als er in das dunkle Unterholz eintreten wollte, versuchten sie ihn davon abzuhalten, und der Wettende bat ihn am dringendsten, diesen Wahnsinn zu unterlassen.

Ich erkläre, dass Sie gewonnen haben, sagte er, und die zehntausend Franc sollen Sie erhalten, wenn Sie diesen wahnwitzigen Versuch aufgeben, der nur mit Ihrem Tod enden kann!

Tarzan lachte, und im nächsten Augenblick war er im Dschungel verschwunden.

Die Männer standen einen Augenblick schweigend da und kehrten dann langsam zur Veranda des Hotels zurück.

Kaum war Tarzan im Dschungel, als er schon auf die Bäume hinaufkletterte. Es war ein Gefühl von triumphierender Freiheit, als er sich wieder einmal durch die Äste der Bäume schwingen konnte.

Das war ein Leben! Und wie liebte er es! Kein Vergleich mit der menschlichen Kultur, die doch durch etliche Einschränkungen eingeengt ist. Schon alleine die Kleider sind etwas Lästiges und Überflüssiges.

Endlich war er wieder frei. Jetzt erst merkte er, dass er sich zuletzt wie ein Gefangener gefühlt hatte. Wie leicht wäre es, zur Küste zurück zu kehren und dann weiter nach Süden zu seinem Dschungel und seiner Hütte ...

Er bekam jetzt Witterung von Numa, denn er ging gegen den Wind und sein scharfes Gehör vernahm die vertrauten Laute, die ihm verrieten, dass ein Tier mit weichen Fußballen durch das Unterholz streifte.

Tarzan kam etwas mehr herunter und folgte dem nichtsahnenden Tier bis an eine mondbeschienene Stelle.

Dann warf er die Schlinge herunter, die sich sofort um den gelbbraunen Hals schloss. So wie er es schon hundertmal getan hatte, befestigte er das Ende des Seiles an einem starken Ast. Während das Tier um seine Freiheit kämpfte und sich sträubte, ließ er sich hinter ihm auf die Erde, und auf den großen Rücken springend, stieß er die lange, dünne Klinge seines Messers ein dutzend Mal in das Herz des Tieres.

Dann setzte er den Fuß auf den toten Numa und erhob seine Stimme zu dem schrecklichen Siegesgeschrei seines wilden Stammes.

Einen Augenblick war Tarzan unentschlossen. Er schwankte zwischen den Gefühlen der Treue zu d'Arnot und seinem mächtigen Verlangen nach der Freiheit in seinem Dschungel. Zuletzt aber schwand das schöne Bild seines früheren Lebens wieder, es wich einer anderen Vision: einem schönen Gesicht und der Erinnerung an warme Lippen, die sich auf die seinen gepresst hatten.

Der Affenmensch nahm den noch warmen Körper Numas auf die Schultern und ging damit zurück.

Die Männer saßen schon eine Stunde lang auf der Veranda, fast immer schweigend.

Sie hatten versucht, über verschiedene Themen zu sprechen, aber der Gedanke, der sie alle beherrschte, hatte die Unterhaltung immer wieder ins Stocken gebracht.

Mein Gott, sagte zuletzt der Wettende, ich kann es nicht länger aushalten. Ich gehe mit meinem Gewehr in den Dschungel und bringe den verrückten Menschen zurück.

Ich gehe mit Ihnen, sagte ein anderer.

Ich auch! sagten die übrigen.

Alle eilten zu ihren Zimmern, und gleich darauf waren sie schwer bewaffnet bereit, in den Dschungel aufzubrechen.

Gott! Was war das? rief plötzlich einer von ihnen, ein Engländer, als Tarzans wilder Schrei aus der Ferne an ihr Ohr drang.

Ich hörte früher manchmal dasselbe Gebrüll, sagte ein Belgier. Meine Träger behaupteten, es sei das Geschrei eines großen Affen, der etwas getötet hatte.

D'Arnot erinnerte sich an die Beschreibung, die Clayton ihm von dem furchtbaren Geschrei gegeben hatte, mit dem Tarzan jedes Mal verkündete, dass er etwas erlegt hatte, und trotz seines Schreckens lächelte er bei dem Gedanken, dass dieser unglaubliche Ton aus einer menschlichen Brust, aus der Brust seines Freundes kam.

Als die Gesellschaft am Rand des Dschungels angekommen war, und sich gerade darüber unterhielt, wie sie sich am besten aufteilen könnten, tauchte vor ihnen auf einmal eine riesige Gestalt auf, die einen toten Löwen über ihren breiten Schultern trug.

Sogar d'Arnot war verblüfft, denn es schien ihm unmöglich, dass ein Mensch den schweren Löwen allein durch das Gestrüpp des Dschungels tragen könne.

Die Männer umringten Tarzan und bestürmten ihn mit Fragen, aber er machte gar kein Aufheben um seine Tat und lachte nur darüber.

Ihm kam es vor, als wollte man einen Metzger dafür loben, dass er eine Kuh geschlachtet habe, denn Tarzan hatte so oft teils aus Hunger, teils zur Selbsterhaltung ein Tier getötet, dass das nichts Außergewöhnliches für ihn war. Aber in den Augen dieser Männer war er ein Held.

Nebenbei hatte er auch noch zehntausend Franc gewonnen, denn d'Arnot bestand darauf, dass er sie annehmen sollte.

Das war ein wichtiges Ereignis für Tarzan, denn er hatte schon verstanden, welche Macht von den kleinen Geld- und Papierstücken ausging, die von Hand zu Hand wanderten, sobald jemand irgendetwas brauchte.

D'Arnot hatte ihm zwar gesagt, er brauche sich nicht zu sorgen, denn er habe mehr als genug für beide, aber der Affenmensch hatte schon bald bemerkt, dass jemand verächtlich angesehen wurde, wenn er von einem anderen Geld annahm, ohne ihm einen entsprechenden Dienst zu leisten.

Kurz nach der Episode mit der Löwenjagd gelang es d'Arnot schließlich, ein altes Boot zu mieten, mit dem sie an der Küste entlang zu Tarzans Bucht fahren konnten.

Beide freuten sich, als das kleine Schiff den Anker lichtete und auf das Meer hinausfuhr.

Die Fahrt zur Bucht verlief ohne besondere Zwischenfälle, und noch am selben Vormittag, an dem sie vor der Hütte Anker warfen, ging Tarzan mit einem Spaten zum Amphitheater der Affen, wo er den Schatz vergraben hatte. Spät am nächsten Tag kehrte er mit der schweren Kiste auf der Schulter zurück.

Am anderen Morgen in der Frühe lenkten sie das Schiff wieder aus der Bucht heraus und fuhren nordwärts.

Drei Wochen später waren Tarzan und d'Arnot als Passagiere an Bord eines französischen Dampfers, der nach Le Havre fuhr. Dort hielten sich d'Arnot und Tarzan einige Tage auf und fuhren dann weiter nach Paris.

Der Affenmensch hatte es eilig, nach Amerika zu reisen, aber d'Arnot drängte ihn, er müsse ihn zuerst nach Paris begleiten, er wollte ihm allerdings nicht sagen, weshalb er so sehr darauf bestand.

Nach ihrer Ankunft in Paris galt einer ihrer ersten Besuche einem höheren Polizeibeamten, einem alten Freund d'Arnots.

Geschickt lenkte d'Arnot die Unterhaltung so, dass der Polizeioffizier vom üblichen Verfahren zur Entdeckung und Feststellung von Verbrechern berichtete.

Das interessierte auch Tarzan, vor allem die Rolle, die Fingerabdrücke dabei spielten.

Aber welche Bedeutung haben denn diese Abdrücke, fragte Tarzan, wenn sich die Fingerlinien nach einigen Jahren völlig verändert haben, wenn das Gewebe abgenützt und neue Linien gewachsen sind?

Die Linien ändern sich nie, erwiderte der Beamte. Von der Kindheit bis zum Greisenalter verändern sich die Fingerlinien eines Menschen nur in der Größe! Es sei denn, gewaltsame Verletzungen verändern die Windungen. Wenn man also Abdrücke des Daumens und von vier Fingern beider Hände hat, müsste man sie schon alle verlieren, um die Person nicht mehr identifizieren zu können.

Das ist wunderbar! rief d'Arnot aus. Ich möchte zu gerne sehen, wie meine Fingerabdrücke aussehen.

Nichts leichter als das, antwortete der Polizeibeamte, wobei er durch ein Klingelzeichen einen Assistenten herbeirief, dem er einige Anweisungen erteilte.

Der Mann ging hinaus und kehrte kurz danach mit einem Kästchen aus Hartholz zurück, das er auf den Tisch seines Vorgesetzten stellte.

Jetzt werden Sie Ihre Fingerabdrücke in einer Minute haben, sagte er.

Er nahm aus dem Kästchen ein Stück Glas, eine kleine Tube mit dicker Farbe, einen Gummiroller und einige schneeweiße Karten.

Nachdem er einen Tropfen der Farbe auf das Glas fallen ließ, breitete er ihn mit dem Gummiroller so aus, dass das es mit einer dünnen gleichmäßigen Schicht bedeckt war.

Halten Sie die vier Finger Ihrer rechten Hand auf das Glas, sagte er zu d'Arnot. Und nun den Daumen. So ist's gut. Nun drücken Sie sie genau in derselben Stellung auf diese Karte. So, ein wenig mehr nach rechts. Wir müssen nämlich Raum für den Daumen und die Finger der linken Hand lassen. So ist's gut! Nun ebenso mit der linken Hand.

Kommen Sie, Tarzan, rief d'Arnot, wir wollen auch Ihre Fingerabdrücke sehen!

Tarzan war gerne dazu bereit, und er stellte mancherlei Fragen an den Beamten, während dieser die Vorbereitungen traf.

Zeigen die Finger auch Rassen-Unterschiede? fragte er. Können Sie z. B. aus den Fingerabdrücken allein feststellen, ob der Betreffende ein Schwarzer oder ein Angehöriger der kaukasischen Rasse ist?

Nein, erwiderte der Beamte.

Können die Fingerabdrücke eines Affen von denen eines Menschen unterschieden werden?

Wahrscheinlich, denn die Linien eines Affen werden wohl einfacher sein, als die eines höheren Lebewesens.

Und eine Kreuzung zwischen einem Affen und einem Menschen, zeigt sie die charakteristischen Zeichen beider Eltern?

Ja, ich denke schon, aber die Wissenschaft ist noch nicht weit genug vorangeschritten, um das in einem solchen Fall genau festzustellen. Was aber den Unterschied zwischen den einzelnen Personen betrifft, so besteht dieser in jedem Fall. Wahrscheinlich werden keine zwei Menschen auf der Welt geboren, die genau dieselben Linien an ihren Fingern haben. Es ist sogar zweifelhaft, ob auch nur ein einzelner Finger zu finden ist, der genau dieselben Linien aufweist.

Erfordert das Vergleichen viel Zeit oder Arbeit? fragte d'Arnot.

Meist nur wenige Augenblicke, wenn die Abdrücke scharf sind. D'Arnot zog ein kleines schwarzes Buch aus seiner Tasche und fing an, darin zu blättern.

Tarzan schaute ihn verwundert an. Wie kam d'Arnot zu diesem Buch?

Jetzt hatte d'Arnot die Seite gefunden, auf der fünf kleine Fingerabdrücke waren, und reichte es dem Polizeibeamten.

Sind diese Abdrücke den meinigen oder denen von Herrn Tarzan ähnlich, oder können Sie sagen, dass sie mit irgendwelchen anderen gleich sind?

Der Beamte nahm ein starkes Vergrößerungsglas von seinem Tisch und prüfte alle drei Muster sorgfältig, wobei er Notizen auf ein Blatt Papier machte.

Jetzt erriet Tarzan, weshalb sie zu dem Polizeibeamten gegangen waren.

Tarzan saß mit gespannten Nerven da, auf seinen Stuhl zurückgelehnt, aber plötzlich erhob er sich und sagte lächelnd: Sie vergessen, dass die Leiche dieses Kindes, von dem die Fingerabdrücke stammen, in der Hütte meines Vaters lag und dass ich sie mein Leben lang dort habe liegen sehen.

Der Polizeibeamte schaute verwundert auf.

Fahren Sie fort mit Ihrer Untersuchung, sagte d'Arnot, wir werden Ihnen die Geschichte später erzählen – vorausgesetzt, dass es Herrn Tarzan recht ist.

Tarzan nickte mit dem Kopf.

Aber Sie irren sich, mein lieber d'Arnot. Diese kleinen Finger sind an der Westküste Afrikas begraben.

Ich möchte das nicht behaupten, Tarzan, erwiderte d'Arnot. Es ist ja möglich, aber wenn Sie nicht der Sohn John Claytons sind, wie kamen Sie dann in diesen gottverlassenen Dschungel, in den vor John Clayton nie ein weißer Mann den Fuß gesetzt hat?

Sie vergessen Kala, sagte Tarzan.

Sie kommt für mich nicht in Betracht, erwiderte d'Arnot.

Die beiden Freunde waren während dieser Unterredung an das breite Fenster getreten, das eine Aussicht auf den Boulevard gewährte. Eine Weile standen sie dort und betrachteten das geschäftige Leben, das sich da unten abspielte.

Es erfordert einige Zeit, die Abdrücke zu vergleichen, dachte d'Arnot und schaute zurück auf den Polizeioffizier.

Zu seinem Erstaunen sah er, dass dieser in seinem Stuhl zurückgelehnt saß und hastig den Inhalt des Tagebuches überflog.

D'Arnot hüstelte. Der Polizeibeamte schaute auf, und ein Auge zudrückend machte er mit dem Finger ein Zeichen, er möchte schweigen.

D'Arnot kehrte zurück zum Fenster, bis der Polizeioffizier anfing zu sprechen.

Meine Herren! sagte er, worauf sich beide zu ihm umdrehten.

Es erfordert eine genaue Untersuchung, um einen absolut sicheren Vergleich anzustellen. Ich möchte Sie daher bitten, die ganze Sache in meiner Hand zu lassen, bis Herr Desquerc, unser Fachmann, zurückkehrt. Das wird einige Tage dauern.

Ich hatte gehofft, es sofort zu erfahren, sagte d'Arnot. Herr Tarzan reist übermorgen nach Amerika ab.

Ich verspreche Ihnen, dass Sie ihm binnen vierzehn Tagen ein Ergebnis telegrafieren können, erklärte der Offizier, aber was es sein wird, wage ich nicht zu sagen. Es sind Ähnlichkeiten da, gewiss, aber wir wollen Herrn Desquerc die Lösung überlassen.

Wieder der Riese

Eine Droschke hielt vor einem altmodischen Wohnhaus in einem Außenbezirk Baltimores.

Ein Mann von etwa vierzig Jahren, von ansehnlicher Gestalt und mit ernsten, regelmäßigen Gesichtszügen, stieg aus und bezahlte den Kutscher.

Einen Augenblick später trat er in das Studierzimmer des alten Hauses.

Ach, Mr. Canler! rief ein älterer Herr aus, wobei er aufstand, um ihn zu begrüßen.

Guten Abend, mein lieber Professor! sagte der Besucher, indem er ihm herzlich die Hand reichte.

Wer hat Sie hereingelassen? fragte der Professor.

Esmeralda.

Dann wird sie Jane benachrichtigen, dass Sie hier sind, sagte der alte Herr.

Nein, Herr Professor, erwiderte Canler, ich kam, um zuerst mit Ihnen zu sprechen.

Ach – sehr schmeichelhaft, antwortete Professor Porter.

Herr Professor, fuhr Robert Canler bedächtig fort, wobei er sorgfältig jedes Wort überlegte, ich bin heute Abend gekommen, um mit Ihnen über Jane zu sprechen. Sie kennen meine Wünsche und waren so großmütig, meinen Antrag zu billigen.

Professor Archimedes Q. Porter rutschte in seinem Lehnstuhl unruhig hin und her. Die Angelegenheit bereitete ihm Sorge. Er wusste nicht recht, weshalb. Canler doch war eine glänzende Partie.

Aber Jane ..., fuhr Canler fort, ich kann sie nicht verstehen. Sie weist mich ab, mal aus dem einen, mal aus dem anderen

Grund. Ich habe immer das Gefühl, als ob sie erleichtert aufatmetet, wenn ich mich verabschiede.

Nicht doch, Mr. Canler, sagte Professor Porter. Jane ist eine sehr gehorsame Tochter. Sie wird tun, was ich ihr sage.

Dann darf ich also noch immer mit Ihrer Unterstützung rechnen? fragte Canler, wobei er seine Worte scharf betonte.

Gewiss, mein Herr, gewiss! rief Professor Porter aus. Wieso zweifeln Sie daran?

Nun, Sie wissen: da ist der junge Clayton, bemerkte Canler. Schon seit Monaten ist er hier. Ich weiß ja nicht, in wie weit Jane sich um ihn kümmert, aber abgesehen von seinem Titel weiß sie, dass er von seinem Vater ein sehr bedeutendes Vermögen geerbt hat, und so wäre es nicht verwunderlich, wenn er zuletzt den Sieg davontrüge, es sei denn ... Canler zögerte.

Es sei denn ...?

Dass Sie es durchsetzen, dass Jane mich sofort heiratet, sagte Canler langsam und deutlich.

Ich habe Jane schon gesagt, dass das wünschenswert wäre, bemerkte Professor Porter etwas gereizt; denn wir können dieses Haus nicht länger halten und nicht so leben, wie unsere Verbindungen es mit sich bringen.

Was hat sie darauf geantwortet?

Sie sagte, sie habe überhaupt noch nicht die Absicht zu heiraten, und wir könnten ja auch wegziehen und auf der Farm im nördlichen Wisconsin leben, die ihre Mutter ihr hinterlassen hat. Die Farm wirft immerhin einen kleinen Gewinn ab. Die bisherigen Pächter haben davon leben können und Jane sogar jedes Jahr einen kleinen Betrag überwiesen. Jane wünscht, dass wir Anfang der Woche dorthin ziehen. Philander und Mr. Clayton sind schon abgereist, um alles für uns vorzubereiten.

Clayton ist dort? rief Canler sichtbar verärgert aus. Weshalb hat man mir nichts davon gesagt? Ich wäre gern dorthin gegangen und hätte dafür gesorgt, dass alles behaglich eingerichtet worden wäre.

Jane denkt, dass wir schon zu sehr in Ihrer Schuld stehen, Mr. Canler, sagte Professor Porter.

Canler wollte eben etwas erwidern, als man draußen Schritte hörte und Jane Porter hereintrat.

Oh – Verzeihung! sagte sie, wobei sie auf der Schwelle stehen blieb. Ich dachte, du wärst alleine, Papa.

Ich bin es nur, Jane, sagte Canler, während er aufstand. Wollen Sie nicht hereinkommen? Wir sprachen gerade von Ihnen.

Danke! sagte Jane Porter, trat ein und setzte sich auf den Stuhl, den Canler ihr bereitstellte. Ich wollte Papa nur sagen, dass Tobias von der Universität heute Morgen gekommen ist, um die Bücher zu packen. Ich bitte dich, Papa, die Bände anzugeben, die du unbedingt brauchst. Nimm aber, bitte, nicht die ganze Bibliothek nach Wisconsin mit, wie du es bei unserer Fahrt nach Afrika getan hättest, wenn ich es nicht verhindert hätte.

Was, Tobias ist da? fragte der Professor.

Ja, ich komme gerade von ihm. Er unterhält sich in der hinteren Halle mit Esmeralda über religiöse Fragen.

Gut, ich muss mit ihm sprechen, rief der Professor. Entschuldigt mich einen Augenblick, Kinder! Der alte Herr eilte hinaus.

Sobald er außer Hörweite war, wandte sich Canler an Jane und fragte sie nachdrücklich:

Sagen Sie Jane, wie lange soll das noch so weitergehen? Sie haben sich nicht geweigert, mich zu heiraten, aber Sie haben mir auch nichts versprochen. Ich wünsche morgen das Jawort zu erhalten, damit wir noch vor Ihrer Abreise nach Wisconsin heiraten können. Das kann ohne großen Aufwand stattfinden, ich denke, Sie sind damit einverstanden.

Jane wurde ganz kalt, aber sie hielt den Kopf hoch.

Ihr Vater wünscht es, wie Sie wissen, fügte Canler hinzu.

Ja, ich weiß es, sagte sie fast flüsternd; dann aber fügte sie in einem kalten, entschiedenen Ton hinzu:

Sie wissen, Mr. Canler, dass Sie mich kaufen wollen – kaufen für ein paar elende Dollar?

An diese Möglichkeit haben Sie schon gedacht, als Sie Vater das Geld für diese verrückte Expedition geliehen haben. Sie erwarteten, dass das Abenteuer keinen erfolgreichen Ausgang haben würde. Und Sie sind ein zu guter Geschäftsmann, als dass Sie Geld ohne Sicherheiten weggeben würden – wenn Sie nicht eine bestimmte Absicht dabeihätten. Sie wussten, dass die Ehre der Porters Ihnen ein besseres Pfand wäre als jede Sicherheit. Sie sagten sich, hier hätten Sie das beste Mittel, mich zu zwingen, Sie zu heiraten.

Bei jedem anderen Mann hätte ich angenommen, dass sein Entgegenkommen das Zeichen eines großmütigen und vornehmen Charakters wäre, aber Sie sind schlau, Mr. Robert Canler! Ich kenne Sie besser, als Sie meinen. Gewiss werde ich Sie heiraten, wenn es keinen anderen Weg mehr gibt, aber wir wollen einander nichts vormachen.

Während sie sprach, war Canler abwechselnd rot und bleich geworden. Als sie schwieg, stand er auf, und sagte mit boshaftem Lächeln:

Sie überraschen mich, Jane. Ich dachte, Sie hätten mehr Selbstbeherrschung, mehr Stolz. Aber Sie haben ja eigentlich recht: ich kaufe Sie! Sie werden meine Frau werden, und alles andere interessiert mich nicht.

Ohne ein Wort zu antworten, drehte sich das Mädchen um und verließ das Zimmer.

~~~

Jane Porter wurde nicht verheiratet, bevor sie mit ihrem Vater und Esmeralda nach Wisconsin abreiste.

Als sie sich bei der Abfahrt des Zuges kühl von Robert Canler verabschiedete, sagte er ihr, er werde ihr in ein oder zwei Wochen folgen.

Sie wurden von Clayton und Mr. Philander in einem großen Tourenwagen vom Bahnhof abgeholt. Sie fuhren dann durch den dichten Wald nordwärts zu der kleinen Farm, die Jane seit ihrer Kindheit nicht mehr besucht hatte.

Das Farmerhaus, das auf einer kleinen Anhöhe ein paar hundert Meter von dem Pächterhaus entfernt stand, war in den drei Wochen, in denen sich Clayton und Mr. Philander dort aufhielten, völlig verändert worden.

Der Farmer hatte eine kleine Armee von Zimmerleuten, Gipsern, Installateuren und Anstreichern aus der nächsten Stadt kommen lassen. Das Haus, das vorher wie eine verkommene Hütte dastand, sah jetzt nett und sauber aus und bot im Innern alle möglichen Bequemlichkeiten, die man in so kurzer Zeit schaffen konnte.

Was haben Sie getan, Mr. Clayton? rief Jane Porter aus, als sie die Veränderungen sah, denn es wurde ihr angst, als sie an die hohen Rechnungen dachte.

Pst! sagte Clayton. Sagen Sie Ihrem Vater nichts davon. Wenn Sie ihn nicht darauf aufmerksam machen, wird er es gar nicht bemerken. Man hätte in dem Schmutz, den wir hier vorfanden, gar nicht leben können. Es war so wenig, was ich tat, und ich möchte so viel für Sie tun, Jane. Sprechen Sie also nicht mehr davon.

Aber Sie wissen doch, dass wir Ihnen das Geld nicht zurückerstatten können, rief das Mädchen. Wie konnten Sie mich nur an so große Verpflichtungen binden?

Das sind keine Verpflichtungen, erwiderte Clayton. Wenn es sich nur um Sie gehandelt hätte, hätte ich nichts ohne Ihre Genehmigung unternommen, aber ich hätte nicht zusehen können, wie der gute alte Herr in einer wahren Höhle hätte leben müssen. Lassen Sie mir also dieses kleine Vergnügen.

Ich glaube Ihnen, Mr. Clayton, weil ich weiß, dass Sie großmütig genug sind, so zu handeln. Und, oh Cecil, ich wünschte, ich könnte mich Ihnen so erkenntlich zeigen, wie Sie es möchten.

Weshalb können Sie das nicht, Jane?

Weil ich einen anderen liebe.

Canler?

Nein.

Aber Sie wollen ihn doch heiraten. Er sagte es mir, bevor ich von Baltimore abfuhr.

Das Mädchen zuckte erschrocken zusammen.

Ich mag ihn nicht, sagte sie trotzig.

Steckt die Geldgeschichte dahinter, Jane? Bin ich denn nicht ebenso begehrenswert wie Canler? Ich habe Geld genug, mehr als wir je brauchen werden, fügte er bitter hinzu.

Ich liebe Sie nicht, Cecil, sagte sie, aber ich achte Sie. Wenn ich mich schon zu einem solchen Handel mit einem Mann erniedrigen muss, dann wähle ich lieber einen, den ich verachte. Denn ich werde jeden Mann hassen, dem ich mich ohne Liebe verkaufen muss, wer er auch sein mag.

Sie werden mit meiner Achtung und meiner Freundschaft glücklicher sein, als mit mir und meiner Verachtung.

Clayton ging nicht mehr darauf ein, aber es war wie ein Dolchstoß ins Herz, als eine Woche später Robert Canler in seinem großen Wagen am Farmerhaus vorfuhr.

Eine Woche verging – ereignislos, aber unbehaglich für alle Bewohner des kleinen Farmerhauses.

Canler drängte, dass Jane ihn sofort heiraten sollte.

Schließlich gab sie nach, aus lauter Ärger über die fortwährende abscheuliche Belästigung.

Es wurde vereinbart, dass Canler am nächsten Tag in die Stadt fahren, die amtliche Erlaubnis einholen und einen Geistlichen mitbringen sollte.

Clayton wollte abreisen, als dieser Plan verkündet wurde, aber der müde, hoffnungslose Blick des Mädchens hielt ihn zurück. Er sagte sich, er dürfe sie jetzt nicht alleine lassen.

Er versuchte, sich mit dem Gedanken zu trösten, dass ja vielleicht noch etwas Unerwartetes geschehen könnte.

Er wusste, dass es nur eines kleinen Funkens bedurfte, um den Hass, den er in seinem Herzen gegen Canler hegte, zum Ausbruch zu bringen.

Früh am nächsten Morgen fuhr Canler in die Stadt.

Im Osten konnte man Rauch über dem Wald liegen sehen. Eine Woche vorher hatte nicht weit entfernt ein Waldbrand gewütet, aber der Wind stand still und es drohte vermeintlich keine Gefahr mehr.

Gegen Mittag ging Jane Porter spazieren. Sie wollte nicht, dass Clayton sie dieses Mal begleitete. Sie wolle alleine sein, sagte sie, und er respektierte ihren Willen.

Im Haus waren Professor Porter und Mr. Philander ganz in die Erörterung einer wichtigen wissenschaftlichen Frage versunken. Esmeralda schlummerte in der Küche. Clayton, nach einer schlaflosen Nacht müde, streckte sich auf dem Sofa im Wohnzimmer aus und fiel bald in einen unruhigen Schlaf.

Im Osten stiegen die schwarzen Rauchwolken höher in den Himmel. Plötzlich begannen sie, nach Westen zu treiben. Sie kamen immer näher. Die Bewohner des Pächterhauses waren fort, denn es war Nachmittag, und so sah auch dort niemand, dass der Waldbrand immer näherkam.

Bald hatte sich das Flammenmeer über die Straße nach Süden ausgebreitet und Canler die Rückkehr abgeschnitten. Eine kleine Schwenkung des Windes fegte den Brand jetzt auch nach Norden; dann drehte sich der Wind abermals, und die Flammen standen beinahe still, als ob sie von einer mächtigen Hand festgehalten würden.

Plötzlich kam von Nordosten her ein großer schwarzer Wagen die Straße heruntergerast.

Mit einem Ruck hielt er vor dem Landhaus; ein schwarzhaariger Riese sprang heraus und stürmte durch das Tor hinein. Er stürzte ins Haus und fand Clayton auf dem Sofa liegend. Überrascht blieb er stehen, schüttelte dann aber gleich den Schlafenden an der Schulter und rief:

Mein Gott, Clayton, sind Sie alle verrückt hier? Sehen Sie denn nicht, dass Sie schon fast ganz vom Feuer eingeschlossen sind? Wo ist Miss Porter?

Clayton sprang auf und in einem Nu war er auf der Veranda.

Oh Gott! rief er und stürmte ins Haus zurück. Jane, Jane, wo sind Sie?

Einen Augenblick später waren auch Esmeralda, Professor Porter und Mr. Philander herbeigekommen.

Wo ist Miss Jane? schrie Clayton, wobei er Esmeralda bei den Schultern packte und kräftig schüttelte.

Sie ist spazieren gegangen.

Ist sie noch nicht zurück?

Ohne eine Antwort abzuwarten, stürzte Clayton in den Hof, gefolgt von den anderen.

Wohin ist sie gegangen? schrie der schwarzhaarige Riese Esmeralda an.

Dort die Straße hinunter, rief die erschreckte Schwarze, Richtung Süden zeigend, wo eine Wand von züngelnden Flammen die Aussicht versperrte.

Packen Sie diese Leute in den Wagen und bringen Sie sie auf der Nordstraße weg, rief der Fremde Clayton zu. Meinen Wagen lassen Sie hier. Wenn ich Miss Porter finde, werden wir ihn brauchen. Finde ich sie nicht, dann braucht ihn niemand mehr. Tun Sie, was ich sage! befahl er Clayton, als er bemerkte, dass dieser zögerte.

Dann sah man die geschmeidige Gestalt des Fremden quer durch die Lichtung nach Nordwesten springen, wo der Wald noch nicht von den Flammen erfasst war.

Alle hatten das unerklärliche Gefühl, dass jetzt eine große Verantwortung von ihnen genommen war, denn sie hatten gewissermaßen blindes Vertrauen in den Fremden, und sagten sich, er werde Jane Porter retten, wenn sie noch zu retten sei.

Wer war das? fragte Professor Porter.

Ich weiß es nicht, antwortete Clayton. Er nannte mich beim Namen, und er kannte Jane, denn er fragte nach ihr. Und er sprach Esmeralda mit Namen an.

Es war etwas überraschend Vertrautes an ihm, fügte Mister Philander hinzu, aber bei Gott, ich habe ihn doch noch nie gesehen.

Sehr merkwürdig! sagte Professor Porter. Wer kann es sein, und weshalb fühle ich, dass Jane gerettet wird, jetzt, wo er sie sucht?

Ich kann es Ihnen nicht sagen, Professor, antwortete Clayton nachdenklich, aber ich habe dasselbe unbestimmte Gefühl. Aber kommen sie, rief er den anderen zu, wir müssen hier heraus!

Alle eilten zu Claytons Wagen.

~~~

Als Jane Porter umkehrte und ihre Schritte heimwärts lenkte, war sie beunruhigt, da sie den Rauch des Waldbrandes in der Nähe sah. Als sie weiterlief, verwandelte sich ihre Unruhe in Angst, denn schon drohten die Flammen ihr den Heimweg zu versperren.

Schließlich war sie gezwungen, in das Dickicht einzudringen und nach Westen zu laufen, um die Flammen zu umgehen und wieder zurück zu kommen.

Aber bald sah sie ein, dass ihr das nicht gelingen würde. Ihre ganze Hoffnung lag jetzt darin, zur Straße zurück zu kehren, und nach Süden, zur Stadt, zu fliehen.

Die zwanzig Minuten, die sie brauchte, um zur Straße zurück zu gelangen, genügten aber, um ihr auch diesen Rückzug abzuschneiden. Sie lief zwar die Straße ein kurzes Stück hinunter, musste dann aber stehen bleiben, denn vor ihr türmte sich eine andere Flammenmauer auf. Ein Ausläufer der Feuersbrunst war eine halbe Meile südlich aus dem Hauptherd ausgebrochen und hatte den dünnen Straßenstreifen umfasst.

Jane Porter sah, dass es zwecklos war, nochmals zu versuchen, durch das dichte Unterholz zu fliehen. Sie war überzeugt, dass innerhalb weniger Minuten der ganze Raum zwischen dem Feuer im Norden und dem im Süden in Flammen stehen werde.

Das Mädchen kniete in den Straßenstaub nieder und betete zu ihrem Schöpfer, er möge ihr Kraft verleihen, ihr Schicksal tapfer zu ertragen, und wenigstens Vater und die Freunde vor dem Tod zu erretten.

Plötzlich hörte sie ihren Namen laut durch den Wald rufen: Jane! Jane Porter!

Hier! antwortete sie. Hier! Auf der Straße!

Da sah sie in den Bäumen eine große Gestalt, die sich mit der Geschicktheit eines Eichhörnchens durch die Äste schwang.

Ein Windstoß hüllte sie in eine Rauchwolke, sie konnte den Mann nicht mehr sehen, der jetzt auf sie zueilte, aber plötzlich fühlte sie sich von einem starken Arm umschlungen. Dann wurde sie emporgetragen, und hörte das Rauschen des Windes und das Knistern der Äste.

Sie öffnete die Augen.

Tief unter ihr war das Unterholz, um sie herum das rauschende Laub des Waldes.

Die Gestalt, die sie trug, schwang sich von Baum zu Baum, und es kam Jane Porter vor, als erlebte sie jetzt wieder, was sie im fernen afrikanischen Dschungel erlebt hatte.

Oh, wenn es nur derselbe Mann wäre, der sie auch damals durch das Pflanzengewirr getragen hatte! Aber das war ja unmöglich ...

Doch wer in aller Welt sollte die Kraft und die Gewandtheit haben, wie der Mann, der sie jetzt trug?

Sie warf einen verstohlenen Blick auf das Gesicht, das dem ihrigen so nahe war, und überrascht stieß sie einen kleinen Schrei aus. – Er war es!

Mein Mann! flüsterte sie. Nein – das muss der Wahnsinn sein, der dem Tod vorausgeht.

Sie musste wohl laut gesprochen haben, denn die Augen, die gelegentlich zu ihr niederschauten, leuchteten mit einem Lächeln.

Ja, Ihr Mann, Jane Porter! Ihr wilder Urwald-Mann, der aus dem Dschungel gekommen ist, um seine Gefährtin zu holen – die Frau, die von ihm fortgelaufen ist, fügte er etwas bitter hinzu.

Ich bin nicht fortgelaufen, flüsterte sie. Ich willigte erst ein, mit fortzufahren, als wir noch eine Woche auf Ihre Rückkehr gewartet hatten.

Sie hatten jetzt das Feuermeer passiert und kehrten zu der Lichtung zurück, wo der Riese mit ihr wieder auf den Boden herunterstieg.

So gingen sie nebeneinander auf das Landhaus zu.

Warum kamen Sie damals nicht zurück? fragte sie.

Ich habe d'Arnot gepflegt, er war schwer verwundet.

Ah, ich wusste es! rief sie aus.

Man sagte, Sie wären zu den Schwarzen zurückgekehrt, das wären Ihre Leute.

Er lachte.

Aber Sie glaubten ihnen nicht, Jane?

Nein! Wie soll ich Sie nennen? fragte sie. Wie heißen Sie?

Ich war Tarzan, als Sie mich kennen lernten, sagte er.

Tarzan! rief sie, und dann war auch der Zettel von Ihnen, den ich beantwortet habe, ehe ich fortging?

Ja, von wem dachten Sie, dass er gewesen sein könne?

Ich wusste es nicht; nur sagte ich mir, er könne nicht von Ihnen sein, da er auf Englisch geschrieben war und Sie kein Wort von irgendeiner Sprache verstehen konnten.

Er lachte nochmals.

Es wäre jetzt eine zu lange Geschichte, um Ihnen alles zu erklären, aber ich schrieb, was ich nicht sagen konnte, weil ich damals das Sprechen noch nicht beherrschte. Und d'Arnot machte die Sache leider noch schlimmer, indem er mich Französisch lehrte, statt Englisch, das ich lesen und schreiben konnte.

Kommen Sie, sagte er, als sie bei seinem Wagen angekommen waren, springen Sie hier hinein, wir müssen Ihren Vater einholen. Er und die anderen können nur einen kleinen Vorsprung haben.

Als sie nun dahinfuhren, sagte er:

In Ihrem Brief an Tarzan sagen Sie, Sie liebten einen anderen. Damit haben Sie mich gemeint?

Ich gebe es zu, antwortete sie einfach.

Aber in Baltimore – oh, wie habe ich nach Ihnen gesucht! Man sagte mir, Sie seien vielleicht schon verheiratet. Ein Mann namens Canler sei gekommen, um Sie zu heiraten. Ist das wahr?

Ja.

Lieben Sie ihn?

Nein.

Lieben Sie mich?

Sie verhüllte ihr Gesicht mit den Händen.

Ich bin einem anderen versprochen. Ich kann Ihnen nicht antworten, Tarzan! rief sie aus.

Das war auch eine Antwort. Und nun sagen Sie mir, weshalb Sie jemanden heiraten wollen, den Sie nicht lieben?

Mein Vater schuldet ihm Geld.

Plötzlich erinnerte sich Tarzan an den Brief, den er gelesen hatte, an den Namen Robert Canler und an die in dem Schreiben angedeutete Sorge, die er damals nicht verstehen konnte.

Er lächelte.

Wenn Ihr Vater den Schatz nicht verloren hätte, sähen Sie sich nicht gezwungen, diesem Herrn Canler Ihr Versprechen zu halten?

Ich könnte ihn bitten, mich frei zu geben.

Und wenn er es ablehnt?

Ich habe ihm mein Versprechen gegeben.

Er schwieg. Der Wagen brauste in tollkühner Fahrt auf der holprigen Straße daher, denn zu ihrer Rechten drohte das Feuer, und es war zu befürchten, dass wenn sich der Wind wieder drehte, das Feuer ihnen die einzige Straße, die ihnen noch für die Flucht blieb, abschneiden würde.

Schließlich waren sie an der gefährlichen Stelle vorüber, und Tarzan fuhr nun nicht mehr so schnell.

Wenn ich ihn fragen würde? meinte Tarzan.

Er würde wohl kaum dem Wunsch eines Fremden entsprechen, meinte das Mädchen, besonders wenn der Betreffende mich selbst zur Frau haben wollte.

Terkop tat es! sagte Tarzan grimmig.

Jane Porter zuckte zusammen und schaute ängstlich an der Riesengestalt empor, die neben ihr saß, denn sie wusste, dass er den großen Menschenaffen meinte, den er getötet hatte, um sie aus seinen Klauen zu befreien.

Hier ist kein afrikanischer Dschungel, sagte sie. Sie sind kein Wilder mehr. Sie sind ein Gentleman, und ein solcher tötet einen anderen Menschen nicht kaltblütig.

Ich bin im Herzen immer noch ein Wilder, sagte er mit leiser Stimme wie im Selbstgespräch.

Dann schwiegen beide wieder eine Weile.

Endlich fragte er: Jane Porter, wenn Sie frei wären, würden Sie mich heiraten?

Sie antwortete nicht gleich, aber er wartete geduldig.

Jane versuchte, ihre Gedanken zu sammeln.

Was wusste sie eigentlich von diesem seltsamen Geschöpf an ihrer Seite? Was wusste er von sich selbst? Wer war er? Wer waren seine Eltern?

Er hatte eigentlich keinen Namen. Würde sie mit diesem Dschungel-Findling glücklich werden? Konnte sie eine Gemeinschaft haben mit einem Mann, der sein bisheriges Leben in den Baumkronen der afrikanischen Wildnis verbracht hatte, der mit Menschenaffen gespielt und gekämpft hatte, der sich von frisch getöteten Tieren Fleisch abschnitt und es roh verzehrte, während seine Gefährten um ihn herum knurrten und auf ihren Anteil an der Beute lauerten?

Konnte ein solcher Mensch sich zu ihrem Gesellschaftskreis erheben? Oder sollte sie sich zu seinem herunterlassen? Konnte einer von ihnen in einer derartigen Heirat glücklich werden?

Sie antworten nicht! sagte er. Sie fürchten wohl, mich zu verletzen?

Ich weiß nicht, was ich Ihnen antworten soll, sagte Jane Porter traurig. Ich kenne meine eigene Meinung nicht.

Dann lieben Sie mich wohl doch nicht? fragte er in einem gezwungen leichten Ton.

Fragen Sie mich nicht! Sie werden glücklicher sein ohne mich.

Sie sind nicht gemacht für die förmlichen Einschränkungen und Bindungen der Gesellschaft. Sie würden Ihnen lästig werden, und schon nach kurzer Zeit würden Sie sich nach der Freiheit Ihres früheren Lebens zurücksehnen, eines Lebens, für das ich ebenso ungeeignet wäre, wie Sie für das meinige.

Ich glaube, ich verstehe Sie, antwortete er ruhig. Ich will Sie nicht drängen, denn ich will lieber Sie glücklich sehen als mich. Ich sehe jetzt ein, dass Sie nicht glücklich werden können – mit einem Affen.

Es lag eine gewisse Bitterkeit in seiner Stimme.

Nein! erwiderte sie. Das dürfen Sie nicht sagen. Sie verstehen mich nicht.

Aber noch ehe sie weitersprechen konnte, hielt der Wagen nach einer plötzlichen Biegung der Straße mitten in einem kleinen Dorf an.

Vor ihnen stand Claytons Wagen, und um ihn standen die Personen, die er dorthin gebracht hatte.

Zwischen drei Bewerbern

Beim Anblick Jane Porters schrien alle erleichtert und freudig auf, und Professor Porter schloss seine Tochter glücklich in die Arme.

Im ersten Augenblick achtete keiner auf Tarzan, der schweigend auf seinem Sitz saß.

Clayton war der erste, der ihn beachtete, und streckte ihm die Hand entgegen.

Wie können wir Ihnen jemals danken? rief er. Sie haben uns alle gerettet. Im Landhaus riefen Sie mich bei meinem Namen, aber ich kann mich nicht an Sie erinnern, obwohl Sie mir bekannt vorkommen. Es ist mir, als ob ich Sie vor langer Zeit unter ganz anderen Umständen getroffen hätte.

Tarzan lächelte, als er die hingestreckte Hand ergriff.

Sie haben ganz recht, Mr. Clayton, sagte er auf Französisch. Entschuldigen Sie, wenn ich nicht Englisch mit Ihnen spreche. Ich lerne es jetzt, und wenn ich es auch ziemlich gut verstehe, so spreche ich es doch noch mangelhaft.

Aber wer sind Sie denn? fragte Clayton, auf Französisch.

Ich bin Tarzan.

Clayton trat vor Erstaunen zurück.

Bei Gott, sagte er, tatsächlich!

Professor Porter und Mr. Philander drängten sich herbei, um ihm ebenfalls zu danken und ihre freudige Überraschung darüber auszudrücken, dass sie ihren Dschungelfreund nun so weit entfernt von seiner wilden Heimat wiedersahen.

Die Gesellschaft ging in den bescheidenen Gasthof, wo Clayton für Essen und Trinken sorgte.

Sie saßen in dem kleinen Gastraum, als das entfernte Brummen eines Autos ihre Aufmerksamkeit erregte.

Mr. Philander, der nahe am Fenster saß, schaute hinaus, bis das Auto in Sicht kam und schließlich neben den anderen Wagen hielt.

Himmel! sagte er ziemlich ärgerlich, es ist Canler. Ich hatte gehofft, er ... ich hatte gedacht, er ... nun, wir können uns ja freuen, dass er nicht im Feuer umgekommen ist.

Ruhig, ruhig, Mr. Philander! sagte Professor Porter. Ich habe meine Schüler oft ermahnt, bis zu zehn zu zählen, bevor sie etwas sagen. An Ihrer Stelle, Mr. Philander, würde ich lieber bis tausend zählen und dann – immer noch schweigen.

Himmel, ja! pflichtete Mr. Philander ihm bei. Aber wer ist der Geistliche, der bei ihm ist?

Jane Porter erbleichte.

Clayton rutschte unruhig auf seinem Stuhl hin und her.

Professor Porter nahm seine Brille ab, hauchte darauf und setzte sie wieder auf die Nase, ohne sie abzuwischen.

Esmeralda brummte.

Nur Tarzan verstand nichts.

Jetzt stürmte Robert Canler herein.

Gott sei Dank! rief er. Ich fürchtete das Schlimmste, bis ich Ihren Wagen sah, Clayton. Ich war auf der Südstraße abgeschnitten und musste zur Stadt zurückkehren, um dann östlich diese Straße zu fahren. Ich dachte, wir würden das Landhaus niemals erreichen.

Niemand schien von seiner Ankunft erfreut zu sein. Tarzan sah Robert Canler an, wie Sabor ihre Beute ansieht.

Jane Porter warf ihm einen Blick zu und hustete nervös. Mr. Canler, sagte sie, dies ist Herr Tarzan, ein alter Freund.

Canler wandte sich um und streckte die Hand aus. Tarzan erhob und verbeugte sich, wie nur d'Arnot es seinen Gentleman gelehrt haben konnte, aber er schien Canlers Hand nicht zu sehen.

Allerdings schien Canler das Übersehen auch nicht zu bemerken.

Dies ist der hochwürdige Mr. Tousley, Jane, sagte Canler, sich zu seinem geistlichen Begleiter wendend, der hinter ihm stand.

Mr. Tousley – Miss Porter.

Mr. Tousley verbeugte sich lächelnd.

Canler stellte ihm auch die anderen vor.

Die Zeremonie kann gleich vorgenommen werden, Jane, sagte Canler. Dann können wir noch mit dem Zug um Mitternacht in die Stadt fahren.

Tarzan verstand sofort. Er blickte mit halbgeschlossenen Lidern auf Jane Porter, regte sich aber nicht.

Das Mädchen zögerte. Im Zimmer waren alle gespannt, und es herrschte beklommenes Schweigen.

Alle Augen waren auf Jane Porter gerichtet; alle warteten auf ihre Antwort.

Können wir nicht ein paar Tage warten? fragte sie. Ich bin ganz erschöpft. Ich habe heute so viel durchgemacht.

Wir haben so lange gewartet, wie ich es für gut fand, sagte er in barschem Ton. Sie haben mir versprochen, mich zu heiraten. Ich lasse mich nicht länger zum Narren halten. Ich habe die Heiratserlaubnis und hier ist der Pfarrer. Kommen Sie, Mr. Tousley, komm, Jane. Hier sind Zeugen, mehr als genug, fügte er mit unangenehmer Betonung hinzu. Er nahm Jane Porter beim Arm und wollte sie dem Geistlichen zuführen.

Aber er hatte kaum einen Schritt gemacht, als sich eine schwere Hand mit einem eisernen Griff auf seinen Arm legte.

Eine andere Hand packte ihn an der Gurgel, und im Nu flog er über den Boden, wie eine Maus, mit der die Katze spielt.

Entsetzt starrte Jane Porter auf Tarzan. Und als sie ihm ins Gesicht sah, bemerkte sie den roten Streifen über seiner Stirn, den sie damals im fernen Afrika gesehen hatte, als er auf Leben und Tod mit Terkop, dem großen Menschenaffen, kämpfte.

Sie wusste, dass die Mordlust in seinem wilden Herzen aufbrauste, und mit einem Schreckensruf sprang sie auf, um den Affenmenschen von seinem Plan abzuhalten. Ihre Besorgnis galt allerdings mehr Tarzan als Canler. Sie wusste, wie streng die Gerichte Mord bestraften.

Clayton kam ihr jedoch zuvor, denn er war auf Tarzan zugesprungen und versuchte, Canler aus seinem Griff zu befreien.

Tarzan warf den Engländer aber mit einer einzigen Armbewegung ins Zimmer zurück. Da legte Jane Porter ihre weiße Hand fest auf Tarzans Handgelenk und schaute ihm in die Augen.

Mir zuliebe! sagte sie.

Der Griff um Canlers Gurgel ließ nach.

Tarzan schaute in das schöne Gesicht des Mädchens.

Wünschen Sie, dass er am Leben bleibt? fragte er überrascht.

Ich wünsche nicht, dass er durch Ihre Hand stirbt! erwiderte sie. Ich will nicht, dass Sie zum Mörder werden.

Tarzan zog seine Hand von Canlers Gurgel zurück.

Entbinden Sie Jane Porter von ihrem Versprechen? fragte er.

Canler, nach Luft schnappend, nickte.

Wollen Sie sich entfernen und sie nie wieder belästigen?

Wieder nickte der Mann, dessen Gesicht durch die Angst ganz verzerrt war. Tarzan ließ ihn frei, und Canler wankte zur Tür. Im Nu war er draußen, und mit ihm der zu Tode erschrockene Prediger.

Tarzan wandte sich an Jane Porter.

Kann ich Sie einen Augenblick allein sprechen? fragte er.

Das Mädchen nickte und ging zur nahen Veranda des kleinen Gasthofes. Dort wartete sie auf Tarzan, und so konnte sie die folgende Unterhaltung im Gastraum nicht hören.

Als Tarzan ihr folgen wollte, rief Professor Porter ihm zu, einen Augenblick zu warten.

Der Professor war über die Schnelligkeit, mit der sich die Ereignisse der letzten Minuten vollzogen, so verblüfft, dass er jetzt erst die Sprache wiederfand.

Mein Herr, sagte er, ich möchte von Ihnen eine Erklärung haben, über das, was wir eben hier erlebt haben. Mit welchem Recht mischen Sie sich in die Beziehungen meiner Tochter zu Mr. Canler ein? Ich hatte ihm ihre Hand versprochen, und ohne Rücksicht auf unsere persönlichen Wünsche oder Abneigungen muss dieses Versprechen gehalten werden.

Ich habe eingegriffen, Professor Porter, weil Ihre Tochter Mr. Canler nicht liebt. Sie wünscht ihn nicht zu heiraten. Das genügt mir, antwortete Tarzan.

Sie wissen nicht, was Sie getan haben, erwiderte ihm der Professor. Jetzt wird er sie wahrscheinlich nicht mehr heiraten wollen.

Das wird auch nicht mehr nötig sein, denn Sie sind in der Lage, Canler den Betrag zurück zu zahlen, den Sie ihm schulden.

Was meinen Sie damit? fragte der Professor.

Ihr Schatz ist gefunden worden, antwortete Tarzan.

Was? – Was sagen Sie da? rief der Professor. Sie sind verrückt, Mann! Das kann nicht sein!

Und doch ist es so! Ich war es, der ihn fortgenommen hatte, da ich nicht wusste, welchen Wert er hatte und wem er gehörte. Ich sah, wie die Matrosen die Kiste vergruben, nahm die Kiste und vergrub sie anderswo. Als d'Arnot mir sagte, um was es sich handelte und was der Schatz für Sie bedeutete, kehrte ich in den Dschungel zurück und holte die Kiste. Der Schatz hat schon so viel Verbrechen, Leiden und Trauer verursacht, dass d'Arnot meinte, es sei am besten, nicht zu versuchen, den Schatz selbst hierher zu bringen, wie es meine Absicht war, und deshalb habe ich an dessen Stelle einen Kreditbrief mitgebracht. Hier ist er, Professor Porter.

Mit diesen Worten zog Tarzan einen Umschlag aus der Tasche und überreichte ihn dem verblüfften alten Herrn.

Es sind 241.000 Dollar. Der Schatz wurde von Sachverständigen sorgfältig geschätzt, aber damit Sie nicht etwa an der Richtigkeit zweifeln, hat d'Arnot selbst ihn gekauft und hält ihn zu Ihrer Verfügung – für den Fall, dass Sie den Schatz lieber haben wollen als das Geld.

Mit zitternder Stimme antwortete ihm Professor Porter:

Zu den vielen Verpflichtungen, die wir Ihnen gegenüber schon haben, fügen Sie nun diesen großen Dienst noch hinzu! Sie geben mir die Mittel, meine Ehre zu retten!

Clayton, der einen Augenblick nach Canler das Zimmer verlassen hatte, kam zurück.

Entschuldigen Sie, sagte er. Ich denke, es ist besser, wir fahren sofort in die Stadt und nehmen den ersten Zug, der uns von hier wegbringt. Ein Einheimischer, der gerade von Norden herkam, berichtete, dass sich das Feuer langsam hierher bewegt.

Diese Nachricht beendete jede weitere Unterhaltung, und alle gingen hinaus zu den dort wartenden Autos. Clayton und Jane Porter, der Professor und Esmeralda stiegen in Claytons Wagen, während Mr. Philander sich zu Tarzan setzte.

Bei Gott! sagte Mr. Philander, als der Wagen sich hinter dem anderen in Bewegung setzte. Wer hätte das je für möglich gehalten? Vor längerer Zeit sah ich Sie als einen wirklichen wilden Menschen, der auf den Ästen des tropischen Waldes in Afrika herumkrabbelte, und jetzt fahren Sie mich in einem französischen Auto auf einer Straße von Wisconsin. Wahrhaftig! Das ist wirklich merkwürdig!

Ja, sagte Tarzan, und dann nach einer Pause: Erinnern Sie sich, Mr. Philander, an die Einzelheiten bei der Auffindung und Beerdigung der drei Skelette in meiner Hütte?

Sehr wohl! Sehr wohl, mein Herr! erwiderte Mr. Philander.

War etwas Auffälliges an einem dieser Skelette?

Mr. Philander sah Tarzan scharf an.

Weshalb fragen Sie das?

Es ist für mich sehr wichtig, das zu wissen, antwortete Tarzan. Ihre Antwort kann ein Geheimnis aufklären. Vor zwei Monaten ist eine Vermutung über diese Skelette aufgestellt worden, und ich bitte Sie, mir meine Frage nach bestem Wissen zu beantworten. Waren die drei Skelette, die begraben wurden, alle menschlich?

Nein, erwiderte Mr. Philander, das kleinste davon, das in der Wiege lag, war das Skelett eines jungen Menschenaffen.

Ich danke Ihnen, sagte Tarzan.

In dem Wagen, der vorausfuhr, saß Jane Porter in ernste Gedanken versunken. Sie wusste, weshalb Tarzan sie um eine Unterredung unter vier Augen gebeten hatte, und sie sagte sich, sie müsse bereit sein, ihm bei der ersten Gelegenheit eine Antwort zu erteilen. Er war nicht der Mann, den man einfach so beiseiteschieben konnte.

Der tadellos gekleidete Tarzan, der jetzt Französisch sprach – liebte sie ihn? Sie wusste es nicht.

Sie blickte Clayton von der Seite an. War er nicht ein Mann, der dieselbe Erziehung hatte wie sie, ein Mann mit gesellschaftlicher Stellung und Kultur, die sie als die Vorbedingung zu einer Verbindung betrachtete?

Wies nicht ihr gesundes Urteil sie auf diesen jungen englischen Adeligen hin, nach dessen Liebe sich eine zivilisierte Frau sehnen konnte und der der richtige Gefährte für sie wäre?

Konnte Sie Clayton lieben? Sie fand keinen Grund, ihn nicht zu lieben. Jane Porter war von Natur nicht kalt und berechnend, aber Erziehung und Umgebung hatten sie gelehrt, auch in Herzensangelegenheiten vernünftig zu sein. Jetzt schien es ihr, als ob die Zuneigung, die sie sowohl in Afrika als auch heute in Wisconsins Wäldern zu Tarzan gefühlt hatte, während er sie auf seinen starken Armen trug, nur ein Trieb der Urwald-Frau zum Urwald-Mann war. Und sie sagte sich, wenn er sie nicht wieder berühren würde, würde sie sich auch nicht mehr zu ihm hingezogen fühlen. Dann hatte sie ihn also nicht geliebt! Es war weiter nichts gewesen, als eine vorübergehende Täuschung, hervorgerufen durch die Aufregung und die persönliche Berührung.

Aufregung würde ihre künftige Beziehung in der Ehe nicht immer begleiten, und die Macht der persönlichen Berührung würde durch den vertrauten Umgang bald abstumpfen. Wieder blickte sie zu Clayton. Er war wirklich nett und jeder Zoll ein vornehmer Mensch. Auf einen solchen Gatten konnte sie mit Recht stolz sein.

Und dann sagte er – gerade im richtigen Augenblick:

Jetzt sind Sie frei, Jane. Wenn Sie ja sagen wollen, so will ich mein Leben Ihrem Glück widmen.

Ja! flüsterte Sie.

~~~

An diesem Abend fand Tarzan in dem kleinen Warteraum der Eisenbahnstation endlich Gelegenheit, Jane Porter einen Augenblick allein zu sprechen.

Sie sind jetzt frei, Jane, sagte er. Ich bin aus dem Urwald gekommen, um Sie zur Frau zu nehmen. Ihnen zuliebe habe ich Weltmeere und Länder durchkreuzt, Ihnen zuliebe will ich alles werden, was Sie wünschen. Ich kann Sie glücklich machen, Jane – wollen Sie meine Frau werden?

Zum ersten Mal erkannte sie jetzt die tiefe Liebe des Mannes, alles, was er in so kurzer Zeit nur ihr zuliebe getan hatte. Sie wandte den Kopf und verbarg ihr Gesicht in den Armen.

Was hatte sie getan? Weil sie fürchtete, sie könnte den Bitten dieses Mannes nachgeben, hatte sie die Brücken hinter sich abgebrochen, und in der Angst vor einem Missgriff hatte sie einen noch schlimmeren begangen.

Und dann erzählte sie ihm alles, Wort für Wort, ohne zu versuchen, sich zu entschuldigen oder ihren Irrtum zu beschönigen.

Was können wir tun? fragte er. Sie haben zugegeben, dass Sie mich lieben. Sie wissen, dass ich Sie liebe, aber ich kenne die sittlichen Regeln nicht, die Ihre Gesellschaft leiten. Ich überlasse Ihnen die Entscheidung, denn Sie wissen, was für Sie am besten ist.

Ich kann es ihm nicht sagen, Tarzan, sagte sie. Clayton liebt mich, und er ist ein guter Mensch. Ich könnte Ihnen oder irgendeinem anderen ehrlichen Menschen nicht mehr unter die

Augen treten, wenn ich das Versprechen, das ich Clayton gegeben habe, nicht halten würde. Ich muss es halten – und Sie müssen mir helfen, diese Bürde zu tragen, auch wenn wir uns nach dem heutigen Abend nicht wiedersehen sollten.

Die anderen waren inzwischen dazugekommen, und Tarzan trat an das kleine Fenster.

Draußen sah er nichts, aber im Geiste sah er ein reizendes Stück Erde: einen grünen Rasen mit einer Menge prächtiger tropischer Pflanzen und Blumen und darüber mächtige Bäume und über allem das Blau des Himmels. Auf dem grünen Rasen saß eine junge Frau auf einem kleinen Erdhügel und neben ihr ein junger Riese. Sie aßen schöne Früchte, schauten sich an und lächelten.

In diesen Gedanken wurde er durch den Bahnhofvorsteher gestört, der hereinkam, um zu fragen, ob sich unter den Herren der Gesellschaft jemand namens Tarzan befände.

Ich heiße Tarzan, sagte der Affenmensch.

Hier ist eine Nachricht für Sie, nachgesandt aus Baltimore. Es ist ein Telegramm aus Paris.

Tarzan nahm die Depesche, die von d'Arnot kam.

Sie lautete:

Fingerabdrücke beweisen, dass Sie Greystoke sind.
Glückwunsch, D'Arnot

Als Tarzan dies gelesen hatte, trat Clayton ein und kam mit ausgestreckter Hand auf ihn zu.

Dies war also der Mann, der Tarzans Titel und Tarzans Vermögen besaß und der im Begriff stand, die Frau zu heiraten, die Tarzan liebte, und von ihm geliebt wurde. Ein einziges Wort von Tarzan hätte eine große Veränderung in Claytons Leben hervorgerufen. Es hätte ihm Titel, Ländereien und Schlösser weggenommen – und es hätte ihm auch Jane Porter fortgenommen.

Alter Freund, rief Clayton ihm zu, ich habe noch keine Gelegenheit gehabt, Ihnen für alles, was Sie für uns getan haben, zu danken. Es scheint, als ob Sie alle Hände voll damit zu tun haben, um unser Leben zu retten – erst in Afrika und nun hier.

Ich bin sehr froh, dass Sie herübergekommen sind. Wir müssen uns näher bekannt machen. Ich habe oft an Sie und die merkwürdigen Umstände damals gedacht. Es geht mich zwar nichts an, aber wie zum Teufel sind Sie denn in den elenden Dschungel gekommen?

Ich bin dort geboren, sagte Tarzan ruhig. Meine Mutter war ein Affe, und natürlich konnte sie mir nicht viel davon erzählen. Wer mein Vater war, habe ich nie erfahren!

Interessiert, wie die Geschichte weitergeht?

Edgar Rice Burroughs

Tarzan – Die Rückkehr

Tief enttäuscht kehrt Tarzan von Wisconsin nach Paris zurück. Seine große Liebe Jane Porter hat ihm zwar auch ihre Liebe gestanden – aber sie ist bereits vergeben. Tarzan sucht seinen Platz in der Gesellschaft und einen Lebensinhalt, was sich als sehr schwierig herausstellt.

Schließlich heuert er beim französischen Militärdienst an. Seine Reise führt ihn durch halb Afrika – und überall begleiten ihn gefährliche Abenteuer. Er lebt bei Einheimischen und sogar wieder bei seinem Affenstamm, aber nirgendwo gehört er richtig dazu.

Bis, wieder einmal, das Schicksal zuschlägt – mit einem unerwarteten Happy End …

Print   978-3-958-70681-1
eBook   978-3-958-70682-8

nexx – WELTLITERATUR NEU INSPIRIERT

Tarzan – die Legende lebt